KB078343

# GAME OF GOETIA

**니콜로 장편소설**

FUSION FANTASTIC STORY

# 마왕의 게임

# 마왕의 게임 23

니콜로 장편소설

초판 1쇄 찍은 날 § 2017년 8월 28일
초판 1쇄 펴낸 날 § 2017년 9월 4일

지은이 § 니콜로
펴낸이 § 서경석

편집책임 § 김경민
편집 § 이종식

펴낸곳 § 도서출판 청어람
등록번호 § 제387-1999-000006호
등록일자 § 1999. 5. 31
어람번호 § 제1-2758호

주소 § 경기도 부천시 부일로 483번길 40 서경B/D 3F (우) 14640
전화 § 032-656-4452 팩스 § 032-656-4453
http://www.chungeoram.com
Email § chungeorambook@daum.net

ISBN 979-11-04-91438-6 04810
ISBN 979-11-04-90396-0 (세트)

# 23 [완결]

니콜로 장편소설

FUSION FANTASTIC STORY

# 마왕의 게임

도서출판

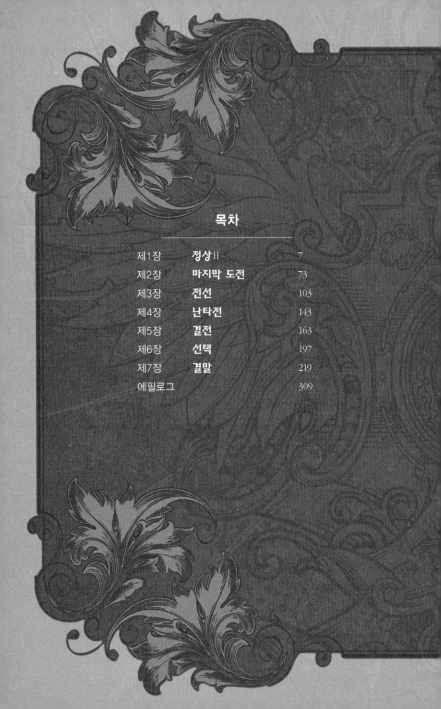

## 목차

| | | |
|---|---|---|
| 제1장 | **정상**‖ | 7 |
| 제2장 | **마지막 도전** | 73 |
| 제3장 | **전선** | 103 |
| 제4장 | **난타전** | 143 |
| 제5장 | **결전** | 163 |
| 제6장 | **선택** | 197 |
| 제7장 | **결말** | 219 |
| 에필로그 | | 309 |

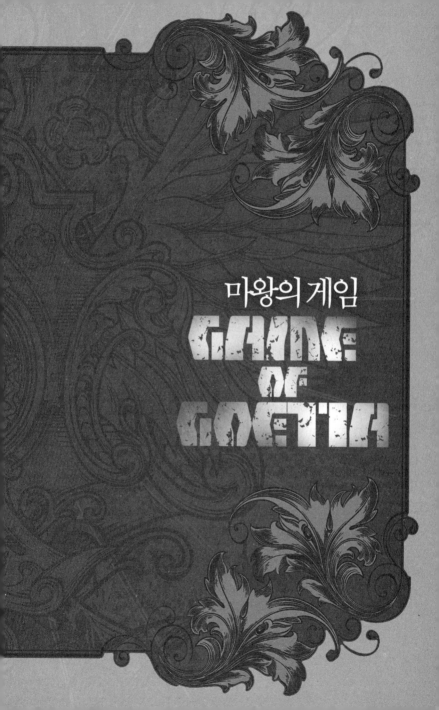

# 제1장

## 정상 II

"이제 기다리는 일만 남았군."

만반의 준비를 마친 알렉산드로스는 의기양양했다.

"당신이 단체전을 준비하는 모습을 보지 못했는데?"

한신이 의아해서 물었다.

얼마 전에 피로스와 손잡고 이신, 오자서와 대결을 했다가 패배한 전력이 있는 한신은 알렉산드로스가 왜 단체전 준비를 소홀히 하는지 이해할 수 없었다.

"이신은 한니발, 프리드리히 2세, 테무친 전부 일대일로 이기고 올라왔지. 그 녀석은 순수한 실력으로 진검 승부를 펼쳐 정상에 서고 싶은 거야."

"서열전 단체전 실력도 어엿한 실력인데 굳이 일대일을 고집해야 하나 싶군."

한신은 이신에게 단체전으로 진 것을 자신의 패배로 깨끗이 인정하고 있었다.

서열전 단체전은 베팅도 2배이고, 혼자 싸우는 것보다 다른 사람과 함께 싸우는 것이 더 힘든 일이라는 것도 알고 있는 한신이었다. 승리에 있어 실리를 추구하는 한신은 굳이 천하를 차지하는 일을 일대일로 해야 하나 싶었다.

휴전 협상을 해놓고 항우의 뒤통수를 친 유방은 천하의 야비한 놈이지만, 어쨌든 대업을 이루지 않았나.

"뭘 모르는군."

"뭐야?"

"일대일로 겨루는 게 당연히 더 재미있지 않나."

그 말에 곰곰이 생각해 본 한신은 이내 수긍했다.

"그렇긴 하지."

하지만 구시렁거리는 것도 잊지 않았다.

"결국 일대일 대결을 원하는 이신의 승부욕에 기대는 것 외에 단체전은 대책이 없다는 뜻이군."

"그래서 불만이냐?"

"아니. 그러나 콱 단체전 제안받고 당황하는 꼴을 보고 싶은 순수한 바람이라 할까? 추락한 모습을 한번 보고 싶거든."

"덕담 고맙군."

알렉산드로스는 한신의 악담에 뻔뻔하게 대꾸했다.

\*　　　　\*　　　　\*

알렉산드로스가 준비를 하는 동안, 이신도 만반의 태세를 다 갖추었다. 마물은 이신이 서열전에서 가장 많이 상대해 본 종족이었다. 모의전도 포함하면 더더욱 경험이 많다. 최측근이자 연습 파트너인 질 드 레가 마물이기 때문.

실력이 물오른 질 드 레는 이제 다른 최상위권 마물 계약자들과 비교해도 손색이 없었다.

사도를 부리지 못한다는 약점을 감안하여도 최소한 20위 안으로는 충분히 들 만한 실력이었다.

더구나 이신을 상대할 때는 더더욱 강해지는 질 드 레. 워낙 이신을 잘 알고 있기 때문이었다.

덕분에 이신은 마물과의 일전을 충분히 준비할 수 있었다.

"더 이상의 준비는 의미가 없어 보입니다. 결국 한두 번의 대결로 끝날 승부도 아니니 순수한 실력을 겨루게 되겠죠."

질 드 레의 말에 이신도 고개를 끄덕였다.

"기본기의 승부지."

프로 리그 경기가 대부분 그러했다.

워낙 일정이 빡빡해서 한 경기를 위해 특별한 전략을 준비할 틈이 없다. 특히나 이신 같은 인기 선수는 더더욱 바빴다.

그렇기 때문에 프로 리그 경기는 선수가 가진 기본기와 맵에 대한 이해도가 승패를 결정했다.

서열전에서도 마찬가지.

이신은 전장에 대한 이해도는 물론 마물을 상대하는 전략 전술이 풍부했다.

물론 알렉산드로스는 그보다 더 풍부한 경험과 숙련도가 있을 테지만, 프로게이머로서의 경험을 살리면 자신이 우위에 있다고 이신은 생각했다.

그날 이신은 그레모리에게 도전의 의사를 밝혔다.

"역시 이번에 마계에 계시는 동안 1위까지 가실 생각이시군요."

"그렇습니다."

"설레네요. 가끔은 이게 꿈이 아닌가 하는 착각이 들어요. 제가 가진 상상을 초월하는 마력을 확인하고서야 이게 꿈이 아니라는 것을 깨닫곤 하죠."

그레모리는 이신을 보며 말을 이었다.

"카이저가 저를 어디까지 데려다줄지 기대되네요."

지금이 꿈같기는 이신도 마찬가지였다.

아직도 가끔 부서진 손목을 안고 은둔했던 시절을 떠올린다.

어떤 희망도 보이지 않는 고통의 시간들. 게임 외에는 어떤 길도 보지 않던 맹목적이던 어린 날의 절망이었다. 하지만 그레모리를 만나고부터 이신은 보다 다양한 경험을 하게 되었다. 그러면서 자신의 인생에 대해 생각해 보게 되었다.

이신은 미소를 지으며 화답했다.

"더 좋은 꿈을 꾸러 가보죠."

그날, 그레모리는 저 강대한 악마군주 바알에게 도전을 예고했다. 그러면서 충분히 도전을 받을 준비가 되었을 때 겨루자고 통보하였다.

이는 이신이 알렉산드로스에게 보내는 선전포고나 다름없었다. 준비 부족이라는 핑계 없이, 피차 완전한 실력으로 승부를 내자는 뜻이었다.

이에 악마군주 바알은 이미 준비가 되어 있다고 답했다.

"가죠, 카이저."

"예."

이신은 질 드 레도 동반한 채 그레모리와 텔레포트를 했다.

도착한 곳은 악마군주 바알의 궁전.

간교한 지혜와 마술을 관장하며, 아가레스에게 당하기 전까지는 오랫동안 서열 1위였던 악마군주 바알의 거처였다.

궁전은 폭력적이라고 표현할 수 있을 정도로 사치스러웠다. 도처에 황금이 넘쳐흘렀고, 온갖 욕망을 표현한 예술품이 정신을 어지럽혔다.

"카이저, 마력으로 정신을 보호하세요."

그레모리가 충고했다.

그제야 이신은 자신이 어디에 와 있는지를 자각했다. 이곳은 악마군주 중의 악마군주인 바알의 거처였다. 평범한 인간은 보고 있는 것만으로도 타락할 수 있는 복마전이었다.

이신은 치유의 힘을 끌어내 정신을 보호했다.

그제야 심신이 안정되었다.

'대결 전에 컨디션을 망칠 뻔했군.'

역시나 방심할 수가 없는 악마들이었다.

궁전 안으로 들어가니 수많은 악마들이 돌아다니는 게 보였다.

그들은 하나같이 그레모리 일행에게 눈길을 보냈지만, 대놓고 쳐다보지는 못했고 모두들 조심스러웠다. 그레모리의 강대한 마력에 압도된 탓이었다.

―어서 오시게.

악마군주 바알은 황금 옥좌에 앉아 있었다. 그 옆에는 잘생기고 자신만만한 인상을 한 미청년이 서 있었다. 당연 알렉산드로스였다.

"위대한 악마군주 바알님을 뵈어요."

그레모리는 정중히 인사했다.

같은 악마군주라도 오랫동안 위대한 위치에 있었던 바알은 경의를 받기에 충분한 존재였다.

─이렇게 다시 만나게 되었군. 언젠가는 그럴 수도 있으리라 생각했지만 이리 빠를 줄은 몰랐군.

바알은 72악마군주의 축제 때 만났던 기억을 회상하며 말했다.

"저 또한 그러네요."

─그럼 슬슬 시작해야겠군.

악마군주 바알이 베팅과 전장을 정했다.

베팅은 역시나 5만.

그런데 그들이 고른 전장이 조금 이상했다.

─헤셀이다.

"제10 전장 헤셀을 말씀하신 게 맞나요?"

─그렇다.

그레모리는 당혹했다.

이신도 의아해졌다.

헤셀은 바로 알렉산드로스가 나폴레옹에게 계속 고배를 마신 그 전장이었다. 휴먼이 마물을 상대하기 딱 좋은 전장 말이다.

'날 얕보는 건가?'

이신은 무슨 의도인지 몰라 알렉산드로스를 쳐다보았다.

하지만 알렉산드로스는 진지한 표정이었다.

생각해 볼 수 있는 추측은 하나였다.

알렉산드로스는 나폴레옹과의 일전에 대비하여 헤셀에서 쓸 수 있는 비책을 발견했고, 그걸 이신에게 써서 테스트해 보고자 한다.

그렇지 않으면 굳이 전장이 헤셀일 이유가 없었다.

'그렇다면 준비한 게 뭔지 한번 봐주지.'

이신도 잘됐다 싶었다.

생각지 못했던 전장이라 약간 당황했지만, 오히려 더 좋은 전장이니 나쁠 것 없었다.


[악마군주 그레모리님과 악마군주 바알님의 서열전입니다. 전쟁의 승패가 서열과 마력에 영향을 줍니다. 마력은 5만이 베팅됩니다.]

[마력 10만이 마력석이 되어 전장에 유포됩니다.]

[종족을 선택해 주십시오.]


"휴먼."

"괴물."


[서열전이 시작됩니다.]

[악마군주 그레모리님의 계약자 이신님과 악마군주 바알님의 계약자 알렉산드로스 메가스님께서 참전합니다.]

제10 전장 혜셀은 시작 지점이 12시, 3시, 6시, 9시 등 총 4군데였다.

이신의 위치는 12시였고, 알렉산드로스는 6시였다.

이신은 빠른 정찰로 알렉산드로스의 위치를 파악할 수 있었다.

'아쉽게도 3시가 아니군.'

이신의 위치인 12시에서 가장 가까운 곳은 3시였다.

12시 본진은 출입구가 1시를 향하여 뚫려 있다.

출입구 앞에 있는 앞마당에서 3시 지역까지는 금방이었다.

그다음으로 가까운 곳은 9시이고 가장 거리가 먼 쪽은 6시였다. 거리가 가까우면 투석기를 전진시키며 압박하기 수월해지기 때문에 휴먼이 유리해진다.

아쉽게도 알렉산드로스는 가장 먼 6시에 있었다.

알렉산드로스도 서로의 거리가 가까울 것에 대비해서 헬하운드를 일찍 소환한 눈치였다.

6마리의 헬하운드가 소환되자마자 콜럼버스를 뒤쫓았다.

"으악!"

콜럼버스는 후다닥 달아났다.

헬하운드 6마리는 계속 쫓았다. 알렉산드로스는 아직 정찰을 하지 않은 상태였다. 그대로 콜럼버스의 뒤를 쫓아서 이신의 진영 위치를 파악하겠다는 의도였다. 이신은 건물 배치로 본진 출입구를 틀어막고, 뒤에 궁병 2명을 배치해 수비 태세를 갖췄다.

콜럼버스는 블링크를 써서 본진 안까지 도망쳐 들어왔다.

헬하운드들은 이신의 수비가 탄탄한 것을 보고 공격은 하지 않았지만, 계속 앞마당에서 맴돌며 감시했다.

이신이 밖으로 나오지 못하게 봉쇄해 놓는 것이었다.

아마 이렇게 해놓고 알렉산드로스는 빠르게 앞마당과 다른 지역에 마력석 채집장을 구축해 마력 채집량을 늘리려 할 터였다.

이신은 침착하게 자신이 준비한 빌드 오더대로 순서를 밟았다.

병영 건설, 수비용으로 궁병 2명 소환, 대장간 건설, 무기 개발.

무기 개발을 하면서 이신은 궁병을 꾸준히 소환해 4명까지 소환했다.

무기 개발이 완료되자 4명의 궁병이 모두 석궁병으로 업그레이드되었다. 그제야 이신은 석궁병 4명과 콜럼버스를 이끌고 앞마당으로 나왔다. 헬하운드 6마리가 도사리고 있었지만, 충분히 쫓아낼 수 있는 전력이었다.

알렉산드로스도 싸우지 않고 헬하운드들을 물렀다.

그렇게 앞마당을 장악한 이신은 비로소 마력석 채집장을 구축했다.

괴물이 헬하운드를 일찍 소환해 압박할 때를 대비한 빌드 오더였다.

최대한 빨리 석궁병을 확보하여 압박을 걷어내고 앞마당에 확장을 하는 것.

석궁병 4명과 콜럼버스가 함께 있으면 앞마당에 마력석 채집장을 구축하고 있을 때 공격을 받더라도 지킬 수 있는 전력이었다.

물론 알렉산드로스가 아예 작심하고 끝장을 내기 위해 헬하운드를 모으고 쳐들어오면 모를까.

이 점도 대비하여서 이신은 정찰을 보내 알렉산드로스의 동태를 확인했다.

콜럼버스가 헬하운드들에게 쫓겨올 때, 미리 노에 1명을 따로 바깥에 빼두었다가 정찰 보낸 것이다.

이신의 꼼꼼한 체크로 알렉산드로스의 의도가 대략 드러났다.

알렉산드로스는 마룡을 준비하고 있었다.

'아무래도 준비한 전략이 마룡인 것 같은데.'

이신은 눈치가 빨랐다.

지형이 복잡한 헤셀에서는 헬하운드나 독포자꽃 같은 지상 마물보다는 마룡이 더 쓰기 좋을 터였다.

'어디 얼마나 준비했나 보지.'

이신은 석궁병을 더 소환했다. 마룡을 사냥하는 덴 석궁병이 최고였다.

\* \* \*

이신이 석궁병을 모았을 때, 알렉산드로스가 마룡을 이끌고 나타났다.

서쪽에서 나타난 마룡은 총 9마리.

이신도 예상하고 석궁병을 모으고 있었으므로 수비하러 달려갔다. 석궁병들이 달려들자 마룡들은 선회하여 물러섰다.

하지만 완전히 물러나지는 않고 계속 이신의 본진을 선회했다.

석궁병들도 열심히 쫓아다니며 마크했다.

그런데 어느 순간, 마룡들이 불시에 석궁병들에게 달려들었다. 공방을 교환하겠다는 의사였다.

석궁병을 이끄는 로흐샨이 재빨리 지휘 사격을 펼쳤다.

"발사!"

[계약자 이신의 사도 상급 악마 로흐샨이 능력 유도 사격을 사용합니다.]
[로흐샨과 가까운 아군 석궁병 12인이 동일한 타이밍에 동일한 지점을 적중시킵니다. 5초에 1회씩 사용 가능합니다.]

로흐샨의 공격이 반박자 더 빨랐다.
12대의 볼트가 로흐샨이 쏜 볼트를 따라 똑같은 마룡을 적중시켰다.
슈콰콰콰콱!
"키엑!"
마룡 1마리가 그대로 즉사해 버렸다.
이런 식의 타이밍 싸움에 로흐샨이 얼마나 능한지 보여주는 장면이었다.
서로 공격 사거리를 넘나들며 벌이는 신경전을 로흐샨은 이신의 밑에서 실컷 겪어본 것이다.
하지만 마룡들도 1마리가 즉사했으나 나머지 8마리가 공격을 펼쳤다.
그리고 그 공격은 이신이 예상치 못했던 것이었다.

[계약자 알렉산드로스 메가스의 사도 상급 악마 에케루가 능력 맹독 숨결을 뿜습니다.]
[주변의 모든 적·아군이 3분간 독에 중독됩니다.]

[계약자 알렉산드로스 메가스의 사도 상급 악마 르완델이 능력 초열을 사용합니다.]

[통상 마룡보다 1.5배 더 뜨거운 화염을 내뿜습니다.]

[계약자 알렉산드로스 메가스의 사도 상급 악마 케륵이 능력 할퀴기를 사용합니다.]

[계약자 알렉산드로스 메가스의 사도 상급 악마 지켈이 능력 몸통 박치기를 사용합니다.]


놀랍게도 마룡 8마리 중 4마리가 알렉산드로스의 사도였다.

한 번의 공격에 그 사도 넷이 일제히 능력을 발휘한 것이었다.

한 마리는 독 숨결을 뿜었고, 다른 한 마리는 일반 마룡보다 훨씬 뜨거운 화염을 뿜었다. 다른 2마리는 일반 마룡과 달리 직접 달려들어서 육탄 공격을 펼쳤다. 발톱으로 할퀴고, 몸통 박치기로 들이받았다.

사도 넷이 일제히 능력을 사용하여서 공격하니, 석궁병들은 예상치 못한 큰 피해를 입고 말았다.

"크아악!"

"커헉! 숨이 안 쉬어져……!"

"뜨거워! 아악!"

"으악!"

화염에 불타 재가 되어버리거나 발톱에 할퀴어져 중상을 당하고, 혹은 독에 중독된 채로 몸통 박치기까지 당해 쓰러진 석궁병도 있었다.

네 가지 능력의 연계로 인해 삽시간에 5명이나 되는 석궁병이 죽었다.

다른 석궁병들도 맹독 숨결에 중독되어서 움직임이 굼떠졌다. 죽을 정도의 독은 아니지만 지속적으로 체력과 정신을 갉아먹었다.

"큭! 발사!"

그 와중에 살아남은 로흐샨이 다시 소리치며 지휘 사격을 펼쳤다. 딱 5초가 지나자마자 반격을 펼친 것.

몸통 박치기 능력을 가지고 있던 지켈이라는 이름의 마룡 사도가 집중사격을 받았다.

"키에에엑!"

석궁병들이 지리멸렬해 있던 차에 펼친 반격이라 이번에는 즉사시킬 만한 공격력은 없었다. 하지만 지켈은 거의 반쯤 빈사 상태가 되어서 위태롭게 흔들거렸다.

"됐다, 물러나!"

로흐샨은 한 발을 더 쏴서 마무리하고 싶었지만, 다른 마룡들이 일제히 덤벼들자 급히 후퇴해야 했다.

마룡들은 빈사 상태인 지켈만 도망 보내고, 나머지 7마리가 계속 석궁병들을 쫓아왔다.

기선 제압을 했을 때 완전히 짓밟아 버릴 태세였다.

그런데 물러서던 석궁병들이 돌연 뒤돌아 달려들었다.

이신의 명령 탓이었다.

그와 동시에.


[계약자 이신의 사도 상급 악마 콜럼버스가 능력 블링크를 사용

합니다.]

[10미터 범위 내에서 순간이동을 합니다. 3초 이내에 다시 사용하면 원래의 위치로 돌아갑니다.]


콜럼버스가 블링크로 나타나 마룡들에게 마비침을 퍼붓고, 다시 블링크로 원래 위치로 되돌아갔다.

마비침 때문에 1초간 멎어버린 마룡들에게 석궁병들이 일제히 사격했다. 이번에도 로흐샨의 지휘 사격이었다.

쉬쉬쉬쉬쉬쉬쉭─!!

콰콰콰콰콰콱!!

"키에에엑!!"

이번 지휘 사격에 공격당한 것은 맹독 숨결을 뿜었던 에케루라는 마룡 사도.

이신의 컨트롤이었다.

이신은 알렉산드로스의 사도들 중 가장 위협적인 능력을 쓰는 에케루를 정확하게 기억하고 컨트롤로 조종했던 것이었다.

이번에는 1초의 마비를 틈타 제대로 노리고 쏜 덕에 마룡 사도 에케루를 죽이는 데 성공했다.

'다시 물러서.'

석궁병들이 재빨리 물러났다.

그러자 마룡들이 쫓아와서 화염을 뿜었다.

석궁병들은 이신의 빠른 판단 덕에 잘 도망쳤지만 2명이 화염에 휩싸여 죽고 말았다. 독에 중독된 탓에 행동이 굼떠진 탓이었다.

마룡들도 사도 둘이 죽거나 당했으므로 일단 후퇴했다.

석궁병들은 새로 소환된 석궁병과 합류하여서 계속 대공방어에 임했다.

'좋지 않다.'

이신은 상황을 매우 안 좋게 바라보았다.

방금 전투로 마룡 둘을 죽이고 하나를 빈사 상태로 만들었지만, 석궁병은 7명을 잃었다.

초반 상황에서 석궁병을 7명이나 잃은 것은 막대한 피해였다.

계속 알렉산드로스가 마룡 편대로 공격하는 대로 휘둘릴 수밖에 없게 된 상황이었다.

이신은 즉각 본진과 앞마당에 화살탑을 1채씩 건설했다.

하지만 완공되기도 전에 또다시 마룡들이 앞마당에 나타났다.

화르르르륵!

"크아악!"

화살탑을 건설 중이던 노예가 불타 죽고 말았다.

마룡들은 화살탑도 불태워서 무너뜨려 버린 뒤에 물러섰다.

뒤늦게 본진에서 석궁병들이 달려 나왔지만 이미 마룡들은 떠난 뒤였다.

'다시 본진!'

석궁병들은 쉴 틈이 없었다.

이신의 지시에 이번에는 본진을 지키러 달려가야 했다.

아니나 다를까.

마룡들이 나타나 마력석을 채집하던 노예 1명을 죽인 뒤, 석궁병들과 공방을 주고받았다.

[계약자 이신의 사도 상급 악마 로흐샨이 능력 유도 사격을 사용합니다.]

[계약자 알렉산드로스 메가스의 사도 상급 악마 르완델이 능력 초열을 사용합니다.]

[계약자 알렉산드로스 메가스의 사도 상급 악마 케륵이 능력 할퀴기를 사용합니다.]

세 사도의 능력이 일제히 펼쳐진 공방!

마룡 1마리가 죽었고, 석궁병 3명이 목숨을 잃었다.

그런데 그때, 뒤처져 있던 반사상태의 마룡 사도 지켈이 로흐샨을 향해 달려들었다.

[계약자 알렉산드로스 메가스의 사도 상급 악마 지켈이 능력 몸통 박치기를 사용합니다.]

빈사 상태였던 지켈이 로흐샨을 목숨을 노리고 과감하게 달려든 것. 석궁병들이 사격을 마치고 재장전 중인 틈을 노린 시간차 공격이었다. 지켈의 목숨을 버리더라도, 로흐샨을 죽인다면 이득이라고 알렉산드로스는 판단했던 것이다.

뼈어어억!

"크헉!"

급히 몸을 던져 피하려 했지만, 지켈의 몸통 박치기에 들이받아진 로흐샨은 비명을 지르며 뒤로 날아갔다.

"안 죽었어! 보호해!"

콜럼버스가 소리 질렀다. 아니, 어느새 콜럼버스 안에 빙의된 이신의 명령이었다. 그 짧은 순간에 빙의하여서 로흐샨에게 치유 능력을 펼친 것이다! 실로 이신이기에 가능했던 초인적인 반사 신경이었다.

석궁병들이 일제히 로흐샨을 보호하러 달려갔다.

그와 동시에 마룡들도 로흐샨을 끝장내기 위해 달려갔다.

다시 볼트와 화염이 빗발쳤다.

이신은 다시 치유 능력을 광역(廣域)으로 펼쳤다.


[계약자 이신님께서 고유 능력을 사용합니다. 1초에 5마력씩 소모됩니다.]

[주변의 모든 아군의 체력이 회복됩니다.]


이신이 치유를 퍼부은 덕에 결국 마룡들은 로흐샨을 죽이지 못하고 물러났다. 하지만 석궁병의 숫자는 더 줄어 있었다.

그나마 본진에 건설하던 화살탑이 완공되었다.

이신은 본진 화살탑에 석궁병 4명을 넣고, 나머지는 전부 앞마당 수비에 배치했다. 앞마당에도 다시 화살탑을 짓기 시작했는데, 무려 2채였다. 석궁병을 많이 잃은 것도 모자라 방어에 마력을 더 투자한 것, 거기에 치유 능력을 펼치느라 1초마다 5마력씩 소진한 것도 피해였다.

덕분에 이신은 극도로 가난해진 상태가 되었다.

하지만 계속되는 마룡들의 공격을 막으려면 어쩔 수가 없었다.

'다섯 사도 중 넷이나 마룡이라니? 준비한 게 이거구나.'

이신이 기억하기로 본래 알렉산드로스의 사도들은 헬하운드 하나, 독포자꽃 둘, 마룡 둘이었다.

그런데 알렉산드로스는 나폴레옹과 이신을 꺾기 위해 사도를 재편했다. 마룡에 사도 넷을 둔다는 초강수였다.

'마룡에 힘을 실은 건 유효한 전략이다.'

다른 종족을 상대로는 모를까, 최소한 휴먼을 상대로는 매우 효과적인 결정이었다.

지금도 마룡들이 계속 본진과 앞마당을 드나드는 바람에, 이신의 병력은 밖으로 나오지 못하고 수비하기에도 벅찬 상황이었다.

이 틈에 알렉산드로스는 여기저기에 마력석 채집장을 구축하며 세력을 뻗치고 있을 터였다.

'거의 졌군.'

이신은 현실적으로 판단했다. 이번 1차전은 이기기 어려웠다.

'승산은 한 20퍼센트 정도인가.'

이신은 포기하지 않고 작은 승산에 걸어보기로 하였다. 필사의 각오는 아니었다. 이것도 안 통하면 패배 선언해 버린다는 냉정한 마인드였다. 이신은 마력을 쥐어짜서 병력을 끌어모았다.

석궁병을 주력으로 소환하고, 방패병 2명, 장창병 3명을 섞어 조합했다. 투석기는 과감하게 포기하고, 대신 기사를 3명 소환했다. 투석기는 너무 느려서 지금 상황에서는 쓸모가 없었다.

'아마 본진, 앞마당, 8시, 9시에서 마력을 먹고 있겠지.'

이신은 보지 않아도 알렉산드로스의 확장 상태를 대략 유추했다.

아마 총 4군데에서 마력석을 채집하며 부를 축적하고 있을 거라고 생각되었다.

'순회공연으로 2군데를 밀어버려야 해볼 만한 싸움이 되는군.'

이신은 강렬한 일격을 준비하고 있었다.

이 한 번의 공격으로 9시와 8시를 쓸어버리지 않으면 이길 수 없었다. 알렉산드로스가 무능한 계약자도 아닌데, 그 두 군데가 전부 밀리는 동안 계속 막지 못하고 패퇴할까?

그래서 승산이 20퍼센트였다.

오히려 알렉산드로스는 전투에 강했다. 병력 규모가 큰 전투일수록 더 강하다. 이신은 자신의 컨트롤과 행운을 총동원할 생각이었다. 알렉산드로스의 병력과 맞붙어서 대승을 거두고 2곳을 쓸어버린다는 터무니없는 계획!

하지만 일단은 그게 그나마 가장 승산이 높은 시나리오였으므로, 이신은 병력이 다 갖춰지자 즉각 출진했다.


*          *          *


'호오.'

알렉산드로스는 이신이 병력을 이끌고 제 발로 먼저 나오자 흥미로운 표정을 지었다.

'감히 날 상대로 그런 결정을 내렸다 이거지?'

저 애송이 놈의 오만한 판단에 어처구니가 없어졌다. 하지만 그게 냉정하게 내린 판단이었을 거라는 점이 더 웃긴 녀석이었다.

'그럼 그 기대를 무참히 깨줘볼까… 지고 나면 어떤 표정을 지을지 기대되는군.'

알렉산드로스도 맞아 싸우러 나섰다.

＊　　　　＊　　　　＊

본래 투석기를 쓰기 좋은 전장이었다.

하지만 이신은 투석기를 과감히 포기했다.

대신 기사를 선택해서 타이밍을 살짝 꼬았다.

투석기가 없기 때문에 이신의 군세는 진격이 빨랐다.

'일단 9시.'

12시에서 9시까지 이르기까지 마룡이 기습하기 좋은 지형이 4군데 있었다. 알렉산드로스가 이 4군데를 십분 활용하여 4차례의 기습과 후퇴를 반복하면 이신은 어려운 싸움이 될 수밖에 없었다. 그래서 내린 특단의 조치가 투석기 대신 기사였다.

보다 빠른 타이밍에 치고 나와서 4군데 중 2곳을 무사통과한 것이다.

'어차피 분해하고 조립하고 반복할 시간도 없다.'

시간을 더 내주면 알렉산드로스가 여러 곳에서 파먹은 마력으로 마물 대군을 쏟아낼 터였다. 여기까지는 계획대로였다.

꺼렸던 1, 2번째 포인트를 무사통과. 이신이 의도한 결전 장소는 3번째 포인트였다. 중앙 지역에 인접한 3번째 포인트는 그나마 지형이 넓어서 싸우기 좋은 편이었다.

최소한 이곳에서 승부를 내야 대승을 거둘 가능성이 있다고 이신은 내다보았다.

"크르릉!"

"컹컹!"

헬하운드의 울음소리가 들렸다.

그곳에 알렉산드로스가 기다리고 있었다.

헬하운드와 마룡이 조합된 군대가 당당하게 그를 맞이했다.

알렉산드로스는 수비하며 시간을 버는 지연전보다는 그답게 정면 승부를 택한 것이다.

'그럴 줄 알았지만.'

이신은 이를 악물고 달려들었다.

미래가 없이 온 마력을 쥐어짜서 마련한 병력이었다.

여기서 적을 크게 깨뜨리고도 모자라 8시, 9시를 전부 밀어야 해볼 만한 싸움이 된다.

필사의 각오를 한 이신의 공격은 몹시도 날카로웠다.

알렉산드로스도 정면으로 마주 달려들었다. 그답게 위풍당당한 기세였다.

[계약자 알렉산드로스님께서 고유 능력을 사용합니다. 300마력이 소모됩니다.]

[사용자가 선두에 섰을 때 휘하 병력의 공격력이 20% 상승합니다.]

선두에서 빠르게 달리는 헬하운드가 알렉산드로스가 빙의한 사도인 모양이었다. 선두에서 달려들면 당연히 공격을 집중받아 허무하게 죽을 수 있다.

하지만 그가 빙의한 헬하운드는 측면으로 달려서 공격을 받지 않고도 '선두 판정'을 받았다. 그를 쫓아 헬하운드들은 좌측면으로 달렸고, 마룡들은 반대로 우측으로 비행했다. 양방향에서 일거에 덮치겠다는 뜻이리라. 헬하운드를 총알받이로 던져주고, 마룡으로 공격해 피해를 입히는 전술이었다.

이에 맞춰서 이신은 방패병·장창병·기사를 헬하운드들에게 보내고, 석궁병으로 마룡을 사냥할 준비를 했다.

헬하운드가 먼저 달려들었고, 시간차로 마룡들도 날아들었다.

이신은 총력을 다 쏟았다.

이존효가 광기를 터뜨려 주변 아군의 공격력을 강화했고, 서영이 평정심을 써서 정신력과 방어력을 높였다. 로흐샨은 지휘 사격으로 마룡 1마리를 원 샷에 즉사시켰다. 이신도 콜럼버스에 빙의하여 치유 능력을 펼쳤다.

그런데 그때, 알렉산드로스의 마룡들도 춤을 추었다.

화르르르!!

화르르르륵!

마룡들이 불을 뿜는 순간, 이신 측에서 3명이 동시에 즉사하였다. 그중에는 석궁병 2명과 함께, 콜럼버스에 빙의해 있던 이신도 포함되어 있었다.

'크윽!'

죽는 순간 빙의가 풀렸지만 잠시나마 뜨거움 화염을 맛봤던 이신은 정신적으로 동요했다. 이게 빙의의 치명적인 단점이었다.

하지만 재빨리 마음을 추스르고 병력 컨트롤에 집중했다.

놀라운 광경이 펼쳐졌다.

화르르르르!!!

마룡들의 불길이 정확하게 석궁병 3명에게 골고루 집중되었다.

"크아악!"

"으악!"

"으아아!"

석궁병 3명이 또 단번에 즉사!

'3점사?'

놀랍게도 알렉산드로스는 마룡들을 세 편대로 나누어 지휘하고 있었다. 본인은 계속 헬하운드에 빙의한 채로 선두 판정을 유지하기 위해 이리저리 뛰어다니면서도 말이다. 세 편대가 석궁병을 하나씩 타깃으로 잡고 집중 공격하니, 한 번 공격에 3명씩 죽어나가고 있었다.

3명, 6명, 9명······.

급속도로 줄어든 석궁병의 숫자에 이신은 정신이 멍해졌다.

물론 마룡도 죽었지만 석궁병의 피해에 비할 바가 아니었다. 첫 공격에 이신을 처치해 치유 능력을 막았고, 공격력 20% 증가라는 무시무시한 고유 능력의 효과이기도 했다.

'후퇴!'

이신은 즉각 후퇴를 명했다.

다행히 지상전에서는 방패병·장창병·기사가 헬하운드들을 거의 몰살시킨 상태였다. 앞장서서 싸운 이존효의 용맹이 빛을 발한 덕이었다.

하지만 하늘을 나는 마룡과 싸울 수 있는 건 오로지 석궁병뿐.

석궁병의 숫자가 크게 줄어든 탓에 전투를 강행하기 어려웠다.

패퇴하는 이신의 부대를 마룡들이 맹렬히 추격했다. 한번 기세를 타면 걷잡을 수 없이 무서워지는 알렉산드로스였다.

그 순간 이신은 재치를 발휘했다.

'서영, 기사단을 끌고 9시를 쳐라.'

"옛!"

서영은 다른 기사 2명과 함께 말 머리를 돌려 9시로 달렸다.

아마 9시는 무방비 상태일 터.

기사 셋이 들이닥치면 거기서 일하던 클로들이 학살당할 수 있었다. 그걸 막으려면 마룡들이 추격을 포기하고 기사들을 쫓아가야 한다. 그렇게 시간을 번 사이에 이신은 추가 소환된 석궁병과 합류하여 다시 진격하겠다는 심산이었다. 다시 빙의하여 치유 능력을 펼치기 위해 마르몽도 이미 소환해 둔 상태였다.

그런데 이신의 생각과 달리 마룡들은 기사들을 쫓아가지 않았다. 오히려 후퇴하는 이신의 부대를 계속 추격했다.

9시를 그냥 내주더라도 이 전투를 끝내겠다는 생각일까?

화르르륵!

"흐악!"

도망치다가 뒤를 잡힌 방패병이 마룡들에게 불타 죽었다.

계속 하나씩 추격당해 희생되고 있었다.

이신은 계속 방패병이나 장창병을 하나씩 뒤처지게 해서 희생시키고 있었다. 그들의 희생으로 마룡들이 잠시 공격하느라 추격을 멈춘 동안 석궁병들은 열심히 도망갔다.

그러는 동안, 서영이 이끄는 기사들은 9시로 달렸다. 최소한 9시에서 클로들을 전부 몰살시킨 뒤에 여유가 있으면 8시도 쳐서 성과를 얻어야 했다. 그만큼 다급한 전황이라는 것을 아는 만큼, 서영의 어깨가 무거웠다.

그러나…….

"이런!"

9시로 들어서는 출입구에 독포자꽃 1마리가 서 있었다.

그냥 독포자꽃이 아니라, 엔트로 진화 중이었다.

'이 부분까지 예상하고 대비했었나.'

서영은 알렉산드로스의 심계에 감탄했다.

하지만 머뭇거릴 틈이 없었다.

"쳐라! 엔트가 되기 전에 죽여!"

서영은 기사들과 함께 돌격을 감행했다.

하지만 가까스로 독포자꽃은 엔트로 진화를 완료하였다.

"키이이이이……!"

독포자꽃은 독포자를 사방에 뿌리는 골치 아픈 공격을 하지만,
종잇장 찢듯 가볍게 죽일 수 있는 나약한 마물이다.

하지만 엔트는 달랐다. 튼튼한 나무의 모습을 한 엔트는 겉보
기와 마찬가지로 매우 튼튼한 체력을 자랑했던 것이다.

자웅을 겨루는 전투와 함께, 소수 병력의 기습을 받을 수 있음
을 알고 엔트 1마리를 9시 출입구에 세워놓는 알렉산드로스의 센
스!

서영은 돌격으로 엔트에게 피해를 입혔지만, 엔트는 계속 버둥
거리며 저항했다. 그렇게 엔트가 시간을 버는 사이에 헬하운드들
이 도와주러 달려왔다.

그리고 한편, 이신은 도망쳐서 가까스로 후속 병력과 합류했다.

마르몽도 합류했기 때문에 치유 능력도 다시 펼칠 수 있게 된

상황. 하지만 마룡들은 개의치 않고 정면으로 달려들었다.

화르르르르!!!

화르르르!

쉬쉬쉭— 콰지직!

빗발치는 볼트 속에서, 마룡들은 세 편대로 움직이며 석궁병을 3명씩 죽여 나갔다.

이신은 치유 능력을 펼치다가 마룡들의 타깃이 되면 도망치며 주의를 끄는 등 분전을 펼쳤지만, 한 번에 3명씩 죽이는 알렉산드로스의 3점사 전술을 당해내기에는 병력이 너무 부족했다.

일발 역전을 노리고 치고 나갔던 이신의 시나리오는 전투에서도 9시 기습도 막혀 버린 채 끝나고 말았다.

[악마군주 그레모리님의 계약자 이신님께서 패배를 선언하셨습니다. 악마군주 바알님의 승리입니다.]

[악마군주 바알님께서 마력 5만을 획득하셨습니다.]

[악마군주 바알님의 마력 총량이 3,651,100이 되셨습니다. 서열의 변동은 없습니다.]

[악마군주 그레모리님의 마력 총량이 3,353,966이 되셨습니다. 서열의 변동은 없습니다.]

'이게 서열 2위 밑으로 내려간 적이 없었던 계약자의 실력인가.'

계약자가 되고서 패배를 모르고 터무니없는 연승 행진을 벌였던 이신이었다. 그런데 최상위권에서 일대일 대결을 펼치면서 지는 일이 빈번해졌다. 그만큼 최상위 계약자들의 실력은 보통이 아니며, 그들이 익히 알려진 이신의 스타일을 파악하고 비장의 한 수를 준비했기 때문이었다.

알렉산드로스가 준비한 것은 바로 마룡을 활용한 전술.

어째서 엘프인 한신과 모의전을 하며 연습했는지 알 것 같았다.

빠르게 움직이는 한신의 엘프 슈터를 상대로 마룡 편대로 공격하는 연습을 했는데, 석궁병은 그보다 더 쉬운 타깃인 것이다.

이신의 컨트롤이 있다 해도 휴먼이 엘프보다 빨리 움직일 수는 없는 노릇.

'이렇게 완패를 당하는 건 또 오랜만이군.'

무엇 하나 반격해 보지 못하고 흠씬 두들겨 맞았다.

전투에서 대승을 거둔 뒤 마력석 채집장 2곳을 밀어버리겠다는 장대한 시나리오가 무색하게도, 전투에서 얄짤없이 져버렸다.

어찌 보면 알렉산드로스를 얕봤다가 큰코다친 모양새가 된 셈이라 이신은 헛웃음이 나왔다.

"소감이 어때?"

알렉산드로스가 의기양양하게 다가와 물었다.

"단체전 때와는 다르지?"

"그렇군요."

"내 계산대로라면 그쪽은 이제 한 번 더 지면 더 이상 도전을 못하게 되지?"

그 지적에 이신은 그레모리를 바라보았다.

그레모리는 고개를 끄덕였다.

한 번만 더 지면 피도전자의 9할 이상에 해당되는 마력 총량을 가져야 하는 도전 자격을 상실하게 된다.

"제10 전장 헤셀에서도 날 이기지 못했는데, 겁나면 단체전으로 종목을 바꿔도 좋아. 단체전도 준비를 해뒀으니까."

알렉산드로스가 도발을 했다. 그렇다고 정말 단체전으로 붙고 싶다는 뜻은 아니리라.

"다음 싸움은 꼭 이겨야 하는군요."

"그걸 말이라고 해?"

이신은 잠시 어떤 궁리를 했다.

'저 마룡 편대의 3점사 전술은 생각지도 못했다.'

그동안 마룡들을 얕봤던 이신이었다. 석궁병의 1점사로 쉽게 잡을 수 있었으니까. 그런데 마룡을 저런 식으로 쓰면 휴먼은 더 힘들어진다.

'일단은 이겨야겠다.'

이신은 특단의 조치를 꺼내기로 했다. 저 마룡에 대한 대처법은 그다음에 생각해 볼 생각이었다. 알렉산드로스는 그레모리에게서 소원으로 1%의 마력을 받았다.

33,540마력을 알렉산드로스에게 빼앗기고 남은 총량은 3,320,426.

지금도 이미 피도전자의 9할이라는 도전 자격을 불과 1천 마력 차이로 간신히 유지하고 있는 실정이었다. 이번에도 지면 한동안은 다시 도전할 수 없다.

도전 자격을 다시 얻을 때까지 기다려야 할 테니까.

"가죠."

이신이 말했다.

그러자 알렉산드로스가 대꾸했다.

"아, 참고로 이제 헤셀에서 싸워줄 생각은 없어. 여기서도 이길 수 있다는 건 충분히 알았으니까 이제 내가 유리한 전장에서 해야지?"

그는 이미 다 이겼다는 태도였다.

"제8 전장 주트가 좋겠군."

알렉산드로스가 말했다.

악마군주 바알은 그 전장을 서열전의 조건으로 내세웠고 베팅은 똑같이 5만 마력이었다.

'역시 주트인가. 그럴 줄 알았다.'

이신은 알렉산드로스의 마룡을 보았을 때, 바로 가장 적합한 전장으로 주트를 떠올렸다.

2인용 전장.

시작 지점은 위아래 2군데가 있는데, 다른 전장들처럼 가장자리에 있지 않고 중앙에 살짝 몰려 있다. 그렇게만 보면 서로의 거리가 가까워 보이지만, 실제로 육로 이동하면 살짝 옆으로 돌아가야 해서 멀다. 반면 비행을 하면 아주 가깝다. 즉, 마룡으로 상대를 공격하기 딱 좋은 전장인 것.

'예전처럼 그리핀 편대로 상대하기는 버거워 보이는데.'

그리핀은 사실 소환하는 데 드는 마력 대비 효율이 그리 좋지 않았다. 그리핀을 소환해도 공격은 사실상 그 위에 탄 석궁병 2명이기 때문.

그리핀이 직접 육탄 공격도 할 수는 있으나, 그러면 거꾸로 공격받고 죽을 위험도 높아진다. 덩치가 큰 탓에 공격에 잘 얻어맞으니까. 그럼에도 이신이 즐겨 쓰는 이유는 전술적 가치가 높기 때문이었다. 상대를 교란시키는 전술에 쓰기 좋으므로, 그런 플레이를 즐기는 이신만이 즐겨 소환한다. 사실 이신 외에는 그리핀을 즐겨 쓰는 휴먼 계약자는 없었다.

하지만 마룡이 상대라면 살짝 꺼려진다.

일단 화력에서도 마룡에게 밀린다.

그걸 U턴 샷과 교란 전술로 극복할 수 있다지만, 그건 상대가 알렉산드로스가 아닐 때의 이야기였다.

알렉산드로스는 사도도 넷이나 마룡에 투자했을 정도로 그쪽에 힘을 준 상황. 그리핀 편대로 그런 마룡들을 상대하기가 쉽지 않았다. 비행 속도도 똑같으므로 전술적 활용 폭도 마룡보다 크다고 보기는 어려웠다.

'결국은 석궁병을 많이 모아서 상대하는 수밖에 없다.'

하지만 병력을 모으도록 알렉산드로스가 가만 놔두지 않을 거라는 점이 가장 큰 문제. 계속 마룡들이 이리저리 기습해서 석궁병이나 노예를 죽여 피해를 누적시킬 게 뻔했다.

그런 피해를 감수하고서도 운영으로 어떻게든 병력을 만들어야 하는 게 이신의 숙제였는데, 이 제8 전장 주트에서 그게 쉬워 보이지 않았다.

'일단은……'

2차전은 반드시 이겨야 했다.

그래서 이신은 특단의 조치를 내렸다.

'마룡이 나오기 전에 승부를 걸자.'

[서열전이 시작됩니다.]

[악마군주 그레모리님의 계약자 이신님과 악마군주 바알님의 계약자 알렉산드로스 메가스님께서 참전합니다.]

2차전이 시작되었다.

이신의 진영은 북쪽이었다.

전장을 위아래로 양분했을 때, 위쪽의 중간 정도에 위치했는데 대략 11시에 치우친 지점이라 할 수 있었다. 그리고 알렉산드로스는 아래쪽 중간, 7시로 치우친 지점에서 시작했다. 시작한 지 얼마 되지 않아 이신은 극단적인 행동을 보였다.

6번째로 소환된 노예를 바로 바깥으로 내보낸 것.

정찰 가는 것처럼 이동한 노예는 중간에 갑자기 좌측으로 방향을 틀었다.

9시 부근에서 노예는 뜬금없이 병영을 건설하기 시작했다.

이신은 치즈 러시를 할 생각이었던 것이다.

그것도 극단적으로 빠른 치즈 러시!

'서열전에서 휴먼이 이 시간에 기습하는 건 본 적이 없었을 거다.'

휴먼은 SC의 인류와 달리 기본 전투 병과인 궁병이 매우 약했다. 대장간에서 무기 개발이 되어 석궁병으로 업그레이드되기 전에는 공격에 나서지 못하는 게 정상이었다.

물론 콜럼버스도 있고 치유 능력도 있다는 건 알렉산드로스도 안다. 그것까지 생각해서 이신은 더더욱 극단적으로 공격 타이밍을 빨리 잡았다.

병영이 건설되고 궁병 소환을 시작했다.

그때쯤 알렉산드로스가 보낸 클로 1마리가 정찰을 왔지만, 노예 1명을 출입구에 세워놓아서 본진에 들어오는 걸 차단했다.

궁병이 2명까지 소환됐다. 그것도 사도 로흐샨과 가짜 로빈 후드로 활 솜씨가 가장 뛰어난 최정예였다.

'진격.'

이신이 칼을 뽑아 들었다. 콜럼버스를 포함한 노예 5명, 그리고 궁병 2명. 작은 규모였지만 이 타이밍에는 무시할 수 없는 전력이었다. 이신의 군대가 질풍처럼 진격했다.

정찰하던 클로가 그 근처를 서성거리다가 이를 포착.

클로는 곧바로 뒤돌아 도망치려 했지만, 로흐샨이 더 빨랐다.

쉬익— 콰직!

"키엑!"

클로가 화살에 맞아 비틀거렸다. 위력이 약한 궁병의 화살이라 즉사하지는 않았지만, 로흐샨의 조준이 정확한 덕에 금방 빈사 상태에 빠졌다. 로빈 후드도 로흐샨보다 반응이 느렸지만 즉각 이어서 활을 쐈다.

콰직!

"키엑!"

클로가 죽었다.

시작이 좋았다.

'콜럼버스, 먼저 가서 확인해라.'

"옛!"

이동속도 +5%의 가죽 부츠를 신고 있어 더 빠른 콜럼버스가 앞장서서 움직였다. 먼저 알렉산드로스의 진영에 도달한 콜럼버스는 앞마당에 마법진을 그리고 있는 걸 확인했다.

'헬하운드가 소환되려면 아직 시간이 남았겠군.'

마법진의 건설 진행 상태를 확인한 이신이 즉시 계산을 완료했다. 약간의 시간 뒤에 헬하운드가 소환된다.

그 약간의 시간 동안 이신은 알렉산드로스에게 치명타를 입혀야 했다. 대동한 노예 한 명이 앞마당 마법진 바로 옆에 화살탑을 건설하기 시작했다. 다른 노예들과 궁병 2명은 화살탑이 방해 없이 잘 지어지도록 수비 태세를 갖췄다. 화살탑을 짓고서 이 안에 궁병을 넣으면, 헬하운드들이 소환되더라도 문제없었다.

*　　　*　　　*

'이게 뭐지?'

알렉산드로스는 어처구니가 없었다.

서열전이 이제 막 시작됐는데, 벌써 공격을 오다니?

심지어 궁병 2명!

'궁병을 벌써 소환했다고?'

그러려면 병영을 아주 일찍 지어야 했다.

마력석을 캐는 노예의 숫자를 늘리지 않고 병영을 먼저 지었으니 지금쯤 이신은 아주 가난할 터였다.

'이것만 막으면 된다.'

조금만 시간을 벌면 헬하운드 6마리가 소환된다.

궁병 2명과 함께 온 노예들이 앞마당에서 마법진을 그리고 있던 클로를 공격했다.

"키엑!"

집중 공격을 받고 클로가 죽었다.

하지만 다행히도 죽기 직전, 그리던 마법진은 가까스로 완성됐다. 이신은 완성된 마법진을 공격하기 시작했지만, 마법진이 파괴되기 전에 헬하운드들이 먼저 소환 완료될 듯했다.

'막을 수 있겠군.'

알렉산드로스는 공격받는 상황 속에서도 오히려 느긋했다. 실로 대담한 성품이었다.

하지만.

'뭣?!'

이신은 놀랍게도 마법진 바로 옆에 화살탑을 건설하기 시작했다.

'저 화살탑이 완성되면……'

궁병들이 화살탑에 들어가 마법진을 공격할 것이다.

헬하운드로 공격해도, 함께 온 노예들이 화살탑을 둘러싸 보호할 터.

'못 짓게 저지해야 해!'

울컥 화가 치밀었다.

이따위 얄미운 작전이라니!

급한 대로 마력석을 캐던 클로들을 다수 동원했다.

우르르 앞마당에 나온 클로들이 적에게 달려들었다.

'궁병부터 죽여!'

알렉산드로스는 그 와중에 침착하게 정확한 판단을 내렸다.

화살탑을 짓고 있는 노예를 죽여도, 데려온 노예들 중 하나에게 시켜 건설을 재개하면 그만이었다.

궁병부터 죽여야 했다.

'화살탑이 완성되더라도, 그 안에 들어갈 궁병이 모두 죽고 없으면 되니까!'

처음 당한 기습 작전임에도 대처법을 정확하게 낸 알렉산드로스였다. 하지만 말 그대로 처음 당해본 상황이었다.

알렉산드로스는 미처 모든 변수를 다 고려하지 못했다.

퓨퓨퓨퓨퓻!!

콜럼버스가 닥치는 대로 마비침을 난사한 것이다.

클로들의 움직임이 순간적으로 정지했고, 그 틈에 이신은 클로 1마리를 집중 공격해 죽였다.


[사도 상급 악마 콜럼버스의 능력 빙의를 사용합니다.]

[계약자 이신님께서 사도 콜럼버스의 육체에 빙의됩니다.]

[계약자 이신님께서 고유 능력을 사용합니다. 1초에 5마력씩 소모됩니다.]

[주변의 모든 아군의 체력이 회복됩니다.]

[치유 능력이 적용되는 범위를 조절할 수 있습니다.]

[적용 범위가 좁을수록 치유 효과가 상승합니다.]


이신은 콜럼버스에게 재빨리 빙의해 치유 능력을 펼쳤다.

클로들이 콜럼버스를 우선적으로 노렸지만, 이신은 블링크를 써서 뒤로 이동했다. 빙의 상태에 있을 때도 사도의 능력을 사용할 수 있다는 것은 이미 모의전을 통해 알아낸 사실이었다. 이신이 빙의된 콜럼버스는 블링크로 도망갔고, 다른 노예들이 앞서서 블로킹을 했다.

뒤에서 궁병 2명이 클로들을 하나씩 1점사!

로흐샨이 지휘 사격을 펼치고 있어서 백발백중이었다.

"키엑!"

"켁!"

클로들이 줄줄이 죽었다. 반면 이신 측은 치유 능력 덕에 피해가 전무했다. 클로가 4마리까지 죽자 알렉산드로스의 만면이 형편없이 일그러졌다. 뒤늦게 소환 완료된 헬하운드 6마리가 일제히 싸움에 투입됐다. 이신은 노예들을 앞세워 블로킹하고 뒤에서 치유 능력을 펼치며 필사적으로 시간을 끌었다.

그리고 마침내 화살탑이 완성되었다.

궁병들이 화살탑 안에 들어가 헬하운드들에게 화살을 쏘기 시작했다.

'망할!'

마침내 알렉산드로스는 분통을 터뜨렸다. 그리고 잠시 후 패배를 선언했다. 1차전의 완승 후에 2차전에서는 완패를 당한 셈이었다. 하지만 알렉산드로스는 깜짝 기습에 당해 분통이 터졌을 뿐, 여전히 여유가 있었다.

'잔수작을 부리는군. 어차피 그 작전은 헬하운드를 보다 일찍 소환하면 막을 수 있다. 하지만 넌 내 마룡을 못 막아.'

이신이 방금 선보인 작전은 2번 반복해서 쓸 수는 없는 임시방편일 뿐임을 알렉산드로스가 모를 리 없었다.

                    *          *          *

악마군주 바알은 3,601,100마력.

그레모리는 3,370,426마력.

거기서 이신은 바알에게 소원으로 마력을 요구했다.

─하는 수 없군.

바알은 이신에게 마력을 건네주었다.


[악마군주 바알님의 마력 36,011이 계약자 이신님에게 전달됩니다.]

[마력: 170,650/170,650]


무려 17만!

악마군주로 치면 67위 정도에 랭크될 수 있는 어마어마한 마력이었다.

'마력을 하찮게 보면 안 되겠군.'

사도 5인을 전부 상급 악마로 만들고 장비와 능력까지 전부 부여한 터라, 더 이상 마력을 사용할 일이 없다고 생각했던 이신이었다. 하지만 오늘 알렉산드로스를 보고서 생각이 바뀌었다.

놀랍게도 알렉산드로스는 이신과 나폴레옹과 싸워 이기기 위하여 새로운 사도를 들여 마룡의 전력을 증강했다.

이처럼 이신도 전략에 따라 새로운 사도를 구해야 하는 경우가 생길지 몰랐다.

아무튼 이로써 바알의 마력 총량은 3,565,089로 양측의 격차가

19만까지 줄어들었다.

일단 급한 불은 끈 셈이었다.

이제 마룡을 어떻게 막을지를 생각해 봐야 했다.

"수비에 전념하게 하면 어떻습니까?"

질 드 레가 의견을 냈다.

"마룡을 수비에 쓰느라 공격 오지 못하게 하자?"

"예."

이신은 곰곰이 생각했다. 무언가 정답이 나올 것 같았다.

*　　　*　　　*

이신은 질 드 레의 조언을 받아들여서 3차전에서 새로운 전략을 도입했다.

'핵심은 마룡에게 털리지 않고 병력을 모으는 거다.'

마룡들이 날아와 본진과 앞마당을 습격하기 시작하면 골치가 아파진다. 석궁병이나 노예를 죽이고 달아나는 마룡들.

앞마당과 본진 곳곳을 자유자재로 왔다 갔다 하며 치고 빠지면 피해는 누적될 수밖에 없었다. 정면으로 붙는다면 몰라도, 넓은 본진과 앞마당을 전부 커버하려다 보니 자연히 불리한 교전이 벌어지고 야금야금 피해가 누적되는 거다.

그렇다고 방어에 더 투자를 하자니 비용이 너무 많이 들어서 그것만으로도 상대적으로 크게 가난해져 이길 수가 없어진다.

이 모든 건 알렉산드로스의 마룡 전술이 예상보다 훨씬 강력했기 때문에 생긴 문제였다. 거기서 이신은 수비보다는 같이 견제를 해서 오히려 알렉산드로스가 수비를 하게 만들기로 했다.

마룡을 공격이 아닌 수비에 쓰도록 만들면, 이쪽이 공격당하지 않아도 된다는 의도였다. 그래서 소환한 것이 바로 기사였다.

꾸준한 정찰로 알렉산드로스 측에서 마룡이 언제 소환될지를 계산한 이신은 비슷한 타이밍에 기사를 소환했다.

2기 소환한 기사는 바로 상대 진영으로 공격을 갔고, 알렉산드로스의 마력석 채집장 하나를 습격했다.

그러자 이신을 공격하러 가던 마룡들은 일제히 회군해서 마력석 채집장을 수비해야 했다.

기사들은 계속 말을 타고 돌아다니며 마룡들을 유인했다.

마룡들은 기사들을 쫓아다니느라 시간을 허비했다.

그렇게 이신은 계속 소수의 기사를 보내 시간을 벌었다.

기사들이 마룡 편대에게 사냥당했지만, 그들이 벌어준 시간 동안 이신은 충분한 병력을 갖췄다.

병력이 갖춰지자 이신은 전군을 이끌고 진군했다.

그러자 알렉산드로스는 또다시 마룡으로 재미를 볼 기회를 잃었다. 당장 적의 군대가 공격해 오는데 상대 진영을 습격하며 야금야금 재미 볼 시간적 여유가 없었다.

1차전과 전투 양상이 달랐다.

이번에는 병력을 충분히 갖추고 있었던 이신이었다.

선발대를 보낸 후에 후속 병력도 다른 루트로 진격했으며, 기사도 2기 더 소환해 마력석 채집장을 기습케 했다.

동시에 3군데나 수비해야 했으므로 알렉산드로스의 마룡 편대가 제대로 활약할 수가 없었다.

마룡 편대가 나타나면 이신은 싸워주지 않고 후퇴하며 지연전을 벌였다. 그러는 동안 다른 2군데서 적을 공격하며 재미를 보는 것이었다. 그리고 마침내는 2갈래의 루트로 따로 이동했던 병력이 합쳐지면서 단숨에 알렉산드로스의 본진을 덮쳤다.

   이신의 3갈래 공격에 크게 흔들린 알렉산드로스는 그 총공세를 이기지 못하고 패배하고 말았다.


   [악마군주 바알님의 계약자 알렉산드로스 메가스님께서 패배를 선언하셨습니다. 악마군주 그레모리님의 승리입니다.]
   [악마군주 그레모리님께서 마력 5만을 획득하셨습니다.]
   [악마군주 그레모리님의 마력 총량이 3,420,426이 되셨습니다. 서열의 변동은 없습니다.]
   [악마군주 바알님의 마력 총량이 3,515,089가 되셨습니다. 서열의 변동은 없습니다.]


   이신의 2연승.
   양측의 격차가 10만 마력 이내로 줄어들었다.
   "제길, 까다롭게 싸우는군."
   알렉산드로스는 분통을 터뜨렸다.
   까다롭다는 표현이 잘 어울리는 이신의 공격 수법이었다.
   기사들은 소수씩 계속 기습을 가하여서 귀찮게 만들었다.
   마룡들이 쫓아오면 순순히 잡혀주지 않고 이리 뛰고 저리 뛰며 도망다녀 알렉산드로스에게 스트레스를 주었다.
   거기다가 마지막 3갈래 루트 공격은 어떤가?

선발대가 정면에서 오고, 추가 병력으로 구성된 후발대가 다른 루트로 우회하는 것까지는 알렉산드로스도 커버할 수 있었다.

하지만 거기서 또 기사 2기가 엉뚱한 곳에 나타나 알렉산드로스의 진영을 기습했다. 2기밖에 안 되는 소수의 기사가 또 일하는 클로들을 공격해 마력 수급에 차질을 입힌 것.

가뜩이나 적의 주력과 싸우기도 벅찬 와중에 그런 귀찮은 일격을 당하자, 알렉산드로스의 집중력이 흔들렸다.

'여러 곳을 일시에 공격해서 정신없게 만드는구나. 이게 저 자식이 좋아하는 수법이야.'

귀찮게 하고 다른 곳에 신경 쓰게 한다.

결국 상대가 여러 가지 일을 동시에 할 수 없어서 손발이 어지러워지게 만든다. 거기서 중요한 점은, 바로 이신 자신은 상대와 달리 여러 가지 일을 동시에 수행할 수 있다는 것!

'머리 여럿 달린 것 같다는 표현이 딱 맞아.'

같은 편으로 단체전을 치렀을 때도 느꼈지만, 정말 비범한 자였다. 상대가 무엇을 싫어할지 잘 알고 있었다.

어찌 보면 나폴레옹보다 더 싫은 상대였다.

나폴레옹은 차근차근 쌓은 방어선을 전진시키며 숨통을 조여 온다. 그 방어선을 볼 때면 저걸 부숴 버리고 말겠다는 도전 의욕이 솟구치는 알렉산드로스였다.

그런데 이신은 그냥 싫었다.

귀찮고 얄미운 짓만 해대는 상대라 투지보다는 질리게 만든다.

모기에게 투지를 불태우는 사람도 있나?

딱 그런 느낌이었다.

'아무튼 수비를 좀 더 보강해야겠군.'

진영에 난입해서 헤집고 다니는 기사 때문에 누적된 피해가 몇 인가? 미리 수비를 갖춰놓아서 이신의 흔들기에 또 당하지 않겠노 라고 알렉산드로스는 결심했다.

한편, 이신 측은 나름대로 승리의 활로를 찾았다는 분위기였다.

"마지막에 정말 훌륭한 공격이셨습니다. 주력 부대는 잘 막았는 데, 기습적으로 난입한 기사는 대처하지 못하고 피해가 누적되어 서 알렉산드로스의 힘이 빠졌습니다."

질 드 레가 이신의 전술을 칭찬했다.

이신은 고개를 끄덕였다.

"전투에는 강한데 그런 흔들기에 약한 면이 보이더군."

성향의 문제였다.

알렉산드로스는 사소한 것을 신경 쓰지 않고 앞만 보고 호쾌하 게 달리는 타입이었다. 그런데 이신이 자꾸 그 사소한 부분을 콕 콕 찌르니 미처 신경 쓰지 못한 부분에서부터 무너진다.

본래 그런 견제 플레이를 수비하려면 빠뜨림 없이 골고루 신경 을 쓰는 섬세함이 필요한데, 알렉산드로스는 그런 타입이 아니었 다. 실제 역사 속에서도 전쟁을 잘했지 내정을 잘한 군주는 아니 었지 않나.

"계속 그런 식으로 상대를 해야겠군."

"예, 그런데 기사를 보내서 마룡이 쫓아다니게 만드는 전략은 이제 알렉산드로스도 대비를 할 겁니다. 마룡을 소환하기 전에 방 어를 해두겠죠."

"마력석 채집장에 화염진을 건설해서 수비해 두는 정도겠지."

"그러면 기사로 찌를 빈틈이 없지만, 만약 화염진이 아니라 헬하운드로 수비를 하려 한다면 기회가 있을 것 같습니다."

화염진은 마물 종족의 방어 시설인데, 사실 알렉산드로스의 공격적인 성향에 어울리는 건물이 아니었다.

차라리 그 마력으로 헬하운드를 소환하면 수비도 할 수 있고 공격도 할 수 있기 때문이다.

질 드 레의 말에 이신은 또다시 생각에 잠겼다.

화염진으로 수비가 되어 있다면 기사로 기습할 여지가 없다.

하지만 헬하운드로 기사를 막겠다는 판단을 했다면?

"그 헬하운드를 격파하거나 따돌리며 계속 괴롭힐 수가 있겠군."

그걸로 얼마나 큰 피해를 주느냐는 중요한 문제가 아니었다.

그로 인해 알렉산드로스에게 헬하운드로 기사를 쫓아다니며 수비에 신경 써야 한다는 멀티태스킹의 부담이 생겨나는 점이 중요했다. 수비에 신경 쓰는 만큼 마룡의 활약도 날카로움이 떨어질 것이다.

"좋아, 그렇게 한번 해보자."

양측 모두 준비가 끝나자 4차전에 돌입했다.

\*　　　　\*　　　　\*

4차전은 베팅이 4만 마력이었다.

이제 양측의 마력 총량 격차가 약 9만 정도밖에 되지 않았던 것이다. 5만으로 풀 베팅을 했다가 또 지면 서열 역전이 일어나 버리니, 악마군주 바알로서는 베팅을 낮추는 수밖에 없었다.

살짝 체면이 상하는 일이었지만, 오랫동안 유지했던 서열 2위의 자리를 허망하게 내주는 것보다는 낫다는 판단이었다.

그것은 그레모리와 이신에게는 긍정적인 신호였다.

서열 2위 아래로 내려간 적이 없었던 바알과 알렉산드로스가 궁지에 몰렸다는 뜻이었으니까.

"이번에도 이기면 격차가 1만 미만으로 줄어들어요."

"2위가 목전이군요. 이기고 오겠습니다."

이신은 가볍게 말을 남기고는 서열전에 임했다.


[서열전이 시작됩니다.]

[악마군주 그레모리님의 계약자 이신님과 악마군주 바알님의 계약자 알렉산드로스 메가스님께서 참전합니다.]


4차전은 1차전과 3차전의 경험을 통해 상대의 의도를 파악하는 심리전의 양상을 띠었다. 이신은 알렉산드로스가 반드시 마룡을 주력으로 쓸 거라는 걸 알았다. 사도 넷이 마룡이니 안 쓸 리가 없었다. 알렉산드로스는 이신이 또 기사로 기습을 가해 자신을 흔들려 들 거라는 걸 알고 대비했다.

이신은 그가 기사의 기습에 대비하여 수비를 할 거란 걸 알았다. 그 수비를 무너뜨리고 다시 한번 흔들어볼 생각이었다.

그렇게 서로의 생각이 물고 물렸다.

중요한 일전이었다.

특히 알렉산드로스는 심리적 부담이 컸다.

2연패와 3연패는 느낌이 달랐다.

여기서 또 지면 심리적으로 밀리게 된다.

'이번엔 이겨야 해!'

마음을 독하게 먹는 알렉산드로스였다.

그러거나 말거나 이신은 3차전과 똑같은 빌드 오더로 움직였다.

정찰만 꾸준히 보내며 알렉산드로스의 진영을 파악, 마룡이 언제 나타날지 타이밍을 계산했다.

'마룡 소환 타이밍은 동일하군.'

그럼 마룡을 소환한 다음에, 기사의 기습에 대비하여서 어떻게 수비를 하는가가 관건이었다.

'살짝 도박을 해볼까?'

이신은 작전을 하나 쓰기로 했다.

알렉산드로스에게 마룡이 소환되었을 때, 이신도 기사를 3기까지 모았다. 서영이 포함된 기사 3기가 출진했다.

그런데 그 뒤를 이어서 석궁병도 5명이 출진했다.

기사 3기에 석궁병 5명까지 기습에 투입하겠다는 결단이었다.

석궁병 5기가 더해지면 알렉산드로스가 어떤 방어를 해놓았든 뚫고 피해를 입힐 수 있다는 계산!

물론 석궁병이 빠졌으니 이신의 본진도 그만큼 위험해졌다는 뜻. 이 기습으로 마룡들이 회군하게 해야만 했다.

석궁병 5명은 들키지 않도록 은밀하게 이동했다.

기사 3기가 앞장서서 순찰을 도는 헬하운드들을 사냥하며 길을 열었고, 그 덕에 석궁병들은 알렉산드로스의 눈을 속이고 접근할 수 있었다.

기사 3기가 알렉산드로스의 9시 마력석 채집장에 도착했을 때였다. 기사의 접근을 알고서 헬하운드 부대가 달려왔다. 기사의 기습에 대비한 알렉산드로스의 수비는 바로 헬하운드들. 기사들은 일단 헬하운드들을 피해 도망쳤다. 물론 유인이었다.

　헬하운드들이 기사들을 쫓아갔고, 그 틈에 석궁병들이 마력석 채집장에 돌입했다.

　무방비 상태.

　클로들만 마력석을 캐며 열심히 일하는 중이었다.

　"쳐라!"

　석궁병들이 1점사로 클로들을 1마리씩 사냥했다.

　'이 무슨!'

　알렉산드로스는 깜짝 놀랐다.

　기사의 접근은 정찰로 파악했지만, 석궁병의 접근은 전혀 몰랐다. 그의 정찰을 속이는 데 성공한 이신의 용의주도함이 효과를 거둔 순간이었다. 다시 이신의 흔들기에 알렉산드로스가 걸려들었다.

　'석궁병이 언제 저기에!'

　소수의 기사가 난입할 거라는 건 예상하고 헬하운드들을 보냈다. 그런데 석궁병 5명을 대동할 줄은 생각지도 못했다.

　길목 곳곳에 헬하운드가 1마리씩 배치되어 경계를 갖추고 있었는데!

　'기사로 정찰을 제거하고 석궁병이 은밀히 지나갈 길을 열었구나.'

　정말 치밀하기 짝이 없는 움직임이었다.

기사 3기와 석궁병 5명은 무시할 수가 없는 전력이었다.

가만 놔뒀다간 치명타를 당할 수 있으므로, 알렉산드로스는 이신의 진영을 습격하러 날아가던 마룡들을 회군시켜야 했다.

'이러면 아까의 재판이 될 뿐이지.'

총 12마리의 마룡 중 4마리만 수비를 위해 회군시켰다.

나머지 8마리는 계속 이신의 진영으로 향했다. 수비와 공격을 동시에 하겠다는 뜻. 마룡에 힘을 준 알렉산드로스의 체제는 중후반에 가면 시간이 지날수록 불리해진다.

석궁병의 숫자가 늘어나고 거기에 다양한 휴먼의 병과가 조합되면 강력한 한 방이 나오는데 그걸 막기가 어려워진다.

그전에 이신에게 피해를 입혀서 그 강력한 전력을 내지 못하게 약화시키는 것이 핵심. 그걸 성공하면 1차전처럼 이기는 거고, 실패하면 3차전처럼 지고 만다.

이번에는 무슨 일이 있어도 이기고 말겠노라고 결심하며, 알렉산드로스는 전투에 임했다.

일단 급한 것은 마력석 채집장을 습격한 적군이었다.

석궁병들이 마력석 채집장을 번개같이 습격해 클로 3마리를 사살했다. 기사 3기를 쫓던 헬하운드들이 급히 되돌아가려 했지만, 도망치던 기사들이 반전해서 오히려 덤벼들었다.

"이때다, 돌격!"

서영의 외침에 기사들이 돌격을 감행했다.

일직선상의 적에게 돌격으로 큰 피해를 주는 기사의 돌격이 헬하운드들을 덮쳤다.

퍼억! 콰지지직!!

"깨앵!"

"커엉!"

순식간에 헬하운드 3마리가 사살. 또한 2마리도 큰 부상을 당했다. 그때, 뒤편에서 알렉산드로스가 수비하러 보낸 마룡 4마리가 날아들었다.

"됐다, 후퇴!"

재빨리 달아나는 기사들.

그러는 동안에도 석궁병들은 계속 마력석 채집장을 점거했다. 석궁병들을 피해 대피한 클로들은 석궁병 때문에 일을 하지 못했다. 그것 자체도 손해였다. 더 이상 피해가 누적되면 안 되므로, 마룡들은 헬하운드 무리와 함께 마력석 채집장으로 향했다.

이에 이신은 이미 소기의 성과를 거둔 석궁병들을 후퇴시켰다.

마룡들과 헬하운드들이 도망치는 석궁병들을 뒤쫓았다. 저 석궁병들을 다 죽여야 손해가 만회되니까.

화르르르!

"으아악!"

바짝 추격한 마룡들이 달아나는 석궁병들을 1명씩 죽여 나갔다. 헬하운드들도 함께 추격하여서 석궁병들을 물어 죽였다.

그렇게 석궁병 5명이 모두 죽었다. 적이 물러난 마력석 채집장에 대피했던 클로들이 다시 돌아왔다.

그런데 바로 그때.

"덮쳐라!"

잠시 사라져 있던 기사 3기가 나타났다.

바로 대피했던 클로들이 돌아오는 길목에 말이다.

석궁병 5명을 미끼로 던져놓고서는 기사들로 하여금 클로를 다시 노린 것!

콰지직!

기사들이 클로들을 짓밟았다.

그렇게 이신은 신출귀몰하게 알렉산드로스를 계속 괴롭혔다.

그러는 동안 알렉산드로스는 마룡 8마리로 이신의 본진을 습격하려 했다. 이쪽도 똑같이 괴롭혀서 피해를 입힐 작정이었다.

그런데 변수가 또 발생했다.

[적이 출현했습니다.]

마룡 8마리가 이신의 본진으로 향하던 중 진군하는 적을 발견했다.

석궁병으로 이루어진 대규모 병력이었다.

이신이 전 병력을 끌고 진격에 나선 것!

'바로 승부를 보겠다고?'

알렉산드로스는 깜짝 놀랐다.

이신의 주력 부대는 벌써 알렉산드로스의 본진까지 중간 정도 접근한 상태였다.

이러면 마룡 8마리도 접근 중인 이신의 주력 부대를 막기 위해 써야 했다.

알렉산드로스는 이신이 의도하는 바가 무엇인지 알아차렸다.

'동시다발적인 전투를 벌일 생각이군.'

아직 기사 3기가 붙잡히지 않고 계속 도망 다니는 상황.

그 상태에서 이신의 주력 병력과도 전투를 벌여야 했다.

전투가 동시에 2군데서 벌어지고 있는 셈.

뿐만 아니라 병력도 계속 소환하는 등 운영도 해야 하니, 동시에 3가지 일을 해야 하는 부담이 생겼다.

동시에 여러 가지 일을 병행하는 정신력 승부를 건 셈이었다.

'오냐, 어디 한번 붙어보자!'

마룡들이 이신의 주력 부대에 달려들었다. 8마리의 마룡에 포함되어 있는 사도 넷이 일제히 능력을 펼쳤다.


[계약자 알렉산드로스 메가스의 사도 상급 악마 에케루가 능력 맹독 숨결을 뿜습니다.]

[계약자 알렉산드로스 메가스의 사도 상급 악마 르완델이 능력 초열을 사용합니다.]

[계약자 알렉산드로스 메가스의 사도 상급 악마 케륵이 능력 할퀴기를 사용합니다.]

[계약자 알렉산드로스 메가스의 사도 상급 악마 지켈이 능력 몸통 박치기를 사용합니다.]


"으악!"

"독이다!"

"크헉!"

일시에 펼쳐진 대대적인 습격에 석궁병 4명이 사살됐다.

이에 질세라 이신 측도 반격했다.

"쏴라!"

로흐샨이 지휘 사격을 펼쳤다.

정확히 맹독 숨결을 뿜는 능력이 있는 마룡 사도 에케루에게 10대의 볼트가 집중되었다.

사도 에케루가 단번에 추락하였다.

이어서 지휘 사격에 포함되지 않은 다른 석궁병들도 마룡들에게 피해를 입혔다.

*　　　　*　　　　*

전투가 시작되자 이신은 부대를 넓은 지형으로 이동시켰다.

알렉산드로스는 마룡들을 쓰기 좋은 지형에서 싸우고 싶을 테지만, 이신은 상대가 원하는 대로 싸워줄 생각이 전혀 없었다.

'결국 쫓아올 수밖에 없을 것이다.'

넓은 지형으로 나온 이신의 주력 병력.

알렉산드로스가 넓은 지형으로 쫓아오지 않는다면 결국 대치 상태가 되는데, 그렇게 시간이 흐르면 이신이 유리했다.

이신은 현재 마탑을 건설 중이었다.

더 시간이 흐르면 마법사가 소환된다.

마법사의 파이어 볼트면 마룡들을 삽시간에 통구이로 만들어 버릴 수 있다.

결국 알렉산드로스는 지금 싸워야 했다.

전투로 적 병력을 죽이지도 못하고, 그렇다고 이신의 진영을 습격해 피해를 입히는 것도 아니면, 무의미하게 시간을 보낼 뿐이니까. 이신도 나름대로 벼르고 있었다.

'넓은 곳에서 싸우면 그렇게 당해주지 않는다.'

좁은 지형에서 싸우면 3점사를 펼치는 마룡 전술에 석궁병들이 먹잇감이 된다. 하지만 넓은 지형이라면 이신이 컨트롤을 하기 쉬웠다.

알렉산드로스가 전투에 얼마나 자신이 있는지 한번 정면 대결을 펼쳐볼 심산이었다. 적 진영을 헤집으며 활약한 기사 3기가 결국 전사했다. 기사 3기를 쫓던 마룡 4마리와 헬하운드들도 곧 전투에 합류할 터. 이신도 추가로 소환되는 석궁병을 주력 부대에 합류시켰다. 기사 2기도 소환됐는데, 이번에도 우회 루트로 적진에 침투시키기로 했다.

전투가 시작되면 기사 2기가 또 적의 후방을 교란시킬 터였다.

그렇게 양측 모두 만반의 준비가 끝난 뒤, 전투가 벌어졌다.

마룡들이 달려들자, 이신은 번개같이 석궁병들을 사방으로 산개시켰다. 마룡의 화염은 범위 공격이라 뭉쳐 있으면 피해가 더 크기 때문이다. 이신의 집중력이 고조되었다. 그리고 마룡 편대가 타깃으로 삼은 석궁병들을 일일이 지목해 뒤로 도망시켰다. 그러자 마룡들의 움직임에 혼란이 찾아왔다.

타깃으로 삼아 공격하려던 석궁병들이 뒤로 물러나니, 순간적으로 타깃을 잃고 우왕좌왕하게 된 것이다. 그 틈에 산개해 있던 석궁병들이 사방에서 볼트를 발사해 마룡들을 공격했다.

쉬쉬쉬쉭!!

콰콰콰콱!

"케엑!"

그것은 고도의 컨트롤이었다.

적의 타깃을 미리 알아내어서 뒤로 물리는 것.

순간적으로 타깃을 잃으면 다른 타깃을 정할 때까지 미세한 딜레이가 발생한다. 그 딜레이를 계속 유발시켜서 마룡 편대가 원활한 움직임을 보이지 못하게 하는 것이었다.

측면에서 헬하운드들도 달려들었다.

[계약자 알렉산드로스님께서 고유 능력을 사용합니다. 300마력이 소모됩니다.]

[사용자가 선두에 섰을 때 휘하 병력의 공격력이 20% 상승합니다.]

그 헬하운드 중에는 빙의한 알렉산드로스가 선두에 있었다.

하지만 그때, 콜럼버스가 블링크를 써서 뛰어들었다.

퓨퓨퓨풋!

마비침이 선두에서 달리던 헬하운드들에게 집중되었다.

그리고 연이어 석궁병들의 집중사격!

[공격력 상승효과가 사라졌습니다.]

안내음이 떴다.

알렉산드로스를 처치하는 데 성공했다는 뜻이었다.

'됐다!'

이신은 전투에서 이겼음을 확신했다.

그의 컨트롤 중 무엇 하나 삐끗했다면 이길 수 없었을 터였다.

모든 게 완벽하게 이루어진 까닭에 승기는 이신에게로 기울었다. 한편, 기사 2기도 이신의 지시에 따라 알렉산드로스의 마력석 채집장을 기습했다. 알렉산드로스가 전투에 몰두하고 있는 틈에 이루어진 날카로운 기습! 하필이면 알렉산드로스가 빙의하여서 고유 능력을 펼치고 있어서 다른 곳에 미처 신경을 쓰지 못하고 있는 틈을 노린 일격이었다.

"키엑!"

"켁!"

클로들이 기사에게 죽임을 당했다.

뒤늦게 알렉산드로스가 알아차렸는지 클로들이 일제히 대피했다. 하지만 이미 7마리나 잡혔다. 전투의 가장 큰 전과가 2기의 기사에 의해 거두어진 셈이었다. 상황이 여의치 않음을 깨달은 알렉산드로스는 전투를 중단하고 병력을 후퇴시켰다. 치열한 그 전투의 결과는 이신의 판정승. 알렉산드로스가 더 피해가 커지기 전에 후퇴한 덕에 양측의 손실 교환은 이신이 약간 이득 본 정도였다. 하지만 척후에서 활약한 기사 2기의 전과에 의하여 승기는 확실하게 이신에게로 기울어졌다. 알렉산드로스는 좁은 길목에 마룡 편대를 재배치했다. 유리한 지형에서 한 번 더 싸워서 만회할 생각이었다. 하지만 이신은 진군을 중단했다.

'급할 게 없으니까.'

이신은 마력석 채집장을 새로 가져가고, 병력을 계속 모았다.

여유를 가지고 전력을 키운 이신은 마법사가 소환되자 마침내 다시 총공세를 펼쳤다. 알렉산드로스도 마력을 쥐어짜서 모은 마룡들로 결전에 임했다.

승패는 한순간에 엇갈렸다.

"파이어 스톰!"

화르르르르르!!!

"키엑!"

"키에에엑!"

마룡들이 화염에 휩싸여서 막대한 타격을 입었다.

마룡들도 마법사를 가장 먼저 처치하려 했지만, 이신의 치유 능력이 마법사 한 사람에게 집중되어 있어서 뜻을 이루지 못했다.

파이어 스톰에 구워져 너덜너덜해진 마룡들은 석궁병들의 사격에 몰살되었다.

[악마군주 바알님의 계약자 알렉산드로스 메가스님께서 패배를 선언하셨습니다. 악마군주 그레모리님의 승리입니다.]

[악마군주 그레모리님께서 마력 4만을 획득하셨습니다.]

[악마군주 그레모리님의 마력 총량이 3,460,426이 되셨습니다. 서열의 변동은 없습니다.]

[악마군주 바알님의 마력 총량이 3,475,089가 되셨습니다. 서열의 변동은 없습니다.]

"빌어먹을!"

알렉산드로스가 분통을 터뜨렸다.

차라리 전투에서 대패해 병력을 말아먹었으면 패배를 인정하겠다. 하지만 전투 자체는 불리해지자 즉각 후퇴했으므로 피해가 그리 큰 편은 아니었다. 하지만 전투가 벌어진 와중에 쥐새끼처럼 나타난 기사 2기에 의해 승부가 나버렸다.

고작 기사 2기에 의해 치명타를 입다니?

또다시 신경을 못 쓰는 틈을 타 허를 찌르는 이신의 얄미운 수법에 당했다는 게 화가 났다.

'안 되겠다. 이런 식의 대결은 내가 불리해.'

알렉산드로스도 승복할 수밖에 없었다. 한 번에 여러 가지 일을 수행하는 능력에서는 이신을 따를 수 없음을. 사실 멀티태스킹이라는 개념이 없었던 마계의 계약자들로서는 당연한 일이었다.

'난 저 녀석처럼 여기저기 모두 세심하게 신경 쓰지 못한다. 그냥 화염진을 건설해 완전하게 방어해 뒀어야 했어. 괜히 헬하운드로 수비하려 했다가 신경 쓸 곳이 많아져서 정신을 못 차렸지.'

알렉산드로스는 이신의 페이스에 말려서 괜한 객기를 부렸던 스스로를 반성했다.

워낙 공격적이고 능동적인 성향이라 방어 시설을 지으며 수비에 주의를 기울이는 것이 자존심 상했던 알렉산드로스였다.

이제야 그런 고집을 내려놓고 제대로 싸워보기로 마음을 잡은 것. 물론 그럴 수밖에 없었다. 이제 한 번만 더 지면 서열이 역전되어 버리니까. 처음으로 서열 3위로 내려앉는 참사를 면하려면 최선을 다해야 했다.

*       *       *

정상을 향한 결전은 치열했다.

5차전에서 알렉산드로스는 간신히 이신에게 1승 만회했다.

마력석 채집장을 늘리는 걸 포기하고 병력을 쥐어짜 일격 필살의 총공격을 펼쳤는데, 그게 먹힌 것이다. 이번에도 지면 안 된다는 알렉산드로스의 의지가 신들린 마룡 편대 활용으로 이어져 이신의 석궁병들을 학살했다. 수비하는 이신도 질기게 버텼다.

꾸역꾸역 석궁병을 소환해서 계속 버티는 바람에 일격 필살의 한 방을 노렸던 알렉산드로스로서는 공세가 막힐까봐 걱정해야 했다. 하지만 끝내 이신의 패배였다. 한 번만 더 이기면 서열 역전이었는데, 이 고비에서 알렉산드로스가 또 저력을 발휘했다.

'역시 전장이 안 좋군.'

이신은 혀를 찼다.

양 진영 간 공중상의 거리가 짧다는 게 변수였다.

마룡들이 생각보다 일찍 들이닥쳐서 공세를 펼쳤고, 이신은 알렉산드로스가 올인성 총공세를 펼쳤다는 걸 알면서도 끝내 막아내지 못했다.

지금껏 늘 불리한 전장에서 상대를 꺾어왔던 이신.

하지만 서열 2위를 놓고 싸우게 되자 새삼스럽게 전장이 아쉬웠다. 그만큼 알렉산드로스의 실력이 뛰어나다는 뜻이었다.

그래도 이신은 이 대결을 낙관적으로 바라보았다.

'서서히 익숙해져 간다.'

4사도가 투입된 마룡들의 3점사 전술에 당황한 건 사실이나, 그에 대처하는 석궁병 컨트롤도 서서히 손에 익기 시작한 이신이었다. 좋은 연습이었다. 그렇게 생각하며 이신은 곧바로 6차전에 임했다. 6차전, 알렉산드로스는 허를 찔러서 헬하운드만 대량 소환해 초반부터 몰아쳤다. 그 바람에 큰 피해를 입은 이신은 어떻게든 막긴 했지만, 뒤이어 나타난 마룡들에 대해서는 대처할 틈이 없었으므로 그대로 패배를 선언했다. 2연승으로 다시 기세가 살아나기 시작한 알렉산드로스. 하지만 7차전에서 이신은 그런 기쁨에 찬물을 끼얹어주었다. 5차전과 똑같은 상황이었다.

마룡 편대에 온 힘을 실은 알렉산드로스의 총공세를 이신이 완벽하게 막아낸 것이다. 이신은 마룡들의 타깃이 된 석궁병들을 지목해 뒤로 빼는 컨트롤을 펼쳤다.

상대가 누구를 공격할지 공격전에 눈치채고 물러나게 한다는 건 상당히 어려운 일이었다. 상당한 눈치가 필요한 일!

5차전에서는 그 컨트롤이 제대로 되지 않아서 졌다. 하지만 이번 7차전은 그 고난이도 컨트롤의 성공률이 꽤 높았다.

생각해 보라.

공격하려고 불을 내뿜기 직전에 타깃이 뒤로 달아난다.

그럼 달아나는 타깃을 쫓아가거나 가까이에 있는 다른 타깃을 골라야 한다. 그 과정에서 딜레이가 발생해 마룡들의 움직임이 굼떠지는 것이다.

그럴 땐 알렉산드로스의 순발력이 중요했다.

재빨리 다른 타깃을 지목해서 물 흐르듯 공격이 원활히 이루어지도록 해야 했다. 한마디로 이신과 알렉산드로스의 컨트롤 대결이 되어가고 있었던 것이다. 이신 쪽이 훨씬 난이도가 높은 일이었지만, 이신의 컨트롤 성공률은 점점 높아지고 있었다.

그런 식의 싸움을 해본 적 없는 알렉산드로스는 형편없이 당해버렸다.

'이놈이 마룡에 대한 대처가 점점 좋아지고 있구나.'

'슬슬 마룡을 쓰기가 부담스러워졌겠군.'

이신의 페이스였다.

알렉산드로스는 자신이 꺼내 든 주력 무기인 마룡이 점점 먹히지 않는다는 걸 느끼기 시작했고, 이신은 그런 그의 심리를 꿰뚫어보았다.

8차전, 알렉산드로스가 보다 장기전을 바라보며 운영을 했다.

곳곳에 화염진을 설치해 방어를 보강하고 마룡을 주력으로 하면서, 석궁병에 대한 카운터로 엔트를 모았다. 하지만 그것은 명백히 이신의 페이스에 휘말렸다는 증거였다. 중후반은 휴먼이 강력해지는 타이밍이었다. 알렉산드로스는 4사도를 투입한 마룡이 강력한 초중반경에 승부를 치러야 했다. 그러나 이신이 석궁병으로 마룡에 대처하는 전투 수법이 갈수록 좋아지자 이에 부담이 생겨서 장기전을 택한 것이다. 이신은 엔트의 카운터인 마법사와 기사를 첨가하며 군대를 형성했다.

결과는 이신의 대승.

신경 써서 지휘해야 하는 병과가 많아질수록 이신은 폭발적인 공격력을 발휘했다. 마법사가 마룡들의 위험을 피해 다니며 파이어 스톰을 펼쳐 엔트들을 붕괴시켰다. 이어서 기사단이 돌격하여서 진형을 파괴시켰고, 뒤따르는 석궁병들이 무너진 마물 군단을 쓸어 담았다. 회전(會戰)에서 패배하자 몰락은 순식간이었다. 이신은 병력을 나눠 알렉산드로스의 진영 3곳을 일시에 날려 버렸다. 이신 특유의 전광석화 같은 끝내기에 알렉산드로스는 재기할 틈도 노리지 못한 채 패배를 선언했다.

"빌어먹을!"

알렉산드로스는 스스로에게 화가 났다.

패배의 원인은 그 자신도 느끼고 있었다.

'승부를 피했다. 이 알렉산드로스가!'

애당초 준비했던 핵심 전술인 마룡으로 승부를 걸기가 꺼려졌다. 석궁병으로 마룡을 잡아내는 이신의 솜씨가 점점 좋아지는 게 눈에 보였기 때문이다. 그걸 두려워했다. 그래서 구상에도 없었던 장기전으로 끌고 갔다가 대패를 당했다. 이곳 제8 전장 주트는 마룡을 쓰기 좋지만, 반대로 대규모의 지상군을 쓰기가 휴먼보다 안 좋았다. 압도적인 물량으로 휴먼을 덮쳐야 하는데, 그럴 수 있는 넓은 장소가 별로 없는 것이다. 그런 기초적인 것도 잊어버릴 정도로 이신에게 말려들었다는 뜻이다.

'이제 도망치지 않는다.'

알렉산드로스의 두 눈에서 불꽃같은 투지가 일렁였다.

'좋든 싫든 승부다.'

9차전은 그렇게 시작됐다.

\*            \*            \*

나폴레옹은 옛 부하 4인을 사도로 두고 있었다.

니콜라 장드듀 술트.

니콜라 우디노.

앙드레 마세나.

장 마티유 필리베르 세뤼리에.

살아생전 함께 유럽을 휩쓸었던 원수(元帥)들로 유능한 지휘관이었다. 그들은 평소에도 나폴레옹의 참모로서 함께 전략을 연구하고 수립하는 일을 하며, 각자 종족 하나씩을 맡아서 모의전 상대가 되어주기도 한다. 최근 들어서는 나폴레옹과 함께 서열전 단체전도 연습 중이었다. 자신의 휘하 권속을 서열전 단체전에 쓰면 마력적으로 얼마나 이득이 큰지 이신이 증명해 보였기 때문이다. 이 4사도는 병과만으로도 나폴레옹의 스타일을 상징했다.

술트와 우디노는 기사.

마세나와 세뤼리에는 공병.

즉, 기사와 투석기의 조합이라는 나폴레옹의 스타일이 사도들의 병과에 그대로 반영된 셈이었다. 나머지 사도 1명은 공석이었다. 나폴레옹의 휘하에 권속 악마가 여럿 있었는데, 필요에 따라 그들 중 하나를 골라서 사도로 임명하곤 했다.

본래 권속 악마로까지 만들지는 않았었는데, 이신에게 오귀스트 마르몽을 빼앗긴 뒤로는 확실하게 권속으로 삼아서 관리하게 되었다.

"조아생 뮈라가 요즘 잘나간다더군."

"세상 말세야."

"그 무식한 머리로는 계약자 노릇 얼마 못 하고 지옥으로 쫓겨날 테니 그때 냉큼 사도로 임명하자는 게 폐하의 원래 계획이셨지?"

"그땐 이렇게 승승장구할 줄은 상상도 못 했지."

나폴레옹의 측근 4사도가 모여서 담화를 나누고 있었다.

그들은 모의전을 치르다가 잠시 쉬는 중이었다.

그들이 모여서 모의전을 치르는 이유는 단순히 실력을 높이기 위한 연마의 목적이 아니었다. 다른 계약자의 휘하에 소환되어 싸워보았던 병사에게 그때의 이야기를 듣고, 이를 토대로 해당 계약자가 펼친 전략 등을 추론하는 작업이었다.

소환된 일개 병사들의 증언은 하나같이 단편적인 정보밖에 없으므로, 이를 취합하여 전략 전술 전체를 알아내는 일은 아무나 할 수 없는 고난이도의 작업이었다. 때문에 나폴레옹의 측근들인 4사도가 거의 매일같이 이 임무에 매달리는 실정이었다.

조아생 뮈라의 이야기가 나온 이유도 그 때문이었다.

요즘 가장 활발하게 서열전을 벌이고 승승장구하는 핫한 계약자가 바로 조아생 뮈라였다. 조아생 뮈라의 무식함을 잘 아는 4사도로서는 기가 막힐 노릇이었다.

"결국 요약하자면 동맹을 잘 만나서 최하위에서 건져졌다 이거군."

"정보를 알아내면 알아낼수록 조아생 뮈라를 도와서 단체전을 주도해 준 이신의 사도 질 드 레가 얼마나 솜씨 좋은지 증명될 뿐이지."

살아생전에도 나폴레옹을 만난 덕에 나폴리의 왕이라는 지위까지 오를 수 있었던 무식쟁이 조아생 뮈라.

그는 이번에도 이신을 잘 만나서 덕을 보았다고 할 수 있었다.

"그나저나 이신과 알렉산드로스의 대결은 언제 끝나는 거지? 그래야 우리도 본격적으로 작업에 들어갈 거 아냐?"

앙드레 마세나가 투덜거렸다.

그랬다.

그들은 대기 중이었다.

이신과 알렉산드로스의 대결이 끝나면, 그들은 득달같이 휴먼을 골라서 모의전을 개시할 것이다. 닥치는 대로 병력을 소환하여서 이신과 알렉산드로스의 대결에 참여했던 인원을 찾아 내용을 물을 것이다. 대개 마계의 모든 서열전 관련 소문도 이런 식으로 퍼진다.

"누가 승자가 되든 간에 다음 상대는 우리임이 틀림없지."

니콜라 우디노의 말에 모두가 고개를 끄덕였다.

알렉산드로스도 이신도 나폴레옹을 꺾고 정상에 오르겠다고 벼르고 있는 자들이었다.

"근데 대왕과 젊은이, 둘 중 누가 더 두려운 상대라고 생각하나?"

문득 술트가 질문을 던졌다. 그 말에 다른 사도들도 고심에 잠겼다. 먼저 입을 연 것은 앙드레 마세나였다.

"두려움은 미지(未知)에서 찾아오지. 난 이신이 더 꺼려지는군."

그 말에 니콜라 우디노도 고개를 끄덕였다.

"그 말이 맞아. 알렉산드로스 대왕과 싸우는 건 스피드를 주체하지 못하는 야생마 위에 올라탄 느낌이야. 강력하지만 짜릿하지. 하지만 이신이 상대라면 걱정부터 될 것 같군."

"즉, 두렵지만 싸워 이기고 싶은 상대와 어떤 독특한 수단으로 공격할지 모르는 낯선 상대에 대한 걱정의 차이로군. 나도 그 말에 동의하네."

술트는 고개를 끄덕였다.

그러자 세뤼리에도 입을 열었다.

"난 다른 이유로 이신을 꼽지. 72악마군주의 축제 때 한편으로 있으면서 이신의 전략 전술을 지켜보았지. 그런 번뜩이는 재치가 이제는 우리를 공격하는 데 쓸 거라고 생각하니 그게 두려워."

4사도는 전부 이신을 더 두려워했다. 사실 알렉산드로스는 그동안 실컷 붙어본 상대여서 익숙함이 있었다. 하지만 이신은 마계에 변화를 불러오고 있는 태풍의 중심이었다.

사도들은 이신이 더 두려울 수밖에 없었다.

그때였다.

"이런, 다들 나와는 생각이 다르군."

"폐하!"

"오셨습니까, 폐하!"

사도들이 일제히 한쪽 무릎을 꿇고 나폴레옹을 맞이했다.

"새로운 자극은 언제나 날 즐겁게 하거든. 몸이 늙으면 기력도 사라져서 새로움이 주는 피로를 꺼리게 되지만, 우린 더 이상 노인이 아니잖나. 영원한 젊음을 가졌으면 그에 걸맞은 마인드를 가져야지."

씨익 웃은 나폴레옹은 사도들에게 말했다.

"자, 새로움을 만끽할 준비를 하세. 이신이 대왕을 격파했어."

마계 서열 2위.

악마군주 그레모리와 이신의 승전보가 전 마계를 진동시켰다.

# 제 2 장
## 마지막 도전

　나폴레옹도 이신도 비상 체제였다.

　사도들을 전부 불러 모아놓고는 전장에서 하루 종일 모의전을 하며 토론을 했다.

　폭풍 전야.

　마계 서열 1위를 가리는 대결전을 눈앞에 둔 두 남자의 투쟁심은 무섭게 불타오르고 있었다.

　"이신은 석궁병을 사용하지 않은 적이 거의 없습니다. 석궁병으로 기습해 올 것도 대비해야 하지 않을까 싶습니다."

　"치유 능력도 있기 때문에 이신은 다른 휴먼보다 초반에 강력합니다."

　"콜럼버스도 있죠. 콜럼버스가 결정적인 역할을 한 적도 꽤 있는 것으로 조사됐습니다, 폐하."

사도들의 의견을 취합한 나폴레옹은 고개를 끄덕였다.

"그럼 그 점도 대비를 해야지. 정찰을 강화하고 적의 진출이 확인되면 바로 화살탑을 지어 방어를 보강한다."

"상대의 정찰을 제거하고 병력을 비밀리 침투시키는 전술을 얼마 전 알렉산드로스를 상대로도 쓴 바 있습니다. 이 점을 조심하셔야 합니다."

"일단 정찰 보낸 노예가 죽거든 이신에게 꿍꿍이가 있는 걸로 받아들여야겠군. 하하, 참 까다롭게 만드는 걸 좋아하는 모양이야, 이 심성 고약한 청년은."

나폴레옹이 너털웃음을 터뜨리자 니콜라 우디노도 동의했다.

"알아내면 알아낼수록 상대를 골탕 먹일 궁리로 가득한 놈 같습니다. 이렇게 성격이 나쁜 녀석은 처음 봅니다."

"하하, 뭐 어떠냐. 덕분에 우리도 많이 배우고 있잖나. 그럼 계속 가지?"

"예."

앙드레 마세나가 나폴레옹의 모의전 상대가 되어주었다.

휴먼 종족 담당인 앙드레 마세나는 오늘만 나폴레옹과 수십 번의 모의전을 치렀다. 모의전이 끝나면 세부적인 분석 끝에 보강할 점을 찾아내고 다시 또 모의전을 치르기의 반복이었다. 준비하느라 바쁜 건 이신도 마찬가지였다. 다만 이신은 모의전보다는 조용히 전략을 구상하는 데 더 시간을 투자했다.

12가지 전장의 지형도를 전부 펼쳐놓고서 생각에 잠긴 이신.

그러나 머릿속에서는 치열한 격전이 펼쳐지고 있었다.

'여기군.'

이신은 제4 전장 엔터홀의 지형도에서 포인트 몇 군데를 체크했다. 전선을 짜서 전장을 양분했을 때, 반드시 장악해야 하는 자리였다. 이신의 생각에 휴먼 대 휴먼은 자리싸움이 9할이었다.

사실 이신은 그리핀 편대나 마법사, 기사, 석궁병 등을 활용하여서 스피디하게 싸우는 걸 더 선호했다. 하지만 나폴레옹의 스타일은 전선을 긋고서 싸우는 국지전이었다. 결국은 장기전 양상이 될 거란 걸 알기 때문에 이신은 이 같은 체크를 미리 해두는 것이다.

"콜럼버스."

"예?"

이신은 잽싸게 달려온 콜럼버스에게 지도 한 곳을 가리키며 말했다.

"여기서 여기까지 투석기 사거리로 닿나 확인해 봐."

"옙! 가자, 뚱보야!"

"이것 참 바쁘군."

콜럼버스는 로호샨을 데리고 모의전을 했다.

그리고 이신이 지시한 실험을 직접 해보았다.

'되는군.'

참관하던 이신은 이내 궁금증이 해결되어서 만족을 표했다.

지도의 그 포인트는 펜으로 표시가 되었다. 직접 모의전을 하지 않는 이유는 두 가지였다.

하나는 나폴레옹이 어떤 식으로 정보 수집을 하는지 들어봤기 때문.

모의전 내용도 유출될 수 있으므로 조심하는 것이다.

그리고 또 하나는 체력 비축이었다.

테무친, 알렉산드로스에 이어서 나폴레옹까지.

마계에 와서 이신은 쉼 없이 도전을 계속 치르고 있었다. 정신적으로 이제 조금씩 지치기 시작했다. 그래서 마지막 고비를 앞두고 좀 더 정신력을 비축하는 중이었다.

'마침내 여기까지 왔군.'

나폴레옹과의 대결을 머릿속으로 상상하다가 문득 떠오른 감상. 아직 하위 서열에 있었을 때, 나폴레옹에게 언젠가는 1위를 걸고 붙을 날이 올 거라고 말했던 적이 있었다. 그때도 이신은 이미 확신하고 있었다. 결국은 그리될 거라는 것을.

노력해서 경쟁자를 이기고 최고가 되는 것?

이신에게는 매우 익숙한 일이었다. 지난 인생을 언제나 경쟁과 승리로 보냈으니까. 그래서 이번에도 결국은 자신이 최고가 되리라고 자신감이 아닌 확신을 할 수 있었다. 나폴레옹도 최고의 계약자로서 한 가닥 재주가 있을 것이다. 하지만 결국 서열 1위의 자리를 자신에게 헌납하게 될 터였다. 프로게이머로서 이신이 갈고 닦은 노하우의 분량은 그보다 훨씬 오랜 세월 계약자로 지냈던 이의 노하우를 까마득히 능가하니까. 폐쇄적인 마계와 정보화 사회인 현실에서 얻을 수 있는 노하우의 양은 차이가 클 수밖에 없었다. 그렇다면 결국 마계 역시 이신의 적수를 찾아볼 수 없게 되는 것일까?

'그건 아닐 거다.'

이신은 문득 지난번에 알렉산드로스와 대결을 치르고 나서 나눴던 대화를 떠올렸다.

＊　　　　＊　　　　＊

"끝내 졌군."

9차전에서 자신이 준비한 마룡 전술을 혼신의 힘을 다해 펼쳤음에도, 알렉산드로스는 패배하고 말았다. 결국 마룡 전술에 대처하는 이신의 석궁병 컨트롤이 완성된 탓이었다. 1차전에서부터 9차전에 이르기까지 마룡에 대처하는 석궁병 컨트롤은 점점 숙달되어서 끝내는 완벽해졌다. 연습 기간을 더 가진 것도 아님에도, 실전 속에서 갈고닦여서 끝내 궁극에 이른 이신의 재능!

그 신이 내린 재능 앞에서 알렉산드로스가 준비했던 마룡 전술은 끝내 더 이상 가치가 없는 것이 되고 말았다.

'아니, 가치가 없지는 않다. 더 보강해야 할 부분을 찾았을 뿐이야.'

그렇게 자위하며 알렉산드로스는 이신에게 말했다.

"너는 씨를 뿌리는 자다."

"…무슨 뜻입니까?"

"네게 패배한 자들은 모두 너를 배울 것이다. 네가 보여준 것들을 배워서 더 강해질 것이다."

"……."

"네가 나폴레옹을 꺾고 서열 1위에 올랐을 때, 그것이 종막이 아닌 서막에 불과하다는 것을 곧 알게 되겠지. 그러니 이신……."

알렉산드로스는 여전히 타오르는 빛을 잃지 않은 두 눈으로 이신을 응시했다.

"우리의 승부가 이걸로 끝났다고 생각하지 마라. 서열전은 끝이 없으니까."

그 말에 이신은 고개를 끄덕였다.

"바라던 바입니다. 더 강해져서 도전해 오는 적수를 맞이하는 건 언제나 즐거운 일이죠."

"그런가."

"예, 그래도 결국 제가 이기니까요."

"하하하! 동감이야. 즐거운 대결은 내가 이긴 대결뿐이지."

알렉산드로스는 이신의 진심 어린 오만함에 크게 웃었다.

"그럼 이제 조만간 나폴레옹과 붙겠군?"

"예, 조만간."

이신은 최고가 되기 전까지 멈출 생각이 없었다. 이번에는 끝장을 보고야 말 것이다.

"그럼 한 가지 조언을 해줘야겠군. 모의전을 너무 많이 하지는 마라."

"예?"

"나폴레옹이 수하들과 함께 열심히 네 모의전에 대한 정보를 습득할 테니까. 네 지휘를 받아봤던 병사들의 증언을 수집하면서 네가 준비하는 전략을 알아낼 것이다."

"그렇군요."

이신은 그렇게까지 철저하게 전쟁을 대비하는 나폴레옹의 자세에 감탄이 나왔다.

"난 그렇게까지 하지 않지만, 그 녀석은 상당히 꼼꼼하거든."

"명심하겠습니다."

"착각하지 마라. 난 날 꺾은 네놈이 나폴레옹 따위에게 지는 꼴을 보고 싶지 않을 뿐이야."

"그것도 명심하죠."

이신은 피식 웃었다. 알렉산드로스는 그렇게 후일을 기약하며 악마군주 바알과 함께 떠났다. 이신은 그 뒷모습을 보며 생각했다.

'더 강해지겠구나.'

재능이 넘치는 유망주를 보는 기분이었다.

두려움을 모르는 패기와 공격성, 전술적 센스, 순간순간 승부의 타이밍을 캐치하는 승부사의 감각까지. 오늘의 패배를 통해 깨달은 자신의 약점을 더욱 보강하고서 다시 나타날 알렉산드로스는 지금보다 훨씬 강력한 적수가 되어 있을 터였다. 아니, 알렉산드로스뿐만이 아니라 지금껏 싸워본 상당수의 계약자들에게서도 재능을 느낄 수 있었다.

이걸로 끝이 아니라는 건, 얼마나 행복한 일인가?

더욱 강해진 도전자들이 계속 나타나는 것은 정말 즐거운 일이었다. 적수를 찾아볼 수 없었던 집권기를 경험해 본 이신은 앞으로도 자신을 위협할 패기 넘치는 도전자들이 있을 거라는 사실에 설레었다.

하지만 그것들은 후일의 즐거움. 지금은 눈앞에 둔 달콤한 과실을 취하러 갈 때였다. 바로 최고의 자리에 오르는 기쁨 말이다.

'나폴레옹, 당신은 지금 얼마나 강하고 앞으로 얼마나 더 강해질 수 있을까?'

도전자는 이신.

하지만 이신은 밑바닥인 72위 시절부터 1위를 넘보는 지금까지 한 번도 도전자의 마인드였던 적이 없었다. 곧 있을 대결은 나폴레옹이 시험대에 올라 이신에게 자신의 능력을 증명해야 하는 자리였다.

'만일 날 실망시키면, 철저하게 부숴 버리겠다.'

나폴레옹은 가장 거만한 도전자를 맞이하게 된 셈이었다.

*　　　*　　　*

"준비는 끝났습니다."

"드디어 이날이 왔네요."

"예."

태연자약한 이신. 오히려 그레모리가 긴장한 표정이었다. 사실 지금껏 늘 그랬지만 말이다.

"알겠어요. 악마군주 아가레스에게 연락을 할게요."

그레모리는 긴장한 표정으로 아가레스에게 텔레파시를 보냈다.

그러고는 짧은 대화가 오갔는지, 문득 이신에게 말했다.

"아가레스 측에서 의외의 제안을 해왔네요."

"뭡니까?"

"서열전을 치르기 전에 만찬에 초대하고 싶다고 하네요."

"만찬? 함정은 아닙니까?"

이신의 물음에 그레모리는 고개를 저었다.

"그렇지는 않을 거예요."

마계 최고의 군주인 아가레스가 그렇게 치졸한 짓을 할 리는 없었다. 이신은 어깨를 으쓱했다.

"별 상관은 없습니다."

"그 아가레스와 자리를 함께하는 만찬이에요. 혹시나 그 위압감에 압도되어서 서열전에 영향을 끼치는 건지는 모르겠네요."

"태어나서 한 번도 그런 일은 없었습니다."

이신은 단언했다. 실제로 이신은 큰 무대에서 긴장 때문에 실력을 제대로 발휘 못 했던 적이 한 번도 없었다. 그의 거만함은 타고난 것이었다. 그의 자신감에 그레모리는 미소를 지었다.

"좋아요, 그럼 함께 가죠."

이윽고 두 사람은 텔레포트로 이동했다.

파앗!

장소가 뒤바뀌었다.

─왔나.

마른 체격을 가진 현자가 말을 건넸다. 수수한 옷차림을 한 맑은 눈빛의 현자가 옥좌에 앉아 있었다. 그 옥좌가 설치된 곳은 바로 거대한 악어의 등 위. 흉흉한 눈빛을 내뿜으며 야성적인 이빨을 드러내는 거대한 악어는 신화 속의 마물과도 같았다.

악마들의 수좌에 있는 군주의 위압감을 저 악어가 대신 내뿜고 있었다. 현자는 바로 악마군주 아가레스.

72악마군주의 서열 1위에 있는 정점인 존재였다. 그리고 그의 앞에는 계약자 나폴레옹이 이신에게 반가운 기색을 내보이고 있었다.

"위대한 악마군주 아가레스님을 뵈어요."

그레모리가 정중하게 인사했다.

아가레스는 흐뭇하게 웃었다.

―다시 만날 때는 이런 자리일 거라고 예상은 했었지. 다만 예상보다 훨씬 빨리 만나게 됐구먼.

"그러네요. 영광으로 생각하고 있어요."

―흘흘, 좋군. 그럼 싸우기 전에 가볍게 식사나 하세.

아가레스가 들고 있던 지팡이로 대리석 바닥을 가볍게 두드렸다.

퉁―

소리와 함께 거대한 테이블이 나타났다.

퉁―

또 한 번 두드리니 테이블 위에 갖가지 진귀한 요리들이 모습을 드러냈다.

퉁―

다시 한번 두드리니 사방에서 악마들이 소환되었다.

파파파파파팟!

아가레스를 모시는 시녀들로 보이는 악마들은 조용히 나타나 일제히 고개를 조아렸다. 그 광경만으로도 아가레스의 위엄을 증명하는 듯했다. 아가레스는 문득 이신을 물끄러미 바라보았다.

이신은 그런 마계의 절대 군주를 마주 보고도 시선을 피하지 않았다.

―호오?

아가레스가 이신의 눈빛에서 무언가를 발견했는지 흥미로워했다.

*　　　*　　　*

악마군주 아가레스는 이신에게 강한 흥미를 느꼈다.

─자네.

"예."

이신은 침착하게 대답했다.

자신을 빤히 응시하는 그의 시선이 부담스럽지 않은 건 아니었지만, 참을 수 있었다.

왜일까.

이신 스스로도 자신의 담담함에 놀랐다. 그 누가 아가레스의 존재감에 압도되지 않을 수 있을까? 인간이 아닌 같은 악마군주라도 서열 10위 안의 동급이 아닌 이상 힘든 일이었다.

하지만 이신은 아가레스의 시선을 견딜 수 있었다.

왜인지 몰랐다.

마치 더 심하게 혼나봤기 때문에 그보다 약한 벌에 떨지 않는 것처럼 말이다.

─특별한 인연이 있었나 보군.

"…무슨 말씀이신지 잘 모르겠습니다."

그 말에 아가레스는 흘흘 웃었다.

─모르겠다면 그것도 다 안배가 있었기 때문이겠지.

그러자 이신의 곁에 함께 있었던 그레모리의 안색이 굳었다. 그녀는 아가레스가 말한 '인연'이 무엇을 의미하는지 어렴풋이 느꼈다. 아가레스가 계속 말했다.

─젊은이여, 넌 조만간 선택의 기로 앞에 서겠구나.

"……."

―물론, 그전에 일단은 우리를 먼저 넘어야겠지만.

아가레스는 옆에 있는 나폴레옹의 어깨를 툭툭 쳤다.

아가레스의 의미심장한 말을 흥미롭게 듣고 있던 나폴레옹은 이신을 바라보며 웃었다.

"무슨 이야기인지는 모르겠지만, 적어도 저 친구가 역시 흥미롭다는 건 알겠군요."

―흐흫, 힘든 싸움이 될 것이다.

"그만두시죠. 애써 냉정을 유지하려 해도 그런 말씀을 하시면 제가 더 흥분하잖습니까."

그러면서 씨익 웃어 보이는 나폴레옹. 기적 같은 승리를 일구던 살아생전의 젊은 시절처럼 패기 넘치는 모습이었다.

그 뒤로 식사는 의외로 즐거운 분위기로 진행됐다.

아가레스는 신성처럼 떠오른 그레모리의 약진에 축하했고, 나폴레옹은 이신에게 알렉산드로스와의 대결을 물어보며 마물을 상대로 어떤 전략이 좋은지 토론했다.

하지만 식사가 끝나고서 대결의 시간이 왔다.

―혹시나 묻는데 단체전을 원하나?

아가레스의 물음에 그레모리는 이신을 바라보았다.

이신은 고개를 저었고, 나폴레옹은 씨익 웃었다. 역시나 그 둘은 일대일 대결을 원했다.

―그럼 얘기가 편하군. 베팅은 당연히 5만이고, 전장은…….

"일단 제9 전장 아르셀로 하겠습니다."

나폴레옹이 대신 답했다.

제9 전장 아르셀은 4인용 전장인데, 경사진 지형이 많은 것이
특징이었다.

'좋지.'

이신의 입장에서도 나쁘지 않았다. 어차피 피차 똑같은 휴먼이
라 전장의 유불리가 딱히 없었다. 모든 전장을 분석하면서 주요
포인트를 샅샅이 찾아낸 이신이었는데, 특히 제9 전장 아르셀은 뚜
렷한 포인트가 하나 있어서 거기에 걸맞은 특별한 전략도 구상해
놓았다.

"좋아요, 그럼 시작하죠."

─그러지.

그들은 함께 제9 전장 아르셀로 향했다.


[악마군주 그레모리님과 악마군주 아가레스님의 서열전입니다.
전쟁의 승패가 서열과 마력에 영향을 줍니다. 마력은 5만이 베팅
됩니다.]

[마력 10만이 마력석이 되어 전장에 유포됩니다.]

[종족을 선택해 주십시오.]


"휴먼."

"휴먼."

두 사람을 서로를 바라보았다.

둘 다 설레고 있었다.

마침내 약속했던 대결의 순간이 온 것이다.

"결국 이런 날이 오는군."

"말했잖습니까. 언젠간 꺾고 1위에 오를 거라고."

이신은 덤덤히 대꾸했다.

"하하, 그 말을 정말로 현실로 이루다니."

"많이 궁금했습니다."

이신이 계속 말했다.

"최고의 계약자라 불리는 남자의 실력은 어느 정도일까? 붙어보면 누가 이길까?"

"이제 궁금증이 풀리겠군."

"지금까지는 제가 질 것 같은 상대를 보지 못했습니다."

이신은 단언했다.

얼마 전에는 알렉산드로스와도 겨뤘음에도 말이다.

"최상위에는 절 두렵게 만드는 상대가 있을 줄 알았는데 아쉽게도 없었습니다. 당신이 마지막 희망이죠. 그러니 절 실망시키지 말아주십시오."

"그런가. 그럼 최선을 다해 기대에 부응해 줘야겠군. 이거 내 어깨가 무거운데?"

나폴레옹이 너스레를 떨었다.

하지만 이신의 저 오만한 말에 진심이 담겨 있음을 그도 느꼈다.

그래서 긴장이 들었다.

그 어느 때보다도 힘든 대결이 될 것 같았다.


[서열전이 시작됩니다.]

[악마군주 그레모리님의 계약자 이신님과 악마군주 아가레스님

의 계약자 나폴레옹 보나파르트님께서 참전합니다.]

드디어 서열전 첫 대결이 시작되었다.

이신은 처음 주어진 노예 4명에게 마력석 채집을 지시하며 자신의 위치를 확인했다.

12시.

정확히는 살짝 1시로 치우친 12시 지역이었다. 이 전장은 특이하게도 시작 지점이 12시, 2시, 6시, 8시였다. 12시와 2시가 매우 가깝고, 6시와 8시가 서로 가까웠다. 이 전장에서 가장 중요한 것은 상대의 위치를 빨리 파악해야 한다는 점이었다.

이신은 일찌감치 콜럼버스를 소환해서 2시부터 정찰을 보냈다.

그리고……

[적을 발견했습니다.]

첫 정찰로 바로 나폴레옹을 발견했다.

나폴레옹의 본진은 2시로 12시에 있는 이신과 매우 가까웠던 것이다.

'이겼다.'

먼저 상대 진영을 발견한 순간 이신은 확신했다.

제9 전장 아르셀에서 준비한 맞춤 전략을 펼치기에 더없이 적합한 위치였다. 이신은 바로 병영을 건설했다. 그리고 병영이 완공되자 바로 궁병을 소환하면서, 대장간 건설을 시작했다.

그사이 나폴레옹도 노예 1명을 정찰 보냈는데, 콜럼버스가 마비침을 쏘고 공격하면서 방해했다. 결국 궁병이 먼저 소환되어서 출입구를 지키는 바람에 나폴레옹은 이신의 위치를 알아낸 것으로 만족해야 했다. 하지만 이때만 해도 나폴레옹은 그저 이신이 기사와 투석기의 조합으로 군대를 꾸릴 거라고 생각했다.

휴먼 대 휴먼에서 병영 병력은 마력 낭비였기 때문이다.

하지만 이신은 대장간을 건설하고 무기 개발까지 해서 석궁병과 방패병을 소환했다. 석궁병 8명, 방패병 2명이 모였을 때 이신은 콜럼버스도 대동시키고서 바로 진출했다. 이신의 진영 앞에 노에 1명을 놓고서 감시하고 있었던 나폴레옹은 그 병력이 나오는 것을 곧바로 확인했다.

'석궁병? 방패병까지?'

나폴레옹으로서는 무기 개발에 투자한 이신의 의도를 이해하지 못했다. 석궁병·방패병을 아무리 많이 모아봤자, 투석기들이 바위를 쏘기 시작하면 녹아버리다시피 하는 약체 병력이었다.

'석궁병은 나중에 그리핀에 태워서 써먹을 수 있다 쳐도, 방패병까지?'

아무리 봐도 이신이 한 번 공격을 해서 나폴레옹에게 피해를 입힐 의도라고밖에 볼 수 없었다. 하지만 너무 뻔한 공격이었다.

앞마당에 마력석 채집장을 구축한 나폴레옹은 병력이 얼마 없었지만, 앞마당에 화살탑 2채를 짓는 것으로 방어를 보강했다.

이 정도로도 충분히 막을 수 있었다.

설사 이신이 추가 병력을 더 보내서 공세를 펼친다 해도, 그때는 이미 투석기가 제작 완료될 시기여서 너끈히 막는다.

'이렇게 단순한 수를 쓸 리가? 혹시 열기구일 수도 있나?'

정면에서 압박해서 앞마당에 수비를 하게 만든 후, 열기구로 본진에 병력을 투하해 일격을 먹이는 작전일 수도 있다고 여겼다.

그렇게 생각해야 그나마 이해가 되는데, 사실 그것도 그리 절묘한 전략이라는 생각은 안 들었다.

'만약 그게 진짜 의도가 맞는 거라면, 날 너무 우습게 본 것이지.'

이신의 병력이 앞마당에 이르렀을 즈음에 화살탑 2채도 완공됐다. 이신은 번개같이 공격을 명령했다.

"공격!"

로흐샨이 앞장서서 달리며 지휘 사격을 펼쳤다.

쉬쉬쉬쉭—

콰지직!

"크헉!"

궁병 1명이 볼트 4대를 맞고 죽었다.

무기 개발이 안 된 나폴레옹 측은 궁병 2명이 죽는 피해를 받았다. 하지만 거기까지였다. 나폴레옹은 앞마당에서 일하던 노예들을 대거 싸움에 동원했다. 노예들이 앞에서 시간을 벌어주는 동안, 궁병들이 화살탑 2채에 무사히 들어갔다. 화살탑이 완공됐지만 아직 그 안에 궁병들이 들어가지 않은 틈을 노리고 기습적으로 치고 들어와 본 이신. 하지만 나폴레옹이 노예들을 동원해 이신의 침투를 적절히 막고 화살탑에 궁병들을 집어넣어서 잘 막았다. 이신은 별수 없이 물러났다.

'그 짧은 틈을 노리고 들어오다니. 역시 무서운 친구군.'

만약 나폴레옹의 대처가 어설펐더라면 어이없게 패배할 수도 있는 상황이었다.

그 순간의 틈을 노리려 했던 이신의 날카로운 시도가 두려웠다.

'하지만 이 공격이 막힐 거라고는 이신도 알고 있는 눈치인데.'

나폴레옹이 잘 대처하자 미련 없이 물러나 버린 이신이었다.

물론 궁병 2명과 노예 2명을 죽이는 전과를 거두긴 했지만, 지금 상황은 공격이 막혀 버린 이신의 명백한 손해였다. 왜냐하면 나폴레옹은 앞마당에 마력석 채집장을 운영하고 있었지만, 이신은 그럴 마력과 시간을 병력을 소환하는 데 투자했다. 이제야 앞마당에 마력석 채집장을 구축하는 상황. 나폴레옹이 훨씬 빨리 앞마당을 가져갔으니 마력 채집량이 확연하게 벌어지는 것이다. 그 점을 감안해서라도 이신은 방금 공격에서 더 큰 성과를 봐야 했다. 투자 대비 소득이 너무 안 좋은 상황.

'뭔가가 더 있다. 겨우 이 정도가 아니야.'

겨우 이 정도 공격을 노린 거라면 서열 60위 이하 수준의 실력이었다. 마계 서열전 양상에 돌풍을 넘어 혁명을 가져왔다 해도 과언이 아닌 이신이 겨우 이 정도밖에 안 될 리 없었다.

의심이 갈수록 나폴레옹은 더 꼼꼼하게 정찰로 전장을 살폈다.

정찰 보내놓았던 노예 1명 외에도, 이신이 공격 들어오기 전에 미리 노예 1명을 추가로 바깥에 빼놓은 상황. 노예 2명으로 전장 곳곳을 살피며 철저하게 이신의 모든 수단을 차단하려는 나폴레옹이었다. 나폴레옹은 투석기 1기를 제작하기 시작했다.

더불어 기사도 2기 소환됐다. 그 기사 2기는 바로 사도인 니콜라 우디노와 니콜라 장드듀 술트.

두 사도가 나오자 나폴레옹은 슬슬 싸움을 걸어봐도 좋겠다고 판단했다.

툭툭 건드리며 신경을 건드려 볼 생각이었다.

'우디노, 술트. 적군의 동태를 살펴보아라.'

"옛!"

"맡겨주십시오, 폐하!"

기사는 말을 타고 달아날 수 있으므로 석궁병들을 상대로 위태로울 걱정이 적었다.

우디노와 술트가 말을 타고 밖으로 나왔다.

이신의 군대가 어디에서 뭘 하는지 살폈다.

그런데…….

'응?'

이신의 병력은 아까보다 더 늘어나 있었다.

공격에 실패한 뒤에도 석궁병과 방패병을 계속 모았다는 뜻이었다. 그 병력이 주둔한 위치는 바로 12시와 2시를 잇는 오르막길. 이신의 입장에서는 내리막길이고 나폴레옹의 시점에서는 오르막길이었다.

'아!'

나폴레옹은 그제야 이신의 의도를 알아차렸다.

"폐하, 놈들이 저 길목을 장악하려고 무리했던 모양입니다."

술트도 알아차렸는지 외쳤다.

저 길목의 중요성은 나폴레옹도 알고 있었다.

하지만 그걸 위해 저렇게까지 무리해서 석궁병을 동원할 줄은 미처 몰랐다.

'어떻게든 저 고지만 쥐고 있으면 이긴다고 확신한 건가!'

비로소 나폴레옹은 이신의 의도가 두려워졌다.

\*　　　　　\*　　　　　\*

이신이 장악한 내리막길은 나폴레옹의 본진과 가까웠다.

몇 발자국만 더 내려가면 투석기의 사거리가 나폴레옹의 앞마당에 닿을 수 있을 정도. 나폴레옹으로서는 크게 압박을 받을 수 있는 위치였기 때문에 서둘러 저 고지를 탈환할 필요가 있었다.

'저 위치를 내주면 두고두고 위협을 받게 되어서 아무것도 못한다.'

나폴레옹은 경각심을 가졌다. 저 고지를 차지하기 위해 무리해서 석궁병과 방패병을 많이 소환한 이신. 반면 나폴레옹은 기사나 투석기 같은 고급 병과가 나오기 시작한 상황이었다. 하지만 대신 이신은 질 대신 양으로 밀어붙였다. 석궁병의 숫자가 상당해서 저 고지를 빼앗기란 쉽지 않을 듯싶었다.

'지리적인 불리함도 있으니 더 곤란하게 됐군.'

이신에게 내리막길은 나폴레옹에게 오르막길이었다.

싸우면 나폴레옹이 손해를 안고 시작할 수밖에 없는 지리적 조건이라는 뜻이다.

'하필이면 12시 대 2시라니. 자리 운이 없군.'

아마 이신도 이를 노리고 2시에 나폴레옹이 있는 걸 확인하자마자 행동에 나선 것이리라. 이곳 제9 전장 아르셀에 대해 아주 잘 분석했다는 뜻이었다. 어쨌든 불평만 하고 있을 때가 아니었다. 나폴레옹은 기사를 더 소환해 4기까지 늘렸다.

투석기는 이제 막 1기가 제작되고 있는 현황.

일단은 기사 4기로 어떻게든 해봐야 했다.

'우디노, 술트.'

"옛!"

"예, 폐하!"

기사 사도인 우디노와 술트가 대답했다.

'전장을 시계 방향으로 우회해서 적의 후방을 교란시켜라. 어떻게든 한 번 흔들어보는 거다.'

"옛!"

"명을 받듭니다!"

우디노와 술트는 기사들을 이끌고 냅다 달렸다.

나폴레옹의 기사 4기가 이신이 장악한 길목을 피해 전장을 크게 우회했다. 이내 이신의 진영 인근에 도착하여서 기습 작전을 벌이기 시작했다.

"으악!"

"악!"

추가로 소환되어서 이동 중이던 이신의 석궁병 2명이 기사들의 습격을 받아 죽었다. 기사들이 계속 그 인근을 다니며 오르막길과 이신 본진을 단절시켰다. 하지만 이에 대하여 이신은 별다른 대응을 하지 않았다. 이신에게서 특별한 반응이 없자 나폴레옹은 나름대로 상황을 유추했다.

'투석기를 준비 중이겠지.'

이신으로서는 점유한 길목에 투석기를 배치하는 것이 급선무였다. 오르막길에 투석기가 떡하니 버티고서 바위를 쏘면 나폴레옹으로서는 본격적으로 골치가 아파지는 셈이었다.

'그전에 내가 먼저 저 길목을 탈환해야 한다.'

가뜩이나 오르막길이라 불리한데 위에서 바위까지 쏘면 더 싸우기 어려워지기 때문이다. 다행히 이신은 석궁병에 너무 많은 투자를 한 상황. 확장과 테크 트리가 더 빨랐던 나폴레옹이 먼저 투석기 1기를 제작 완료했다. 기사 4기가 계속 이신의 진영 인근을 돌며 교란 작전을 벌이는 동안, 나폴레옹은 투석기로 오르막길 공략에 나섰다.

'마세나, 저 고지를 공격해라.'

"옛!"

투석기를 제작한 공병은 바로 사도 앙드레 마세나였다.

마세나는 분해된 투석기를 끌고 공격에 나섰다.

투석기를 호위하기 위하여 화살탑 2채에 있던 궁병들도 모두 데리고 나왔다. 다시 재조립된 투석기가 오르막길에 배치된 이신 군을 향해 바위를 쏘기 시작했다.

[계약자 나폴레옹 보나파르트의 사도 상급 악마 앙드레 마세나가 능력 '속사'를 사용합니다.]

[투석기의 발사 속도가 30초간 2배 빨라집니다. 60초 후 재사용 가능합니다.]

쉬이익—

쿠우웅!

"으악!"

석궁병 2명이 사망했다.

앙드레 마세나가 사도로서의 능력을 발휘했다.

2배 속사!

30초 동안 앙드레 마세나가 조종하는 투석기는 2배 빠르게 바위를 쏘아댔다. 비록 30초 동안이지만 투석기 2기 위력과 같아진 셈이다. 이는 나폴레옹의 강력함을 뒷받침해 주는 중요한 사도의 능력이었다.

쿠웅!

"으악!"

쿠우우웅!

"크헉!"

바위를 쏠 때마다 석궁병이 1명씩 죽었다.

"쳇, 투석기 사거리 밖으로 물러나."

로흐샨이 소리쳤다.

이신의 석궁병 부대는 투석기의 사거리 밖으로 물러났다.

그대로 달려들어서 1기뿐인 투석기를 부숴 버리는 선택을 할 수도 있으나, 뒤에 있는 나폴레옹의 기사들 때문에 그럴 수가 없었다. 투석기를 부술 수는 있지만, 그 틈에 기사들이 뒤에서 덮치면 피해가 커진다. 내리막길의 장점을 이용하여서 더 강력한 기세로 돌격을 행하기라도 하면 피해가 어마어마해지는 것을 이신을 이미 파악하고 있던 것이다.

'역시 달려들지 않는군.'

내심 이신의 공격을 유도할 의도였던 나폴레옹은 입맛을 다셨다. 투석기와 궁병들을 모두 미끼로 내주더라도, 저 석궁병들을 오르막길에서 끌어 내리고 싶었다. 하지만 이신은 그냥 물러날 뿐이었다. 조금의 빈틈만 보여도 득달같이 덤벼드는 승냥이 주제에, 판단은 또 칼같이 정확한 이신이었다.

'하는 수 없군. 투석기가 추가되면 한 발자국씩 전진하면서 계속 밀어붙여라.'

2번째 투석기가 제작 완료되자 나폴레옹은 더더욱 오르막길 공략에 박차를 가했다. 더불어 기사들에게는 이신 측의 투석기가 등장하면 오르막길에 배치되지 못하도록 공격해서 부수라고 명령해 놓은 나폴레옹이었다. 그렇듯 나폴레옹이 거세게 압박했지만, 이신은 그 오르막길을 절대 내주지 않았다. 석궁병들을 산개시켜서 투석기의 공격에 대한 피해를 최소화시켰고, 방패병들을 뒤에 배치해 기사들의 후방 급습을 견제했다. 그리고 마침내 이신에게도 투석기 1기가 완성되었다.

이 투석기를 오르막길까지 무사히 이동시키는 것이 관건이었다. 나폴레옹의 기사들이 중간 길목을 가로막고 있었기 때문이다.

'마르몽, 서영, 이존효.'

이신은 세 사도에게 특명을 내렸다.

'마르몽은 투석기를 내리막길까지 무사히 이동시켜라.'

'서영과 이존효는 투석기를 습격하는 적 기사들을 막아라.'

"옛, 주군!"

세 사도가 대답했다.

이존효를 포함한 장창병이 5명.

서영을 포함한 기사단은 3기였다.

나폴레옹의 기사단은 벌써 8기로 늘어나 있었는데, 이들로부터 마르몽이 끌고 가는 투석기를 지켜내야 했다.

이윽고 난투가 벌어졌다. 마르몽이 투석기를 끌고 이동하자 나폴레옹의 기사단이 덮친 것이다.

"마르몽, 이 배신자 녀석아!"

니콜라 우디노가 버럭 호통 치며 앞장서서 덤벼들었다.

[계약자 나폴레옹 보나파르트의 사도 상급 악마 니콜라 우디노가 능력 버서크를 사용합니다.]

[주위 아군이 부상당할수록 공격력이 강해집니다.]

저돌적인 성향답게 극단적인 공격성을 드러내는 우디노의 능력.

하지만 이신 측에서도 가장 용맹한 이존효가 능력을 펼쳤다.

"어디 붙어보자!"

[계약자 이신의 사도 상급 악마 이존효가 능력 광기를 사용합니다.]

[주변 아군이 광기에 휩싸여 공격력이 크게 강화되었습니다.]

이윽고 양측의 싸움이 격화되었고, 그 와중에 마르몽은 힘겹게 투석기를 끌고 이동했다. 나폴레옹의 기사들이 계속 쫓아가 공격하려 들었지만, 이신의 병력들이 가만두지 않고 계속 가로막았다. 결국 투석기는 무사히 이동하였다.

이신은 본진에서 추가 병력이 계속 나와 합류했지만, 나폴레옹의 추가 병력은 먼 길로 우회해야 했기 때문에 합류하지 못한 것이다. 마르몽은 오르막길 위에서 투석기를 다시 조립했고, 이윽고 적의 투석기에게 바위를 발사했다.

[계약자 이신의 사도 상급 악마 오귀스트 마르몽이 능력 명중률을 사용합니다.]
[주변 아군의 원거리 무기 명중률이 100%가 됩니다.]

투석기는 물론 근처에 있던 석궁병들까지 명중률이 100%가 되었다.

쉬이잉— 퍼어엉!

마르몽이 쏜 바위가 나폴레옹의 투석기에 명중하여 반파시켰다.

"제길, 거리 재기가 정확한 건 여전하군. 어서 물러나라!"

앙드레 마세나가 침음했다. 오르막길의 특성상 위에서 쏘는 편이 사거리가 더 길 수밖에 없었다.

지금 마르몽이 자리 잡은 위치는 몹시도 정확하게, 아래쪽에 있는 나폴레옹의 투석기 사거리는 닿지 않지만 마르몽은 쏴서 맞출 수 있는 아슬아슬한 위치였다.

정확한 포지션에서 투석기를 다루는 마르몽.

다행히 마세나도 미리 앞에 있는 투석기에게 분해 명령을 내려놓은 상태였다. 한 방 얻어맞고 반파된 투석기였지만, 2번째 바위에 또 얻어맞아 박살 나기 전에 분해 완료하여서 뒤로 물러날 수 있었다. 조금만 더 늦었어도 투석기 1기를 잃을 수도 있었던 위험천만한 순간이었다.

투석기 1기를 반파시킨 마르몽의 활약으로 오르막길의 대치는 이신이 유리해졌지만, 이신도 섣불리 달려들지 못했다.

앙드레 마세나가 자신의 능력 속사를 사용하지 않고 버틴 것.

이신의 석궁병들이 덤벼들면 그때 속사를 사용해 반격하겠다는 의지 표현이었다. 앙드레 마세나의 분전으로 대치가 이루어지긴 했지만, 상황은 서서히 나폴레옹에게 불리해져 가고 있었다.

비록 마력 채집량에서 부유한 쪽은 나폴레옹이었지만, 대신 이신은 지리적 이점을 쥐고 있었다. 오르막길에 배치되는 투석기가 점점 늘어나자 나폴레옹은 부담을 느꼈다.

이신이 언제 파죽지세로 달려들지 모르니 여기에 대한 방어력을 보강시켜야 했다. 다시 한번 우회 침투 전략을 시도해 보았으나, 이번에는 우회 루트에도 이신의 군대가 지키고 있어서 좌절되었다. 이신은 물샐틈없이 꼼꼼하게 나폴레옹을 압박하기 시작했다. 한 발짝, 한 발짝, 이신의 투석기들이 미세하게 전진 배치되기 시작했다.

미세하지만 꾸준하게 가까이 다가오니 나폴레옹으로서는 점점 숨통이 조여오는 기분이었다.

계속 압박받던 나폴레옹은 결단을 내릴 수밖에 없었다.

'마법사로 적의 방어선을 부수는 수밖에 없겠다.'

마법사의 화력을 바탕으로 이신의 압박 라인을 뚫겠다는 결단.

마탑을 건설하고 마법사를 소환.

마법사가 3명까지 모이자 마침내 나폴레옹이 총공격을 펼쳤다.

하지만……

[계약자 이신의 사도 상급 악마 로흐샨이 능력 유도 사격을 사용합니다.]

[로흐샨과 가까운 아군 석궁병 12인이 동일한 타이밍에 동일한 지점을 적중시킵니다. 5초에 1회씩 사용 가능합니다.]


기다렸다는 듯이 이신도 은밀히 모으고 있었던 그리핀 편대를 출격시켰다. 로흐샨이 이끄는 그리핀 편대는 마법사들을 훌륭하게 저격해 버렸다. 기사와 투석기 위주라 지대공 공격 수단이 별로 없었던 나폴레옹군의 빈틈을 정확히 찌른 것이었다.

마법사 3명 중 2명이 파이어 스톰을 제대로 펼치지 못하고 죽자, 전투는 급격히 이신의 우세로 기울었다. 나폴레옹이 보다 많은 물량으로 밀어붙였으나, 오르막길이라는 지형적 이점과 그리핀 편대의 활약이 결정적으로 작용했다.


[악마군주 아가레스님의 계약자 나폴레옹 보나파르트님께서 패배를 선언하셨습니다. 악마군주 그레모리님의 승리입니다.]

[악마군주 그레모리님께서 마력 5만을 획득하셨습니다.]


1차전은 이신이 준비한 전략이 먹혀들면서 그레모리 측의 승리로 끝났다. 하지만 정상을 향한 마지막 도전은 이제부터 시작이었다.

# 제3장

## 전선

　[악마군주 아가레스님의 마력 총량이 3,897,800이 되셨습니다. 서열의 변동은 없습니다.]

　[악마군주 그레모리님의 마력 총량이 3,560,426이 되셨습니다. 서열의 변동은 없습니다.]

　서열전 1차전을 가뿐하게 승리로 장식한 이신. 지리적 이점을 잘 활용하여서 나폴레옹의 모든 수단을 차단시킨 완벽한 승리였다. 마법사의 화력으로 돌파를 시도하려 했던 나폴레옹의 의도까지 예측하고 그리핀 편대로 카운터를 친 것이 결정타였다. 첫 싸움에서 무력하게 진 나폴레옹은 불편한 심기를 추스르고 2차전 전략을 생각해야 했다.

　'시작 지점이 불리했던 건 사실이지만 너무 쉽게 오르막길을 내

줘 버렸군. 이 지리적 이점을 철저하게 공략할 생각으로 보이니 다음번에는 선점당하지 않도록 조심해야겠군.'

철두철미한 이신의 준비성이 보였던 1차전이었다. 하지만 이제 시작일 뿐이었다.

이신만큼이나 나폴레옹도 많은 준비를 했다. 이신이 먼저 준비한 카드를 보여주면 보여줄수록, 이에 맞춰서 대응하기가 쉬워진다.

'서열이 역전되기 전까지 너의 모든 패를 확인해 주마.'

오랫동안 1위를 유지한 나폴레옹은 알렉산드로스라는 지치지 않는 도전자를 상대하면서 보다 높은 서열에 있다는 장점을 이용하는 데 능숙해졌다. 전장을 고를 수 있는 권리가 그것이었다.

상대가 무엇을 준비했건, 그걸 다 확인한 다음 이에 대응하기 가장 적합한 전장을 골라서 물리친다. 이런 생각을 가지고 있었기 때문에 나폴레옹은 1패에 연연하지 않고 대결을 길게 보았다.

─소원은 무엇으로 할 테냐?

아가레스가 이신에게 물었다.

"마력으로 하겠습니다."

이신은 쉽게 대답했다.

아가레스의 마력 총량을 깎아서 최대한 빨리 서열 1위를 빼앗겠다는 의도였다. 이신의 눈은 오직 1위의 자리만 향하고 있었다.

─좋지.

아가레스는 자신의 마력을 이신에게 전해주었다.


[악마군주 아가레스님의 마력 38,978이 계약자 이신님에게 전달

됩니다.]

[마력: 209,628/209,628]


끝내 이신의 마력은 20만을 넘겨 버렸다.

아가레스의 마력 총량은 3,858,822로 줄었지만, 여전히 그레모리와 30만 마력가량의 격차가 있었다.

하지만 5만 베팅으로 3번만 더 이기면 역전할 수 있으므로 막막하거나 하지는 않았다.

그런데…….

—전장은 그대로, 마력은 3만을 베팅하도록 하지.

아가레스 측에서 돌연 베팅을 대폭 줄였다.

갑자기 이신의 실력에 겁먹고 줄인 것은 아닐 터.

"싸움을 길게 보고 지켜보겠다는 뜻입니다."

이신이 그레모리에게 말했다. 두말할 필요도 없이 나폴레옹의 의중일 것이다. 이신은 나폴레옹의 서열전 스타일이 어느 정도 보였다. 그동안 그의 가장 큰 강적은 알렉산드로스였다. 화끈하게 전투를 치르는 스타일인 알렉산드로스에게 장기전 스타일을 가진 나폴레옹은 이렇듯 서열전을 길게 끌며 기세가 사그라지기를 기다렸을 터였다. 실제로 그런 식으로 해서 지금껏 계속 서열 1위의 자리를 지켰고 말이다. 그걸 이신에게도 똑같이 적용한 것이다.

'내가 기본기보다는 전략가형이라고 생각한 모양이군.'

어찌 보면 틀린 판단은 아니었다. 이신은 확실히 공격적이었기 때문에 다양한 전술로 상대를 공략하길 즐긴다. 반면 나폴레옹은 봉쇄라는 고유 능력까지 보유했기 때문에 탄탄하게 전선을 구축하고 장기전을 치를 때 빛을 발한다.

싸우면 싸울수록 이신의 공격 패턴이 드러날 터이고, 나폴레옹은 이를 분석하고 맞춰가며 가장 적합한 전장을 고를 것이다.

베팅을 낮추고 대결을 길게 끄는 이유도 보다 많이 이신과 싸워보고 관찰하여서 상대하기 좋은 전장을 찾아내겠다는 뜻.

제10 전장 헤셀에서 알렉산드로스에게 재미를 봤던 것처럼 말이다. 이신은 질 드 레와 잠시 상의를 했다.

질 드 레도 이신과 생각이 비슷했다.

"전장 선택권이 저쪽에 있는 이상, 서열전을 많이 치르면 치를수록 나폴레옹이 유리해질 겁니다. 결국 싸우기 용이한 전장을 찾아낼 테니까요."

"그렇겠지."

"저희도 베팅에 따라 싸움을 달리할 필요가 있습니다. 지금처럼 베팅이 낮을 때는 준비했던 전략을 보여주기보다는 평범하게 싸워주는 게 어떻겠습니까?"

"평범하게?"

"예, 전선을 구축해서 싸우는 장기전에서도 밀리지 않는다는 것을 한 번 보여주면 저쪽도 생각을 달리할 겁니다."

그 말에 이신은 고개를 끄덕였다.

"그래야겠군."

한 번쯤은 정공법으로 나폴레옹을 꺾어줄 필요가 있었다.

그리고 이신은 그런 식의 싸움으로 인공지능도 꺾은 바가 있었다. 자신 있다는 뜻이었다.

─상의는 끝났나?

"예."

아가레스의 물음에 이신이 답했다.

바로 2차전이 시작되었다.


[서열전이 시작됩니다.]

[악마군주 그레모리님의 계약자 이신님과 악마군주 아가레스님의 계약자 나폴레옹 보나파르트님께서 참전합니다.]


이신의 시작 지점은 2시.

바로 전에 나폴레옹의 본진이 있었던 바로 그 위치였다.

'설마.'

불길한 예감이 든 이신은 콜럼버스를 서둘러 소환했다.

'지금 바로 정찰 가라.'

"벌써 말입니까?"

평소보다 정찰 타이밍이 빨라서 콜럼버스는 놀랐다.

'그래. 블링크를 써서 최대한 빨리 12시를 확인해.'

"알겠습니다."

이번 정찰의 중요성을 깨달은 콜럼버스는 바로 12시로 출발했다. 이동속도 +5%의 부츠를 신은 덕에 발 빠르게 12시에 접근한 콜럼버스는 블링크까지 아낌없이 써서 앞마당 쪽 출입구로 돌아갈 필요도 없이 12시 본진 내부로 곧바로 진입했다.

그리고……

'골 때리는군.'

이신은 쓴웃음을 지었다.

[적을 발견했습니다.]

그랬다. 12시에 나폴레옹이 있었다. 1차전과 위치가 정반대. 이번에는 이신이 불리한 위치에서 시작한 것이다.

'바로 빠져나와.'

"옛!"

콜럼버스는 3초간 나폴레옹의 본진을 살핀 후, 재빨리 블링크를 다시 펼쳐서 바깥으로 빠져나왔다.

"본진으로 돌아갑니까, 주군?"

'아니, 1시로.'

콜럼버스는 의아해했지만 곧장 명령에 따랐다. 늘 그랬듯 이신에게 무언가 생각이 있을 터였다. 이신은 본진에서 병영을 빠르게 건설했다.

거기다가.

'콜럼버스, 거기다가 병영을 지어라.'

"옛!"

1시 지역에서도 콜럼버스를 시켜서 병영을 또 하나 추가로 건설했다.

2병영.

거의 치즈 러시 수준으로 빠른 타이밍에 병영 2채를 건설한 이신이었다. 이는 다 나름의 판단을 한 결과였다.

나폴레옹도 이신이 2시에 있다는 걸 눈치챘을 것이다.

콜럼버스가 매우 빠른 타이밍에 정찰 온 걸 봤으므로 당연히 가장 가까이에 있는 2시에서 왔겠구나 예상할 수 있는 것이다.

그럼 나폴레옹이 무슨 생각을 할까?

당연하지만, 이신이 1차전에서 보여주었던 전략을 참고할 터였다. 이신의 목에 칼을 들이댈 수 있는 급소인 오르막길!

그곳을 선점하기 위하여 병영을 건설해 병력을 소환할 것이 분명했다.

'그 지점을 장악한 것만으로도 승리는 절반 이상 잡은 것이나 다름없으니까.'

그래서 이신은 특단의 조치를 내렸다. 상대보다 더 빨리 병영을 짓고 병력을 더 많이 모으는 것. 거기다가 병영 1채는 1시 지역에 숨겨 지었다. 오르막길의 지리적 이점을 가지고 싸우려고 할 때, 1시 방면에서 병력이 나와 뒤를 친다면 유리한 구도에서 전투를 치를 수 있다는 계산이었다.

오르막길을 두고 양 진영의 레이스가 시작되었다.

나폴레옹은 이신이 보여준 모범 전략을 따라했다.

궁병들이 진군하여서 먼저 오르막길을 장악한 것.

오르막길을 먼저 장악하기 위하여 대장간에서 무기 개발이 이루어지기도 전에 궁병 상태로 나온 것이다. 이신도 궁병들이 출진했다. 오르막길을 사이에 두고서 나폴레옹은 위쪽에, 이신은 아래쪽에 포진했다.

이대로 싸우면 이신이 패배하는 게 당연지사.

하지만 이신은 가만히 기다렸다.

1시에 몰래 지은 병영에서 소환 중인 궁병들이 어느 정도 모일 때까지.

'타이밍을 봐서 한 번에 친다.'

이신은 대장간을 상당히 빨리 짓고 무기 개발도 서둘러 했다.

초반의 마력과 시간을 여기에 다 투자했다. 거의 치즈 러시나 다름없는 빌드 오더였다. 그만큼 이 지역을 차지하는 데 사활을 건 것이다. 이신은 무기 개발이 완료되는 타이밍을 노렸다.

'무기 개발은 아마 2, 3초 정도 내가 더 빠를 것이다.'

이신의 궁병들이 석궁병으로 업그레이드되고, 나폴레옹의 병력은 아직 궁병 상태인 그 몇 초. 그 몇 초에 공격하여서 피해를 입히겠다는 이신의 치밀한 계산이었다.

콜럼버스로 정찰시켜서 얻은 정보만으로 이신은 컴퓨터처럼 정확하게 나폴레옹의 빌드 오더와 병력 규모, 무기 개발 시간을 계산한 것이었다. 물론 이는 엄청난 양의 훈련으로 쌓은 경험에서 비롯된 계산이었다.


\*　　　　\*　　　　\*


'이제 입장이 뒤바뀌었군, 친구.'

나폴레옹은 오르막길을 두고 대치 상태인 양측 병력을 보며 웃었다. 1차전에서 이신에게 좋은 걸 배웠다.

유리한 위치를 선점하기 위해서는 보다 가난해지더라도 타이밍을 앞당겨서 병력을 보내도 된다는 것을.

풍부한 마력에서 풍부한 병력이 나오므로 마력을 많이 채집하는 데만 몰두했었는데, 때로는 그보다 지리적인 이점이 더 중요할 때도 있다는 소중한 교훈이었다.

'아마 너도 여길 빼앗기 위해 공격해 오겠지.'

나폴레옹은 현재 보이는 것보다 이신이 모으고 있는 궁병이 더 있을 거라고 확신했다.

'아마도 치유 능력을 써가며 돌파를 할 텐데.'

똑같이 싸우더라도 이신은 보다 많은 마력을 소모해야 할 것이다. 오르막길이라는 불리함을 딛고 싸우려면 말이다. 치유 능력이 있으면 그 불리함을 상쇄하고도 남지만, 그 치유 능력도 마력을 소모하는 행위였다. 나폴레옹은 이 오르막길에서 최대한 버티면서 이신의 마력을 소모시킨 뒤에 빠질 생각이었다.

이신을 가난하게 만들어놓으면 나중에 투석기와 기사를 더 많이 소환해 다시 밀어붙여서 이 자리를 되찾을 수 있기 때문이다.

그런데 그때였다.

이신의 궁병들이 일제히 석궁병으로 변했다.

'무기 개발이 됐나 보군. 뭐, 이쪽도 금방 완료되니까.'

나폴레옹은 대수롭지 않게 여겼다.

하지만 그 즉시 이신은 공격을 개시했다.

"이때다, 쏴라!"


[계약자 이신의 사도 상급 악마 로흐샨이 능력 유도 사격을 사용합니다.]

[로흐샨과 가까운 아군 석궁병 12인이 동일한 타이밍에 동일한 지점을 적중시킵니다. 5초에 1회씩 사용 가능합니다.]


사도 로흐샨의 지휘 사격에 따라 석궁병들의 볼트가 발사되었다. 아직 궁병인 나폴레옹의 부대는 그 날카로운 공격에 피해를 입었다.

"크헉!"

"으악!"

즉각 대응 사격을 했지만 궁병의 화살보다 석궁병의 볼트가 훨씬 강력했다. 그리고 동시에 뒤편에서도 몇 명의 석궁병이 출현했다. 갑자기 양쪽에서 습격해 일시에 사격을 가하자 나폴레옹의 궁병들은 사상자가 속출했다.

[대장간에서 무기 개발이 완료되었습니다.]

뒤늦게야 나폴레옹의 병력들도 석궁병으로 업그레이드되었지만, 이미 4명이나 사망한 뒤였다.

'이럴 수가 있나?'

나폴레옹은 경악했다.

고작 4초 정도의 차이였다.

그 4초를 노리고 치고 들어온 이신의 판단이 괴물같이 느껴졌다.

'몇 초 더 빨리 무기 개발이 될 거란 걸 계산할 수 있었단 말이야?'

1시에 병영을 숨겨 지어서 양면에서 공격한 판단도 멋졌지만, 나폴레옹은 이신이 보여준 '시간 계산'이라는 개념에 충격받았다. 그는 오늘 지금껏 보지 못했던 강력한 도전자를 만난 것이다.

여기서 당황하여 무너진다면 최고가 되지도 못했을 것이다.

나폴레옹은 바로 수습에 들어갔다.

일단 후퇴.

나폴레옹의 석궁병들이 일제히 후퇴했고, 이신의 석궁병들이 계속 뒤쫓았다. 그 순간, 나폴레옹이 뒤돌아 반격했다.

움찔한 이신은 잠시 한발 후퇴했다. 왜냐하면 이신의 병력은 1시에서 온 석궁병들과 오르막길 아래쪽에 있는 병력들로 양분된 상태였기 때문이다. 아래쪽에 있던 석궁병들이 오르막길을 오르느라 잠시 늦어졌고, 그 틈에 나폴레옹이 1시에서 온 석궁병들에게 반격을 가한 것. 각개격파를 당할 수는 없으므로 이신은 잠시 후퇴시켜서 절반의 아군이 오르막길을 올라와 합류하길 기다렸다. 그 틈을 타서 나폴레옹은 다시 후퇴했다.

날카로운 반격 덕에 거리를 벌려놓은 나폴레옹은 나머지 석궁병들은 무사히 챙길 수 있었다.

이어진 나폴레옹의 수습은 앞마당에 화살탑을 건설해 이신의 공격에 방비한 것이었다.

'들어가진 못하겠군.'

화살탑 건설이 조금만 늦었어도 들어가서 노예들을 살육했을 것이다. 조금의 빈틈만 있어도 비집고 들어가는 것이 이신의 공격성이었다. 하지만 나폴레옹은 중요한 전투에서 패배했지만 뒷수습을 아주 훌륭히 했다.

이신은 공격 대신 나폴레옹의 앞마당 앞에 넓게 포진했다.

나오지 못하게 봉쇄해 버린 것이다. 물론 투석기가 제작되어서 바위를 쏘면 금방 물러나야 하는 봉쇄였지만.

주도권을 잡은 이신은 계속해서 흐름을 잡기 위하여 투석기 제작을 시작했다. 특수 병영에서 소환된 마르몽이 투석기를 제작하기 시작했다. 상황은 이신이 좋았다. 전투 승리로 석궁병의 숫자가 더 많았고, 나폴레옹이 앞마당에 화살탑을 건설한 데 비하여 이신은 방어에 돈을 쓸 필요가 없었다.

덕분에 다소 무리하게 일찍부터 병영을 2채 건설하고 석궁병을 모으느라 가난했던 상황이 만회되었다. 무엇보다 나폴레옹의 앞마당 앞을 점거하고 있는 형국이었다. 양 진영에 투석기가 나타나면 그때부터 진짜 시작이지만, 적어도 현재로서는 자리싸움에서 아주 유리해졌다는 뜻이었다.

[투석기 제작이 완료되었습니다.]

첫 투석기의 위치는 바둑의 포진이나 다름없었다. 어디에 배치하느냐에 따라 향후 적과 전장을 양분하는 지형도가 달라지는데 이신은 초반 전투의 승리로 인하여 첫 투석기를 멋진 곳에 배치하는 데 성공했다.

바로 12시와 1시 사이.

문제의 오르막길을 지나 나폴레옹의 앞마당에서 가까운 곳에 투석기가 배치된 것이다. 몇 걸음만 더 가면 나폴레옹의 앞마당에 바위를 날릴 수 있는 위치였다.

이신은 이곳에 자리를 잡고서 조금도 물러서지 않았다.

'마르몽의 근처에 모여 있어라.'

이신은 석궁병들을 마르몽 근처에 모아놓았다. 이는 마르몽의 능력 때문이었다.

[오귀스트 마르몽(휴먼, 공병)

무기: 사브르(공격력 +5%)

방어구: 가죽 갑옷(방어력 +5%)

능력: 빙의, 명중률(주변 아군의 원거리 무기 명중률이 100%가 됩니다.)]

마르몽이 명중률 능력을 펼치면 그가 다루는 투석기뿐만이 아니라, 근처에 있는 석궁병들의 명중률까지 100%가 되기 때문이다. 나폴레옹도 이신의 사도들 능력을 전부 파악하고 있었기 때문에 쉬이 덤벼들지 못했다. 이래저래 첫 단추를 잘못 꿰는 바람에 나폴레옹은 이번에도 어려운 국면에 놓인 셈이었다.

나폴레옹은 하는 수 없이 이신이 거기서 더 접근하지 못하도록 방어선을 구축하는 수밖에 없었다. 유리한 포진을 만들어놓은 이신은 확장을 시도했다. 마력석 채집장을 새로 구축한 지역은 1시. 지금 병력이 포진하고 있는 자리만 잘 지키면 안전을 확보할 수 있는 지역이었다. 3시, 4시, 5시 같은 경우는 나폴레옹이 기동력이 빠른 기사를 우회 루트로 침투시키면 타깃이 될 수도 있는 지역이어서 그쪽에 확장을 하지 않았다.

앞으로 나폴레옹은 상황을 타개하고자 계속 우회 침투로 흔들기를 노려올 것이기 때문에, 수비에 손이 많이 가지 않도록 처음부터 신중하게 전선을 짜는 이신이었다.

투석기의 숫자가 늘어나면서 서서히 전장이 양분되기 시작했다. 전선은 1시부터 8시까지로 그어졌다. 1시는 이신이 차지했지만, 시작 지점이라 마력석이 많이 매장된 8시는 둘 중 누구도 차지할 수 없는 첨예한 대치가 되어 있었다. 영토 규모만 따져도 전장의 6할 이상을 이신이 잠식한 상황.

마력석 매장량으로 따지면 더 격차가 벌어져 있는 대치 구도였다. 이대로 시간을 보내도 자연히 점점 유리해지는 이신에 반해, 나폴레옹에게는 이신의 전선을 뚫고 지금의 대치 상태를 재조정해야 한다는 과제가 주어졌다.

'자, 어서 돌파해 봐. 기다리고 있으니까.'

이신은 만반의 태세를 갖춰놓고서 나폴레옹이 전선 돌파를 시도하기를 기다리고 있었다.

공격은 시도하는 쪽이 더 위험하게 마련.

특히나 휴먼 대 휴먼의 대결에서는 더더욱 그랬다. 이신은 나폴레옹이 돌파해 오는 순간, 그 병력을 잡아먹고서 바로 대대적인 역습을 펼쳐 승부를 낼 참이었다. 시간은 자신의 편이었지만 장기전을 별로 좋아하지 않는 이신. 눈을 번뜩이며 결판을 낼 수 있는 기회만 호시탐탐 노리고 있었다.

간절히 기다리는 이신의 마음에 응답한 것일까?

마침내 나폴레옹이 병력을 움직였다.

일단의 병력이 전장의 중앙 지역에 집중되기 시작한 것이다.

'중앙 돌파?'

이신의 두뇌가 무서운 속도로 회전했다.

보통 나폴레옹이 노려야 할 곳은 2군데.

첫째, 자신의 본진과 매우 가까워 위협이 되고 있는 12시와 1시 사이의 그 길목. 이곳에 배치된 이신의 병력이 몇 발자국 더 전진하면 바로 나폴레옹의 앞마당을 타격할 수 있게 되며, 본진에서 소환된 병력이 밖으로 나올 수 없게 통로를 틀어막게 된다. 즉, 패배하게 되는 것이다.

그런 위험한 급소에 이신의 병력이 주둔해 있으니, 여길 먼저 걸어내는 판단을 해도 무리가 아니었다.

그리고 둘째, 바로 8시 지역.

12시, 2시, 6시, 8시.

8시는 이곳 제9 전장 아르셀의 시작 지점 중 하나였다.

시작 지점은 다른 지역보다 마력석 매장량이 풍부하기 때문에 장기전을 벌일 때 반드시 차지해야 하는 지역이었다.

이신은 2시와 함께 6시 지역도 차지한 상황.

그러면 나폴레옹도 자신의 본진인 12시 외에도 8시를 먹어야 공평해진다. 그런데 현재 8시는 나폴레옹과 이신이 첨예하게 대립하고 있어서 둘 중 누구도 차지할 수 없는 지역이 되어 있었다. 한마디로 이신이 나폴레옹이 8시를 먹지 못하도록 그곳에 병력을 배치해 놓고 알 박기를 하는 중이었다. 나폴레옹이 불리한 국면에 처한 것도 바로 이 8시가 문제였다.

8시를 놓치게 된 이유?

그건 이신이 12시—1시 사이 길목에 병력을 배치한 채 나폴레옹의 숨통을 위협하고 있어서 운신이 자유롭지 못한 탓이었다.

한마디로 나폴레옹이 현 상황을 타개하기 위해 돌파해야 할 곳은 바로 이 두 개의 지점이었다.

그런데 나폴레옹의 판단은 그 2곳이 아닌 중앙 돌파였다.

그러니 이신의 생각이 많아질 수밖에 없었다.

'그렇다면 중앙은 시선 끌기다.'

이신의 시선이 중앙에 쏠리게 하고서, 실제로는 12시-1시 길목이나 8시를 칠 것이다. 이신도 나폴레옹의 이 의도에 어울려 주기로 했다. 그리하여 이신도 병력을 중앙에 집중시켰다. 하지만 12시-1시와 8시에 배치된 병력은 그대로 놔두었다. 결국 그 2곳 중 하나를 치리라고 판단했기 때문이다.

자, 어디냐?

원하는 대로 따라주었으니 이제 그만 목적을 보여줘야지?

어디를 돌파할 것이냐?

이신은 나폴레옹의 병력이 움직이는 흐름을 면밀히 살폈다.

그리고……

[적이 출현했습니다.]

8시에서 적이 나타났음이 알려졌다. 하지만 전투는 없었다.

병력을 가득 실은 나폴레옹의 열기구 6척이 그대로 이신의 군대의 머리 위를 유유히 지나갔으니까. 나폴레옹과 이신의 전선은 8시에서 맞닿아 있었다. 양측 군대는 8시 안으로 진입하는 통로를 투석기 사거리에 두고 있어서 누구도 8시를 차지하지 못하던 형국이었다. 이에 대한 나폴레옹의 선택은 돌파가 아닌 드롭. 열기구에 병력을 태워 이신의 전선을 건너뛰고 8시 안으로 무혈 입성한 것이다.

'열기구를 숨기고 있었구나.'

무언가 준비할 거라고 생각은 했다.

마법사나 그리핀이나 열기구 셋 중 하나인데, 열기구였던 모양이었다. 중앙 지역을 이신이 꽉 잡고 있어 육상으로 이동이 제한되니, 열기구로 날아다니며 전술을 펼치겠다는 의도였다.

열기구에서 내린 나폴레옹의 병력들이 일제히 8시에 자리 잡고서 수비 태세를 갖췄다. 그리고 함께 타고 있던 노예가 그곳에 마력석 채집장을 구축하기 시작했다. 이제야 시작 지점을 양측이 똑같이 2곳씩 가져가게 된 셈이었다.

'그런 선택을 했다 이거군?'

이신의 입꼬리가 올라갔다.

차라리 결판을 짓자고 덤빌 수도 있는 상황이었다.

하지만 나폴레옹은 선불리 승부를 보는 것보다는 어떻게든 장기전을 치르겠다는 의지를 천명했다. 이신이 뻔히 알고 기다리는데 총공세를 펼쳤다간 대패하기 일쑤였으니까 말이다.

무모함과 우연에 의존해 승리를 바라기보다는 실력으로 승리를 만들겠다는 정신이었다. 이제 간신히 이신에 대항할 구색이 맞춰진 나폴레옹. 그렇기에 더 이상 시간은 이신의 편이 아니었다. 나폴레옹도 8시를 가졌으니까.

'그럼 그 대가를 치르게 해줘야지.'

설마 8시를 공짜로 가져가려 했다면 나폴레옹은 양심 없는 남자였다. 이신은 병력을 8시에 집중시켰다.

8시로 진입하는 통로를 사이에 두고 대치했던 양측의 구도가 깨졌다. 이신이 밀어붙이자 나폴레옹의 군대는 맞서 싸우지 않고 뒤로 물러났다. 그러자 8시 본진은 나폴레옹이, 8시 앞마당은 이신이 차지한 형태가 되었다. 이어서 이신은 그곳에 화살탑을 건설했다. 초반에 소환했던 석궁병들을 그 화살탑에 집어넣었다.

화살탑이 8시를 꽁꽁 둘러서 열기구가 드나들지 못하도록 가둬 놓는 형태가 되었다. 이어서 이신은 그리핀 편대를 만들기 시작했다. 열기구를 보는 족족 격추시키기 위해서였다.

그야말로 이신의 대대적인 작업으로 나폴레옹의 8시 지역이 외부와 단절되었다. 나폴레옹의 병력이 8시와 그 이외 지역으로 양분된 것. 8시 병력을 묶어놓고서, 이신은 다른 지역에서 본격적으로 움직였다.

'전군 10시로 진격.'

'그리핀 편대는 9시의 제공권을 장악하고, 8시에서 적군이 못 나오게 지원할 것.'

이신의 지상군이 나폴레옹의 10시 방면 방어선을 공격했다.

동시에 그리핀 편대는 9시 지역에 주둔한 채 넓은 활동 반경을 보이며 활약했다. 때로는 10시에서 아군의 공격을 지원했고, 때로는 8시로 내려가서 습격을 하기도 했다.

이신은 서서히 8시 쪽에서 병력을 조금씩 빼내 나폴레옹을 공격하는 데 투입했다. 나폴레옹은 총전력의 3할가량이 8시에 묶여 있는 상황. 이신은 8시를 고립시키는 데 1할가량의 병력만 쓰고 나머지는 공격에 투입한 것이다.

결과적으로 9 대 7의 싸움이었으니 나폴레옹은 정면으로 맞서기보다는 중요하지 않은 지역은 내주면서 최대한 버티는 쪽을 택했다. 8시를 가진 대가로 이 정도 값을 치르리라는 건 나폴레옹도 이미 각오했던 일. 이신은 계속해서 전 지역으로 파상 공세를 퍼부으며 나폴레옹의 영역을 조금씩 떼어갔다.

나폴레옹은 금싸라기 땅만 빼고 불필요한 군더더기는 이신에게 내주었다. 그렇게 전장에서 이신의 영역이 점점 넓어졌다.

*　　　*　　　*

간신히 마력 채집량을 반반으로 맞춘 나폴레옹은 대신 전장의 많은 영역을 빼앗겼다. 하지만 나폴레옹은 크게 개의치 않았다. 자신의 진영을 지키기 위한 핵심 포인트는 내주지 않고 확실하게 지켰기 때문. 알짜배기는 갖고 군더더기만 내주었으니, 시간이 지나면 곧 반격의 기회가 올 것이라고 믿었다.

'병력도 다시 회복하고 있다. 전력을 다 갖추면 반격에 시동을 걸어야지.'

열기구 드롭으로 8시를 차지하는 데 성공했지만, 이신은 그런 그에게 또다시 과제를 던져주었다. 곧바로 8시의 진입로를 장악해 육상을 틀어막고, 화살탑으로 둘러 공중까지 봉쇄해 버렸다.

8시를 완전히 고립시킨 것.

8시를 지키고 있는 병력이 거기에 묶여 꼼짝 못하니 나폴레옹으로서는 큰 부담이었다. 거기다가 나폴레옹의 12시 본진을 목전에서 위협하고 있는 12시—1시 사이 길목도 여전히 골치 아픈 과제였다.

그곳에 배치된 이신의 군대를 쫓아내지 않는 이상 위협은 지금처럼 계속될 터. 이신은 고립된 8시를 칠 수도, 나폴레옹의 1시 본진을 칠 수도 있는 두 가지 선택지를 여전히 가진 것이다.

이 구도가 계속되면 설사 마력량과 군사력이 동등해지더라도 여전히 나폴레옹은 열세의 상황에 놓일 수밖에 없었다. 이신이 먼저 움직이면 그제야 거기에 맞춰 대응해야 하는 입장이니 당연했다. 나폴레옹은 군사력을 회복하면서 계속 이 국면을 타개할 비책을 궁리했다.

그런데 궁리하면 궁리할수록…….

'허……!'

나폴레옹은 아득한 기분을 느낄 수밖에 없었다.

아까 이신은 유리한 상황에서 대대적인 전투를 벌였지만 알짜배기 땅은 빼앗지 못하고 나폴레옹이 내어준 군더더기만 가지는 데 그쳤다… 라고 생각했는데, 알고 보니 그게 아니었다.

이신은 빼앗은 영토를 바탕으로 전선을 재구성했다. 나폴레옹을 공격하기에 좋은 포지션이 아닌, 수비하기 좋은 포지션으로.

입장이 바뀌어서 나폴레옹이 국면 타개를 위해 반격에 나설 때, 도저히 공략할 만한 포인트가 보이지 않았던 것이다.

이신의 모든 방어선이 완전한 철옹성!

'이건 내가 추구하는 가장 완벽한 형태의 싸움이구나.'

나폴레옹은 어처구니가 없어서 탄식했다.

'다만 입장이 뒤바뀌었을 뿐이군.'

그랬다.

그것은 완벽한 봉쇄였다.

상대가 할 게 아무것도 없게 만드는!

억지로 8시를 취하고 그 대신 이신의 대대적인 반격을 받으면서도 핵심 포인트는 잃지 않고 챙겼던 나폴레옹의 수완은 분명 탁월했다. 하지만 이신은 그보다 더 길게 보고서 큰 그림을 그리고 있었다. 마력량도 군사력도 동등하지만 상대에게 고립된 형세. 이렇게 되면 나폴레옹이 할 수 있는 길은 하나뿐이었다.

'죽자 살자 버틴다. 전장의 모든 마력이 다 고갈될 때까지!'

마력이 전부 고갈되고 병력이 계속 전투로 소모되면, 지금의 구도는 깨어진다. 긴 전선을 유지할 병력이 없어지기 때문이다.

그땐 지금의 불리한 구도도 무의미해진다. 바로 그 틈에 반격을 가하여서 승부를 보겠다는 나폴레옹의 의지였다.

*　　　　*　　　　*

곧이어 이신의 공세가 시작되었다.

이신은 12시—1시 사이의 길목에 배치되어 있던 병력을 전진시키며 나폴레옹의 본진을 향해 짓쳐 들어갔다. 이에 맞서는 나폴레옹의 방어력도 수준급. 끝까지 버티고 말겠다는 일념으로 수비하는 나폴레옹을 깨뜨리기가 쉽지 않았다. 하지만 목을 조여 들어가는 이신의 공격도 치밀하고 날카로웠다. 한 발 한 발 계속 전진하며 나폴레옹을 턱밑까지 밀어 넣었다.

양 진영에 바위가 빗발치며 서로를 부췄다.

박살 난 투석기의 잔해가 어지럽게 깔렸다.

투석기의 발사와 함께 돌격하는 기사들도 창날에 죽거나 날아든 바위에 짓이겨졌다.

마법사들의 한 방 싸움도 치열한 심리전이었다.

파이어 스톰이 정통으로 꽂힐 때마다 전투의 승기가 좌지우지하니, 양측은 상대방의 마법사가 보이자마자 투석기로 바위를 쏴죽였다.

한 발짝, 또 한 발짝.

계속 전진한 이신은 마침내 나폴레옹의 앞마당을 투석기의 사정거리 안에 넣는 데 성공했다. 앞마당이 공격받고 출입로는 완전히 봉쇄된 상황. 본진에서 소환되는 나폴레옹의 추가 병력이 밖으로 나올 수 없는 극히 불리한 형태가 된 것이다.

이때 이신은 승기를 다 잡았다고 생각했다. 하지만 나폴레옹은 불사조처럼 재기했다. 이신이 나폴레옹의 앞마당을 부수고 본진까지 침입했을 때였다.

[적의 습격을 받았습니다.]

8시 지역에서 나폴레옹의 역습이 펼쳐졌다.

8시에 주둔해 있던 그의 병력이 밖으로 나오며 8시 앞마당을 봉쇄하고 있던 이신의 방어선을 습격한 것. 그런데 8시에서 동원된 나폴레옹의 병력이 이신의 예상보다 많았다.

이신은 어찌 된 일인지 금세 파악했다.

'본진을 8시로 옮겼구나.'

그랬다.

나폴레옹은 이신의 조이기에 밀리기 시작하자 기존의 본진이었던 12시를 포기하기로 하고, 주요 건물을 8시에 새로 지은 것이다.

어차피 12시 지역은 마력석이 완전히 고갈되었으므로, 마지막 마력석 매장지인 8시만 지키며 버티면 최후의 승부처까지 갈 수 있다는 판단이었다. 이신은 일부 병력만 남겨 12시를 정리하게 하고, 나머지 전 병력을 8시를 향해 움직였다.

나폴레옹의 전선이 급격히 줄어들었다.

8시를 지키기 위해 똘똘 뭉친 나폴레옹의 군단.

이신은 전장 전역에 있던 병력을 8시를 향해 집결시켰다.

나폴레옹의 최후 보루인 8시에서 전투가 계속 벌어졌다.

하지만 이신은 그때 이미 승리를 확신했다.

'주요 건물을 8시에 새로 짓느라 마력이 얼마 없겠군.'

이신은 정밀한 계산으로 나폴레옹의 마력이 얼마 남지 않았다는 것을 꿰뚫어보았다. 대신 지켜야 하는 곳도 8시뿐이라 나폴레옹이 잘만 수비하면 이신도 끝내 승부를 내지 못하고 병력만 소비하게 된다. 아마 나폴레옹도 이신의 공격을 잘 막아서 마지막까지 버틴다는 마인드일 터. 하지만 이신은 벌어진 마력 격차를 이용할 줄을 알았다.

'일단은 저쪽의 마력이 고갈될 때까지 기다려야지.'

이신은 계속 8시에서 나폴레옹과 대치했다.

나폴레옹은 이제 얼마 남지 않은 8시의 마력석을 캐며 병력을 꾸역꾸역 모았다. 매의 눈으로 나폴레옹의 동태를 관찰하던 이신은 마침내 그의 마력이 거의 고갈된 징후를 감지했다.

'바로 지금이다.'

아직 마력이 남아 있었던 이신은 최후의 여력을 쥐어짜서 그리핀을 소환했다. 지상전에서 공중전으로 종목을 갑작스럽게 바꾸는 것. 그리고 마력이 없는 나폴레옹은 이걸 쫓아오지 못한다고 이신은 확신했다. 이신으로서도 여력을 쥐어짠 승부수였다.

그리핀 편대가 출진했다.

[계약자 이신의 사도 상급 악마 로흐샨이 능력 유도 사격을 사용합니다.]
[로흐샨과 가까운 아군 석궁병 12인이 동일한 타이밍에 동일한 지점을 적중시킵니다. 5초에 1회씩 사용 가능합니다.]

역시나 로흐샨이 있으니 그리핀 편대가 큰 역할을 했다. 지금과 같은 상황도 나올 수 있을 거라 생각해서 로흐샨을 끝까지 살려놓고 아낀 이신이었다. 그리핀 편대가 들이닥쳐서 나폴레옹에게 야금야금 피해를 입히기 시작했다. 나폴레옹은 그리핀 편대의 출현에 크게 흔들렸다. 이신의 계산대로 마력이 바닥난 나폴레옹이 할 수 있는 대처라고는 석궁병을 소환해서 대공방어를 하는 정도였다. 하지만 석궁병들도 그리핀 편대의 타깃이 되어 U턴 샷한 방에 한 명씩 죽어나갔다. 그렇게 야금야금 피해가 누적되었다. 피차 마력이 고갈 난 상황에서는 그 사소한 피해도 작지가 않았다. 결국 나폴레옹은 자포자기로 전 병력을 끌고 총공격을 펼쳤다. 총공격으로 이신의 지상군을 깨뜨리는 것만이 유일한 해법임을 알았기 때문. 하지만 승률이 매우 낮은 해법이었다. 나폴레옹도 알면서 어쩔 수 없이 택한 길이었다.

최후의 전투에서 나폴레옹은 장대하게 피날레를 장식했다.

지상군과 그리핀 편대의 합격(合格)으로 나폴레옹 군단은 격파

되었다.

　[악마군주 아가레스님의 계약자 나폴레옹 보나파르트님께서 패
배를 선언하셨습니다. 악마군주 그레모리님의 승리입니다.]
　[악마군주 그레모리님께서 마력 3만을 획득하셨습니다.]
　[악마군주 아가레스님의 마력 총량이 3,828,822가 되셨습니다.
서열의 변동은 없습니다.]
　[악마군주 그레모리님의 마력 총량이 3,590,426이 되셨습니다.
서열의 변동은 없습니다.]

　2차전도 이신의 승리.
　나폴레옹으로서는 1차전에 이어 뼈아픈 2연패였다.
　다행이라면 2차전 베팅을 3만 마력만 했다는 점이지만, 그보다
는 1차전과 똑같은 양상에서 입장이 바뀌었음에도 또 이신에게
졌다는 사실이었다. 양 진영 사이의 오르막길을 놓고 싸운 전투에
서 패배한 것이 계속 영향을 주어서 나폴레옹을 시종일관 불리한
상황에 처하게 했다. 한마디로 승부는 초반 전투에서 결정되었고,
그 뒤에 이어진 긴 싸움은 이신이 승리를 마무리하는 과정이었다.
나폴레옹이 뛰어난 역량으로 장기전까지 끌고 갔지만, 이신은 역
전을 당할 빌미를 만들어주지 않고 승리를 굳히는 작업을 철저히
했다.
　"수고하셨습니다, 주군."
　질 드 레가 반겼다.
　이신은 한숨을 돌리며 중얼거렸다.

"초반에 승부가 난 건데도 승리를 가져오기가 이렇게 힘들군."

"그래도 이번 대결은 나폴레옹에게 큰 타격이었을 겁니다. 초반 전략에서도, 전선을 긋고 싸우는 장기전에서도 주군께 패배했으니까요."

"초반에 결정 난 거야. 최고의 실력자들은 실수를 안 하기 때문에 작은 차이가 그대로 승패로 귀결되지."

그러면서 스스로를 '최고의 실력자'라 당연하게 자평하는 이신이었다. 이신은 휴식을 취하면서 나폴레옹을 살폈다. 2연패를 당해 정신적으로 흔들린 지금이 나폴레옹의 심리를 들여다볼 좋은 기회라 생각했다. 한 번 흔들린 상대는 이신의 심리전의 제물이었다. 하지만 나폴레옹은 생각보다 멀쩡한 상태였다.

오히려 이신이 장기전을 치르느라 더 지쳐 있었다. 체력적으로는 치유가 가능하므로 멀쩡하지만 정신적으로 피로해지는 건 어쩔 수 없었다. 나폴레옹은 그 장기전을, 그것도 불리한 상황이어서 더 힘들었을 텐데도 불구하고 푹 자고 일어난 것처럼 멀쩡했다.

'장기전이 전문이라 이건가.'

봉쇄 능력을 얻고서 나폴레옹은 수많은 서열전을 장기전으로 장식해 왔다.

이신보다 장기전에 익숙한 것이다.

PC 게임이라면 모를까, 서열전은 직접 전장에서 병사를 지휘해야 하는지라 훨씬 힘들었다. 눈이 마주치자 나폴레옹은 씨익 웃어 보였다.

"훌륭하더군."

"…감사합니다."

내리 2연패를 당한 남자로 보이지 않았다.

엄청난 멘탈.

이신은 새삼 깨달을 수 있었다.

'그러고 보니 난 이제 2년밖에 안 된 계약자로군.'

그리고 나폴레옹은 서열전을 수없이 치러온 백전연마의 계약자였다.

'몇 번을 지든 각오했다 이건가.'

이신은 아직 조금도 방심할 수 없음을 깨달았다.

나폴레옹은 3만 마력밖에 안 되는 적은 베팅으로 값을 치르며 이신에게 배우는 중이었다. 그리고 파악이 끝난 순간부터 승패가 뒤바뀔 거라고 굳게 믿는 태도였다.

"싸움이 정말 길어지겠구나."

이신은 한숨을 쉬었다.

장기전은 질색이었다.

＊　　　＊　　　＊

3차전에서 나폴레옹 측은 전장을 교체했다. 제9 전장 아르셀에서는 이신을 도저히 못 이기겠다고 판단한 모양이었다. 1, 2차전에서 제9 전장 아르셀의 지형에 대한 이신의 완벽한 이해력이 드러났으니 당연했다. 그래서 새롭게 선택한 전장은 바로 제10 전장 헤셀.

그동안 알렉산드로스를 상대로 재미를 많이 보았던 바로 그 전장이었다.

─베팅은 그대로 3만으로 가지.

"좋습니다."

그리하여 시작된 3차전. 확실히 제10 전장 혜셀에서 나폴레옹은 1, 2차전 때와는 비교도 안 되는 지형 이해력을 보여주었다.

찌를 만한 빈틈이 전혀 보이지 않았다. 초중반에 전략적인 기습 작전으로 이득을 챙기고 그 득실을 바탕으로 유리한 싸움을 끌고 나가는 게 이신의 기본 스타일인데, 지금의 나폴레옹에게는 빈틈이 안 보였다. 팽팽한 상태로 중반으로 넘어가자 나폴레옹이 비로소 움직이기 시작했다. 후반의 형세를 결정짓는 전선 구축에서 나폴레옹은 본 실력을 드러냈다.

신중하게 투석기를 배치하며 방어선을 구축하는가 하면, 어느 순간 놀랍도록 과감하게 깊숙이 치고 들어가기도 했다.

탁월한 완급 조절.

때론 안전하게 때론 과감하게 페이스를 조절하며 나폴레옹은 전장을 양분하는 경쟁에서 유리한 고지를 점유했다. 징후도 없이 갑자기 치고 들어오는 나폴레옹의 진군에 이신의 방어선은 크게 후퇴하게 되었다. 그러자 나폴레옹은 전장의 6할을 장악하는 유리한 전선을 그을 수 있었다.

그때부터는 다시 안전하게 방어선을 보강하며 장기전을 택한 나폴레옹. 더 이상은 모험하여서 이신에게 역습의 실마리를 줄 생각이 전혀 없어 보였다.

그만큼 이신의 공격력을 두려워하고 있다는 반증이기도 했다.

틈이 보이지 않자 이신은 틈을 억지로 만들기로 하였다.

그래서 선택한 것은 열기구.

열기구에 병력을 잔뜩 태워서 나폴레옹의 방어선을 건너뛸 의도였다. 지금의 전선을 무시해 버리고 전장을 다시 나누겠다는 판단. 하지만 이신이 열기구에 병력을 태워서 날아가려고 했을 때였다.

"총공격!"

"밀어붙여라!"

나폴레옹은 전 병력을 끌고 벼락같이 총공세를 펼쳤다.

열기구는 보지 못했지만, 전선에서 이신의 병력이 다소 빠져 있는 것을 보고 그냥 냅다 들이받아 버린 것이다. 좀 더 신중했다면 하지 않았을지도 모를 공격. 하지만 나폴레옹은 조금이라도 유리한 상황이 나올 것 같아 보이자 지체 없이 승부를 벌였다. 거기서 보여준 나폴레옹의 생각은 하나였다.

'너와 두뇌 싸움할 생각 없다. 네가 뭘 하게 놔두지 않을 것이다.'

드롭 작전으로 전선 구도를 재구성하려 했던 이신의 고도의 전략성은 오히려 나폴레옹의 단순 심플한 공세에 허를 찔렸다.

돌파에 성공한 나폴레옹은 이신의 숨통을 바짝 조였다.

그리고 시작된……

[계약자 나폴레옹 보나파르트님께서 고유 능력을 사용합니다. 200마력을 소모합니다.]

[봉쇄시킨 적의 공격력을 10% 약화시킵니다.]

[봉쇄시킨 적에 대한 공격이 10% 상승합니다.]

[봉쇄가 풀릴 때까지 효과가 지속됩니다.]

나폴레옹의 봉쇄.

이신은 열기구에 태웠던 병력을 나폴레옹 군대의 배후에 배치했다. 본진을 지키는 병력과 함께 앞뒤에서 나폴레옹 군을 포위 섬멸시킬 작정이었다. 상황을 오히려 적을 유인해 포위 섬멸할 기회로 바꾼 이신의 순간 판단이 빛난 순간이었다. 하지만 한발 먼저 나폴레옹이 모든 길목에 지상군을 배치하고서 봉쇄를 사용했다. 공격력 효과가 나타나자 이신의 포위 섬멸 전술은 빛을 바랬다. 나폴레옹 군은 앞뒤로 포위되긴 했지만 섬멸당하지는 않았다. 섬멸시키지 못하니 도리어 이신이 턱밑까지 숨통이 조여진 형세가 되었다. 한번 우세를 잡자 나폴레옹은 1, 2차전의 이신과 달리 여유를 갖지 않았다.

꾸역꾸역 추가 병력이 합류하는 대로 전투를 벌여서 이신을 맹렬하게 압박했다.

승기를 잡았을 때 끝장을 보겠다는 판단.

봉쇄 판정으로 공격력이 20%나 차이 나니 먼저 과감하게 공격해도 손해가 아니었다.


[악마군주 그레모리님의 계약자 이신님께서 패배를 선언하셨습니다. 악마군주 아가레스님의 승리입니다.]

[악마군주 아가레스님께서 마력 3만을 획득하셨습니다.]

[악마군주 아가레스님의 마력 총량이 3,897,800이 되셨습니다. 서열의 변동은 없습니다.]

[악마군주 그레모리님의 마력 총량이 3,560,426이 되셨습니다. 서열의 변동은 없습니다.]

졌다고 열받아 할 틈이 없었다.

이신은 곧장 질 드 레와 작전 회의를 했다.

"콘셉트를 바꿨군."

그 말에 질 드 레도 동의했다.

"예, 공격적으로 나오는군요. 느긋하게 수 싸움을 하기에는 주군께서 만만치 않아서 방식을 바꾼 겁니다."

"실험적인 시도였겠지. 근데 내가 실험의 성과를 거두게 해주었군."

이신은 골치가 아파졌다고 느꼈다.

이신이 두 수 세 수 앞을 볼 때, 그냥 단순한 방식을 택한 나폴레옹의 승리. 치밀한 판단이 아닌, 예측 불허의 저돌적인 공격성. 이는 이신이 가장 꺼려 하는 타입이었던 것이다.

이신의 강함은 기본적으로 우수한 두뇌에서 기인한다.

한 번 보면 잘 안 잊어버리는 기억력과 재빠른 계산 능력.

적에 대한 정보를 보면 잊지 않고 머릿속에 담아두며, 그 정보를 토대로 계산하여 상대의 현황을 파악한다. 상대가 어떤 상황에 처해 있는지 알기 때문에, 상대가 어떤 판단을 할지도 쉽게 예측한다. 그렇기 때문에 수 싸움에서 이신을 이길 수 있는 사람은 지금까지는 없었다. 나폴레옹도 1, 2차전에서 이신과 붙어보면서 그걸 느꼈다.

그래서 아예 이신의 그 장점이 발휘될 여지가 없도록, 무작정 공격하는 스타일로 바꾸었다. 확률이 5할만 되도 바로 행동에 옮겨 버리는 과감함! 이걸로 나폴레옹은 이신의 허를 찔러 3차전에서 형세를 유리하게 만들 수 있었던 것이다.

'전장에 대한 이해력도 높아.'

나폴레옹은 제10 전장 헤셀에 대한 완벽한 이해력을 자랑했다. 제9 전장 아르셀과 달리 이곳에서 나폴레옹은 허점을 일절 보이지 않았다. 나폴레옹이 과감하게 치고 나올 때, 역으로 기습을 노려보았지만 찌를 구석이 안 보였다.

그리고…….

"투석기와 기사 위주의 장기전이 되면 주군의 치유보다 나폴레옹의 봉쇄가 더 강력합니다."

"그렇더군."

투석기로 싸우니 이신이 치유 능력을 발휘할 여지가 없었다.

기사들도 마찬가지. 말을 타고 돌격하며 싸우는 기사들을 쫓아다니며 치유 능력을 펼치기란 불가능했다.

반면 나폴레옹의 봉쇄는?

어떻게든 상대를 몰아넣기만 하면 승리를 완벽하게 굳힐 수 있는 수단이다.

"이제 겨우 3차전을 치렀을 뿐인데. 벌써부터 나폴레옹이 실마리를 얻어가는군."

골치 아픈 이유도 바로 그거였다. 아직 아가레스와 그레모리의 마력 격차는 상당했다. 그런데 벌써 나폴레옹은 이신에 대해 어느 정도 파악해 나가기 시작했다.

이제 갈수록 나폴레옹은 까다로워질 것이다.

"주군, 절대로 밀려서는 안 됩니다."

"봉쇄 때문인가?"

"예, 한 번 밀리기 시작하면 나폴레옹은 봉쇄 판정이 나올 때까지 계속 밀어붙일 겁니다. 다소 무리해서라도 봉쇄 능력만 펼쳐진다면 싸울 만하다는 식으로 나올 지도 모르고요."

"그렇겠군."

제3자의 입장에서 분석한 질 드 레의 의견을 신뢰하기로 했다. 바뀐 나폴레옹의 스타일상 그런 저돌성을 보이기에 충분했다.

'1위를 쉽게 뺏을 생각은 이제 버려야겠군.'

역시나.

나폴레옹은 자신을 실망시키지 않았다.

싸울 만한 상대를 만났다는 사실에 이신은 기분이 좋았다.

\*          \*          \*

4차전이 시작되었다.

'역시 답은 이거였나.'

나폴레옹은 3차전의 승리로 이번 대결의 실마리를 찾았다고 느꼈다. 2차전까지 내리 패배하면서 그는 이신의 실력에 두려움을 느꼈다. 바로 몇 초 빨리 무기 개발이 완료되는 틈을 노려서 공격한 작전. 그리고 나폴레옹의 마력이 고갈되었을 때에 맞춰서 선보인 그리핀 편대. 이신은 상대의 마력과 병력 현황을 너무도 잘 꿰뚫어보고 있었다. 그건 단순한 직감이 아닌, 정확히 계산을 하고 있다는 뜻이었다. 상대를 정확히 파악하고 있으니 매사 판단이 정확할 수밖에 없었다. 그렇기 때문에 나폴레옹은 이신이 정확한 판단을 내리지 못하도록 스타일을 바꿨다.

저돌적인 공격성과 변칙.

그리고 이신이 이것에 의외로 약한 모습을 보인다는 것도 발견할 수 있었다.

'계속 이렇게 간다.'

일단 초반은 꽁꽁 틀어박혀서 수비.

이신이 치유 능력을 앞세워서 압박을 할 수 있는 타이밍이므로 초반은 조심해야 했다. 하지만 중반에 접어들자 슬슬 나폴레옹은 다시 시동을 걸었다. 기사와 함께 투석기를 과감하게 전진시켜서 배치. 그곳을 중심으로 전선을 펼쳐 전장을 장악해 나가기 시작했다. 그런데 이신은 거기에 맞대응만 할 뿐, 그답지 않은 수동적인 태도였다.

'무언가 노리는 게 따로 있나 보군.'

이신이 특별한 전략을 준비 중임을 나폴레옹은 쉽게 짐작했다. 아무래도 가장 신경 쓰이는 건 그리핀 편대였다. 이신의 그리핀 편대는 마계 최강의 공중전 전력으로 명성 높았기 때문이다.

'하지만 그리핀 편대에 투자하는 만큼 지상군은 약화될 수밖에 없지. 걱정 없다.'

마력을 그리핀 편대에 썼으니, 지상군이 상대적으로 약해지는 건 불문가지. 그 징후가 포착되면 나폴레옹은 지상군의 우세를 바탕으로 즉각 공격할 작정이었다. 그리핀 편대는 전술적 활용도가 높지만, 공격력이 약해 효과가 단시간에 나타나지 않는다.

바로 그 틈에 승부를 내겠다는 나폴레옹의 승부사다운 판단인 것이다.

하지만…….

결과적으로 말하자면 나폴레옹의 추측은 절반만 맞았다.

이신이 준비하는 건 그리핀이 맞았다. 하지만 이신이 준비한 그리핀은 석궁병들을 태워서 U턴 샷을 펼치며 야금야금 피해를 누적시키는 그런 평소의 그리핀 편대가 아니었다.

"돌격!!!"

이존효가 선두에서 노도처럼 날아가며 소리쳤다.


[계약자 이신의 사도 상급 악마 이존효가 능력 광기를 사용합니다.]

[주변 아군이 광기에 휩싸여 공격력이 크게 강화되었습니다.]


이존효가 이끄는 그리핀 편대는 전원이 장창병이었다.

투석기+기사의 조합을 취하고 있는 나폴레옹의 방어선을 격파하기 위하여 이신은 투석기+기사에 장창병을 태운 돌격용 그리핀 편대라는 강수를 두었다. 이는 전면에서 기사가 싸우고, 후방에서 투석기가 바위를 쏘는 기본 전술을 깨뜨려 버렸다. 그리핀 편대가 곧장 후방에 있는 적 투석기를 공격한 것! 투석기들이 깨지면서 나폴레옹의 방어선이 순간적으로 무너졌다. 나폴레옹의 방어선이 무너지자 이신은 노도처럼 몰아붙였다.

나폴레옹이 채 방어선을 재구축하기도 전에, 이신은 병력을 나눠서 2지역을 동시에 쳤다. 한 지역은 기사와 투석기. 다른 지역은 장창병을 태운 그리핀 편대. 깊숙이 들어가 나폴레옹의 목줄을 질 수 있는 위치에 자리를 잡자, 승기는 이신이 9할 이상 굳힌 상황이 되었다. 걷잡을 수 없이 무너진 나폴레옹은 하는 수 없이 패배를 선언했다.

[악마군주 아가레스님의 계약자 나폴레옹 보나파르트님께서 패배를 선언하셨습니다. 악마군주 그레모리님의 승리입니다.]
[악마군주 그레모리님께서 마력 3만을 획득하셨습니다.]
[악마군주 아가레스님의 마력 총량이 3,867,800이 되셨습니다. 서열의 변동은 없습니다.]
[악마군주 그레모리님의 마력 총량이 3,590,426이 되셨습니다. 서열의 변동은 없습니다.]

다시 3승 1패.
하지만 이신은 승리에 대한 대가를 비싸게 치렀다.
"그리핀을 그렇게 쓸 수도 있었군. 확실히 비용은 많이 들지만 순간적인 돌파에는 효과적이야."
바로, 그리핀 편대를 활용한 돌파 전술을 나폴레옹도 학습한 것. 특허를 낸 것도 아니니 나폴레옹도 이신이 보여준 전술을 참고하고 따라하는 건 당연했다.
"이제 나폴레옹도 그리핀을 돌파에 활용하게 되었군요."
이제는 질 드 레도 골치 아프다는 표정이었다.
하지만 의외로 이신은 아까보다 더 생기가 넘쳤다.
"괜찮아."
"따로 생각이 있으신 겁니까?"

"덕분에 싸움이 더 재미있어졌잖아."

"……"

질 드 레는 할 말을 잃었다. 역시나 주군의 사고방식은 이해하기가 어려웠다.

제4장

난타전

　5차전, 나폴레옹도 그리핀에 장창병을 태워서 돌파 시도에 동원했다. 돌파는 성공. 이신이 보여준 장창병 그리핀 돌파 전술이 효과를 입증한 순간이었다. 하지만 끝은 좋지 않았다.

　돌파 직후, 이신도 그리핀 편대를 이끌고 나타난 것.

　장창병을 태운 그리핀의 천적은 석궁병을 태운 그리핀이었다.

　똑같이 그리핀을 타고 날아다니는 입장이라면, 멀리서 석궁으로 쏘면 장창병으로서는 도리가 없으니 말이다.

　이신은 나폴레옹에게 장창병 그리핀 돌파를 가르쳐 준 김에, 주의 사항까지 철저하게 알려주었다.

　공중전에서 승리한 이신은 그리핀 편대를 앞세워서 나폴레옹의 군세를 습격했다.

　나폴레옹은 이에 대항할 지대공 전력이 갖춰질 때까지 병력을 후퇴시켜야 했다. 다시 주도권을 쥔 이신은 그리핀 편대로 끊임없이 상대의 전선을 흔들며 싸움을 유리하게 끌어나갔다. 결국 많은 영토를 확보한 이신은 압도적인 마력량을 바탕으로 병력을 쏟아내며 서열전을 승리로 만들었다.

[악마군주 아가레스님의 마력 총량이 3,837,800이 되셨습니다. 서열의 변동은 없습니다.]
[악마군주 그레모리님의 마력 총량이 3,620,426이 되셨습니다. 서열의 변동은 없습니다.]

"역시 대책이 있으셨군요."

질 드 레가 다가와 기뻐하며 말했다.

이신은 고개를 끄덕였다.

"장창병 그리핀 전술은 장단점이 있어. 모든 전술이 그렇지만."

"나폴레옹이 멋모르고 따라했다가 큰코다쳤군요."

"아니, 일부러 따라한 거야."

이신의 반론에 질 드 레는 두 눈이 크게 떠졌다.

"주군께서 장창병 그리핀 전술을 어떻게 파훼하는지 보려고 말입니까?"

"그래. 그러니까 그렇게 노골적으로 그리핀을 준비하는 징후를 노출했지."

장단점을 모두 파악해야 100% 자신의 것으로 소화할 수 있다는 생각이었음이 틀림없었다.

아직 충분한 마력 격차를 이용하여서 이신의 스타일을 최대한 많이 알아내겠다는 나폴레옹의 의도는 아직 순조롭게 진행되고 있는 것. 후에 본색을 드러낼 나폴레옹의 진면목을 생각한다면, 4승 1패라는 현재 전적은 큰 의미가 없었다.

이신이 고민하듯, 나폴레옹도 5차전의 결과를 돌이켜 보며 골똘히 생각에 잠긴 듯했다. 그러다가 문득 이신에게로 다가와 물었다.

"이왕 교육비를 지불한 김에 하나만 더 묻지. 혹시 이 전략 드워프에게도 통하지 않을까?"

질 드 레는 어처구니가 없다는 표정이었다.

한창 1위를 놓고 다투는 적에게 그런 질문을 하다니?

그러나 이신은 친절히 답해주었다.

"드워프 총수의 사격이 너무 아픕니다. 게다가 드워프 입장에서는 폭격기를 한두 기만 곁들여도 장창병 그리핀을 카운터 칠 수 있죠."

"흠, 역시 그런가. 아무튼 재미있었어. 똑같이 그리핀 편대를 갖추고 있으면 먼저 장창병을 태운 쪽이 지게 되는군."

"제공권을 장악하기 전에는 시도하지 말아야지요."

"알겠네. 그럼 다음 싸움도 계속 해볼까?"

"그러죠."

질 드 레는 두 계약자의 대화를 들으며 이해가 안 간다는 표정이 되었다. 이건 승부가 아니라 마치 친선 모의전을 하는 것 같지 않은가. 6차전, 똑같은 전장에서 똑같이 3만 마력을 베팅하고서 치러졌다. 나폴레옹은 그간의 패배에서 쌓은 경험을 토대로 그리핀 편대에 대한 카운터 전략을 구사했다. 이 전략에 굳이 이름을 짓자면, '후기 병영 체제'가 적당하리라.

그것은 싸움의 중반에서 선보여졌다.

전장을 양분하고서 방어선을 굳혀놓은 이신이 그리핀 편대를 준비했다. 이신이 그리핀 편대를 준비하기 시작하자, 그 징후를 포착한 나폴레옹이 공격을 펼쳤다. 그리핀 편대에 마력을 소모했으니, 지상군 병력을 충당하지 못할 거라는 계산이었다.

하지만 그 정도는 이신도 각오한 바였다.

그리핀 편대가 완성되어 활약할 때까지 충분히 버틸 수 있도록 방어를 탄탄하게 해놓았으니까. 그런데 나폴레옹의 놀라운 시도는 거기서부터 펼쳐졌다. 공세를 펼치면서, 동시에 전장의 한복판에 병영을 다수 건설해 버린 것! 그리고 이신이 그리핀 편대를 완성하여서 선보일 때쯤, 나폴레옹의 병영에서도 석궁병과 방패병이 쏟아져 나왔다. 투석기와 기사의 조합으로 공세를 펼친 뒤, 적측이 그리핀 편대를 동원하자 투석기+석궁병+방패병의 조합으로 구성을 바꾸고 공세를 이어나가는 전략이었다.

그것은 큰 효과를 발휘했다. 한 번 밀리기 시작한 이신의 방어선은 계속해서 맹렬하게 몰아치는 나폴레옹의 공세를 감당치 못했다. 석궁병과 방패병이 꾸역꾸역 소환되어서 전투에 참전하고 있어, 그리핀 편대가 활약할 여지도 적었다.

전장 중앙 지역에 병영을 다수 건설한 것도 큰 효과를 봤다.

소환되자마자 곧바로 전투가 벌어진 지역에 도착할 수 있어서 물량 회전이 빨랐다. 석궁병이나 방패병이나 값이 싸서 마음껏 희생시킬 수 있다는 장점도 있었다. 결국 핵심 방어선을 돌파하는 데 성공한 나폴레옹은 이신의 진영을 분단시켜 놓는 데 성공했다. 그대로 투석기와 화살탑을 잔뜩 지어서 이신을 가둬놓았다. 나폴레옹의 주특기였다.

[계약자 나폴레옹 보나파르트님께서 고유 능력을 사용합니다. 200마력을 소모합니다.]
[봉쇄시킨 적의 공격력을 10% 약화시킵니다.]
[봉쇄시킨 적에 대한 공격이 10% 상승합니다.]
[봉쇄가 풀릴 때까지 효과가 지속됩니다.]

중반이 지난 상황에서, 한 번 유리해지면 적에게 역전의 기회를 주지 않고 확인 사살을 가한다. 이 봉쇄는 나폴레옹을 장기전에서 거의 지지 않게 만들어준 무서운 고유 능력이었다. 봉쇄 판정을 만들기가 쉽지는 않지만, 일단 한 번 받아내면 20%나 차이 나는 공격력을 바탕으로 적을 압살할 수 있는 것이다. 이신은 패배하면서 나폴레옹의 역량을 다시금 확인했다.

[악마군주 아가레스님의 마력 총량이 3,867,800이 되셨습니다. 서열의 변동은 없습니다.]
[악마군주 그레모리님의 마력 총량이 3,590,426이 되셨습니다. 서열의 변동은 없습니다.]

"봐라."
이신이 문득 질 드 레에게 말했다.
"가르쳐 주니까 이렇게 멋진 전략으로 보답하잖아."
왠지 이신이 즐거워 보인다고 질 드 레는 생각했다.

"결국 나폴레옹은 그리핀 전술을 깨는 방법까지 완벽하게 터득하고 말았습니다. 갈수록 까다로워지는군요."

"세상에 완벽한 것은 없어. 방금 보여준 그 전략도 마찬가지지."

나폴레옹이 선보인 후기 병영 체제는 보기보다 훨씬 섬세한 전략이다.

대치 상태에서 투석기와 기사가 버티고 있는 적군에게 투석기+석궁병+방패병의 조합은 제물을 바치는 것이나 다름없었다.

석궁병과 방패병은 원거리에서는 투석기에게, 근접에서는 기사에게 썰려 버리니까. 어디까지나 돌파는 투석기와 기사로 해야 한다. 그 뒤에 석궁병과 방패병이 합류하면서 공세를 이어나가는 것이 핵심이다.

'즉흥적으로 생각해 낸 것치고는 상당히 섬세한 전략을 제대로 구사했군.'

이런 모습을 보면 과연 나폴레옹이라는 찬사가 나올 정도였다.

'하지만 그 전략은 지상군에서 적보다 우세한 상황이어야 한다는 전제 조건이 필요하지.'

뒤늦게 모은 석궁병과 방패병은 어디까지나 지상전에서 한 번 이득 본 상황에서 적 그리핀 편대의 역습을 막아낸다는 개념인 것이다. 즉, 그리핀 편대를 준비하는 과정에서 드러나는 지상군의 공백기에 적에게 피해를 보지 않고 잘 넘어가면 저 전략은 쓸모가 없어지는 셈. 그럼 어떻게 해야 공백기에 나폴레옹의 공세를 잘 넘길 수 있을까?

가뜩이나 나폴레옹이 변칙적으로 공격성을 드러내면서 까다로워진 참이었다. 꼬리에 꼬리를 물고 생각하다가, 이신은 원론적인 결론에 도달했다.

'후반에 나폴레옹이 강하듯, 난 초반에 강하다.'

지난 총 6전을 돌이켜 보면, 초반에 나폴레옹에게 피해를 준 서열전은 언제나 이신의 승리로 끝났다.

'결국 나답게 싸우는 게 가장 좋은 셈이군.'

그리하여 이신이 어떤 결론에 도달한 7차전, 이신은 시작부터 공격을 개시했다. 첫 소환된 궁병 로흐샨이 콜럼버스와 함께 적진으로 접근하여 깜짝 공격을 펼친 것이다. 콜럼버스가 블링크와 마비침으로 현란하게 보조하고, 로흐샨이 정확한 사격으로 적 궁병 1명과 노예 1명을 처치하는 데 성공했다.

서열전이 시작된 지 얼마 안 된 초반 상황에서는 그것만으로도 적지 않은 피해였다. 쏠쏠한 이득을 거두고 물러난 이신은 이어서 석궁병을 이끌고 다시 한번 나폴레옹을 압박했다. 나폴레옹은 앞마당에 화살탑을 지어 방어를 갖춰놓고 침착하게 대응했다.

기사와 투석기만 나오면 석궁병 정도는 문제가 안 된다는 걸 알기 때문이었다. 하지만 이신도 생각이 있었다.

이신은 투석기와 기사를 건너뛰고, 곧바로 그리핀부터 소환했다. 그리핀 1마리가 소환되자마자 곧장 공격을 개시했다.

나폴레옹에게는 화살탑에 들어가 있는 궁병 4명 외에 기사 2기, 투석기 1기가 있는 상황.

이신은 다수의 석궁병과 더불어 장창병도 3명까지 모아놓은 뒤에 이제 막 그리핀을 꺼내 들었다. 그때부터는 실로 이신다운 싸움이었다.

그리핀의 등에 석궁병과 장창병을 1명씩 태워서 나폴레옹의 본진에 침투했다. 장창병을 본진에서 마력석을 캐는 노예들 한복판에 드롭했다.

"다 죽여주마!"

그 장창병은 바로 이존효였다.

노예들 사이에 있는 이존효는 양 떼 속의 늑대처럼 혼천절을 휘둘렀다. 그리핀은 이윽고 투석기를 향했다. 그리핀 위에 탄 석궁병 1명이 투석기를 조종하는 공병에게 화살을 쐈다.

그 석궁병은 로빈 후드였고, 공병은 앙드레 마세나였다.

동시에 2곳을 습격하며 멀티태스킹 싸움에 시동을 건 이신.

나폴레옹은 급히 기사 2기에게 이존효를 처지하게 하고, 화살탑에 있던 석궁병들 중 2명을 빼내 그리핀을 공격케 했다.

쉬익―

콰직!

"크윽, 제길……!"

앙드레 마세나는 로빈 후드가 쏴대는 볼트에 맞고 쓰러졌다.

공병이 죽으니 그가 조종하던 투석기도 무용지물이 되었다.

그 틈에 이신은 나폴레옹의 앞마당 앞에 진을 치고 있던 석궁병들에게 공격 명령을 내렸다. 동시에 그리핀은 바람처럼 날아가, 기사 2기에게 공격받는 이존효를 등에 태워 구출해 냈다.

나폴레옹은 정신이 하나도 없었다. 석궁병 2명을 도로 화살탑에 돌아가게 했고, 기사 2기도 앞마당을 수비케 했다.

하지만 기사들이 앞마당을 지키러 떠나자, 그리핀은 다시 본진에 이존효를 드롭했다.

그리핀 1마리가 계속 이리저리 날아다니며 석궁병들을 2명씩 실어 날랐다.

현란한 드롭 플레이!

나폴레옹은 노예들까지 총동원하여 싸웠다.

하지만 그의 본진은 현란하게 여기저기 드롭된 석궁병에게 게릴라를 당하고 있었다. 기사들이 바쁘게 뛰어다니며 막아봤지만, 그때마다 그리핀이 기사들의 공격을 받는 석궁병을 등에 태워 구출했다. 추가 소환된 이신의 그리핀이 합류하자 싸움은 더 엉망진창이 되었다. 이신은 그리핀 2마리는 각기 따로 컨트롤하며 태웠다가 드롭했다가 공격했다가를 무서운 속도로 반복했다.

어디 그뿐인가?

다시 블링크를 써서 침투한 콜럼버스가 상황을 더 복잡하게 꼬아버렸다. 남은 마비침을 쏘고, 이신이 빙의하여 치유 능력도 펼치는 등…….

이신은 그리핀 2마리로 각기 따로 드롭 플레이를 하면서 직접 빙의하여 치유까지 쓰는, 그야말로 인간의 경지를 한참 벗어난 멀티태스킹을 펼쳤다. 그 신들린 공격 템포를 나폴레옹이 따라잡을 수 있을 리가 없었다.


[악마군주 아가레스님의 마력 총량이 3,837,800이 되셨습니다. 서열의 변동은 없습니다.]

[악마군주 그레모리님의 마력 총량이 3,620,426이 되셨습니다. 서열의 변동은 없습니다.]

7차전은 이신의 압승!

견제 플레이로 압살해 버린 이신은 씨익 웃으며 나폴레옹에게 무언의 질문을 던졌다.

이것도 흉내 낼 수 있겠어?

나폴레옹의 굳은 표정이 그에 대답하고 있었다.

흉내는커녕 알아도 막을 수 없었다고.

*　　　　*　　　　*

그때부터는 시작부터 끝까지 그야말로 전쟁 그 자체였다. 이신은 초반부터 공격을 펼쳐 나폴레옹을 압박했다. 초반에 이득을 취해 싸움을 유리하게 풀어나가겠다는 의도였다. 다양한 재주가 있는 콜럼버스나 이신의 치유 능력은 초반에 강세를 보였고, 이는 나폴레옹에게 큰 압박을 주었다. 나폴레옹은 초반부터 방어를 구축하는 데 신경 쓸 수밖에 없었는데, 그렇다고 수비만 확실히 해놓으면 끝이냐 하면 그렇게 간단한 문제가 아니었다.

때로는 이신이 공격을 취하는 척하면서 나폴레옹에게 수비에 마력을 쓰도록 강제한 뒤 본인은 공격 대신 부유한 체제를 선택해 마력량에서 앞서 나가는 방법도 택했기 때문.

그대로 나폴레옹은 이신의 페이스에 내내 휘둘리나 싶었다.

하지만 그러다가도 나폴레옹은 어느 순간 과감하게 치고 나가 불시에 전투를 일으켰다.

그것은 명장으로서의 나폴레옹의 재능이었다.

전투에서 이길 수 있다는 판단이 들었을 때 거침없이 달려들어

탁월한 전술을 뽐냈다.

단단한 방어만 가지고는 최고가 될 수 없는 법.

나폴레옹은 때때로 과감할 줄 알기에 서열 1위를 얻을 수 있었던 것이다.

'제법이군.'

이신은 고개를 끄덕였다. 싸울 맛이 났다.

승리와 패배를 교환하며 양측의 대결은 점점 길어졌다.

8차전, 9차전, 10차전······.

나폴레옹은 점차 이신의 초반 공세에 익숙해졌다.

공격이 막히면 이신이 불리해지므로, 그럴 땐 나폴레옹이 승리하기도 했다. 하지만 익숙해지는 건 이신도 마찬가지였다.

'좋아, 나도 파악이 끝났다.'

상대를 관찰하는 건 나폴레옹만이 아니었다. 당연하지만 이신도 계속되는 서열전을 통해 나폴레옹의 패턴을 파악했다.

이곳은 현실 세계처럼 정보 공유가 잘 이루어지지 않기 때문에 정형화된 빌드 오더가 따로 있지 않았다. 계약자마다 구사하는 빌드 오더가 다르다. 물론 최적의 형태로 빌드 오더를 다듬다 보면 서로 비슷해지기는 하지만, 거기에 자기만의 노하우와 스타일이 녹아든다. 그래서 사실 이신은 서열전이 게임보다 더 재미있었다.

산전수전 다 겪은 프로게이머의 관점에서 보면 부족한 부분도 보이긴 하지만, 하나같이 야생마처럼 독특하고 정형화되어 있지 않은 스타일이 있었다.

아무튼 각자 개성이 뚜렷하여서 빌드 오더를 예측하기 쉽지 않았기 때문에, 이신은 나폴레옹을 계속 관찰하며 그가 주로 구사하는 빌드 오더들을 유추할 필요가 있었던 것이다.

상대가 구사하는 빌드 오더의 종류와 내용이 파악되면, 그때부터는 예측이 더 쉬워진다.

이신도 이제야 그 작업이 끝난 것이다.

'안됐지만 싸움이 길어질수록 강해지는 건 당신만이 아니야.'

이신은 점차 완벽하게 나폴레옹을 이기기 시작했다.

정찰 한 번으로 나폴레옹의 빌드 오더가 무엇인지 파악하고, 그 빌드 오더의 약점을 공략했다. 어쩔 땐 타이밍 러시로 쓰러뜨리고, 어쩔 땐 마력석 채집장 숫자를 마구 늘려서 마력량에서 압도했다. 시간이 흐를수록 나폴레옹은 안색이 굳었다.

'점점 강해진다. 이게 어떻게 된 일이지?'

지더라도 분전을 펼쳤었던 나폴레옹인데, 갈수록 서열전이 일방적인 패배로 흘렀다. 한 번도 아니고, 여러 차례 계속 그렇게 지자 나폴레옹은 심각성을 깨달았다.

'우연이 아니야. 정말 강해지고 있어.'

어렵지만 이길 수 있는 상대였다. 이신에 대해 파악해 나갈수록 승산이 점점 올라갔다.

그런데 어느 순간, 그 흐름이 역전됐다.

이제는 도저히 넘을 수 없는 벽과 마주한 기분이었다.

왜 이렇게 됐을까?

어째서 이신이 점점 강해지는 걸까?

'전장 때문인가. 그래, 이신이 이 전장에 점점 익숙해진 거야.'

나폴레옹은 비슷하지만 정답이 아닌 판단을 내렸다.

이신은 이곳 제10 전장 헤셀에 익숙해진 게 아니라, 바로 나폴레옹에게 익숙해진 것이었다.

빌드 오더, 그러니까 언제 어떤 건물을 짓는지를 지금껏 싸우는 내내 계산하여서 끝내 완벽히 파악했다는 사실을 나폴레옹은 알지 못했다. 왜냐면 그건 나폴레옹의 입장에서는 말도 안 되는 일이었기 때문이다. 하지만 그게 이신이었다.

게임에 최적화된 그의 두뇌는 피땀 흘린 노력과 경험을 거쳐, 그러한 암산이 가능해지도록 진화했다.

ㅡ전장을 바꾸도록 하지.

악마군주 아가레스가 새롭게 제안했다.

ㅡ제1 전장 아스테이아, 마력은 똑같이 3만.

"좋아요."

그레모리가 승낙했다.

이신은 나폴레옹의 심리를 꿰뚫어보았다.

'전장에 대한 이해도가 높아진 것으로 원인을 착각했군.'

물론 전장에 따라 빌드 오더에 변화가 생기긴 한다. 하지만 지형의 차이에 따라 수정 사항이 있을 뿐, 원형은 그대로다.

이신은 이미 나폴레옹이 휴먼을 상대로 빌드 오더가 몇 가지 패턴이 있는지 다 확인했다.


[악마군주 그레모리님과 악마군주 아가레스님의 서열전입니다. 전쟁의 승패가 서열과 마력에 영향을 줍니다. 마력은 3만이 베팅됩니다.]

[마력 6만이 마력석이 되어 전장에 유포됩니다.]

[종족을 선택해 주십시오.]

"휴먼."

"휴먼."

두 사람은 서로를 바라보았다.

나폴레옹의 눈빛에 초조함이 있음을 이신은 확인했다.

빌드 오더를 모두 파악하고 상대가 정신적으로 흔들리기 시작한 순간, 이신은 심리전에서 유리한 고지에 올라선 것이다.

[서열전이 시작됩니다.]

[악마군주 그레모리님의 계약자 이신님과 악마군주 아가레스님의 계약자 나폴레옹 보나파르트님께서 참전합니다.]

이신의 위치는 7시. 나폴레옹의 위치는 11시.

서로 세로 직선 위치였다. 가장 무난한 제1 전장 아스테이아는 이신도 선호했다. 무난한 만큼 평소 연습하기도 좋기 때문이다.

그건 나폴레옹에게도 마찬가지일 터였다.

'그래, 그래서 골랐군. 원인을 제대로 파악하기 위해 일부러 무난한 전장을 선택한 거야.'

상대에게 몰입해 가는 이신. 그는 점점 나폴레옹의 심리와 동화되고 있었다. 왜 그런 선택을 했는지.

상대에 대한 두려움과 그 두려움을 떨치려는 노력.

'불안해할 땐, 먼저 움직여 주지 않아야지.'

이신은 초반에 공세를 취하지 않기로 했다.

나폴레옹은 현재 불안한 심리가 있었다. 이럴 때 초반부터 공격을 하면 적은 오히려 이신의 노림수를 알고 안심한다.

이럴 땐 아무런 행동도 보여주지 않는 편이 더 불안함을 증폭시킬 수 있다. 이신의 심리전이 시작되었다. 정찰을 보낸 콜럼버스가 나폴레옹의 본진 위치를 발견. 그 뒤에 콜럼버스는 이신의 지시에 의하여 3시 방향으로 향했다. 3시 부근에서 나폴레옹이 정찰 보냈던 노예와 맞닥뜨렸다. 1시로 갔다가 5시로 향하는 길에 콜럼버스에게 발견된 것. 당연하지만 이는 이신이 나폴레옹의 정찰 타이밍을 알고 동선과 위치를 알아차린 결과였다.

'공격해.'

"옛!"

콜럼버스는 마비침 1발을 쏴서 노예의 발걸음을 제동시켰다.

그리고 이동속도 +5%의 부츠의 힘으로 따라잡아 주먹을 휘둘렀다. 콜럼버스가 노예와 드잡이를 하는 동안, 첫 소환된 궁병 로흐샨이 달려가 도와주었다.

쉭— 콰직!

"컥!"

노예는 이마에 화살을 맞고 즉사했다.

정찰 차단에 성공한 것이다.

이신은 재차 콜럼버스에게 지시했다.

'정찰이 또 출발했을 거다. 블링크를 써서 9시로 최대한 빨리 달려가.'

"옛!"

'로흐샨은 본진으로 돌아와 출입구 쪽에서 정찰을 차단해라.'

"예, 주군!"

콜럼버스는 9시, 로흐샨은 본진이 있는 7시로 향했다.

블링크까지 사용해서 최대 속도로 9시로 달려간 콜럼버스는 정말로 나폴레옹의 노예 한 명이 7시로 정찰을 가고 있는 걸 발견할 수 있었다. 거의 예언 수준으로 맞아떨어진 이신의 지시.

이번에도 마비침과 로흐샨의 지원 사격으로 죽이는 데 성공했다. 불안할수록 상대의 동태를 파악하고 싶어 하는 심리.

그리고 이신은 그 정찰을 두 번이나 커트시켰다.

노예 2명을 죽인 것도 초반에는 엄청난 이득인데, 정찰을 연속으로 차단시켜서 자신이 무엇을 하는지 모르게 하였다.

이신의 심리전이 마법을 발휘하기 시작한 것이었다.

'노예가 둘이나 죽었으니 공격적으로 나오지 못하겠지.'

그런 상대의 상황을 이용하여서, 이신은 빠르게 앞마당에 마력석 채집장을 건설했다. 뿐만 아니라 병력보다는 노예를 잔뜩 소환하며 마력 채집량을 대폭 늘렸다. 그 결과 노예 2명의 차이는 눈덩이처럼 굴러가 더욱 큰 격차를 만들어냈다. 부유한 마력이 병력으로 나타났다. 이신은 단숨에 병력을 진군시켜 나폴레옹의 11시 앞까지 이르렀다. 나폴레옹은 간신히 11시 앞에서 더는 접근 못 하게 방어선을 펼치기 급급했다. 이신은 그곳에 화살탑을 건설하여서 압박을 강화하였다.

앞마당 앞에서 적이 화살탑까지 지으며 시위를 벌이니, 나폴레옹이 받는 압력은 상당할 터였다.

누가 봐도 이신이 거의 승기를 잡았다 볼 수 있는 상황이었다.

그런데 잠시 후, 나폴레옹의 군대가 9시 부근에 나타났다.

투석기 2기와 기사 여럿이 9시 부근 길목에 자리 잡고 11시에서

7시로 이어지는 이신의 공격로의 허리를 끊었다.

열기구를 써서 병력 일부를 빼돌려 9시 길목을 끊는 판단을 내린 것이다. 그 와중에 보인 나폴레옹의 최고의 대처였다.

허리가 끊기자 11시 앞에서 나폴레옹을 거세게 압박하던 이신의 군대에 힘이 다소 빠진 모양새였다. 거기다가 나폴레옹은 계속해서 열기구로 계속 병력을 실어 날라 12시를 장악했다. 12시에 마력석 채집장을 펴고, 병력은 12시 앞으로 나와 11시 부근에 주둔 중인 이신의 군대를 측면에서도 위협했다.

'대단하군.'

이신은 감탄했다.

9시와 12시에 병력을 드롭해 나폴레옹을 봉쇄하고 있는 이신의 군대를 역으로 압박하다니. 난국을 풀어나가는 최선의 판단이었다. 하지만 이신도 가만히 있지 않았다. 일단 나폴레옹의 11시 본진을 압박하던 군대는 1시까지 후퇴시켰다. 거기에 9시도 병력을 보내 나폴레옹의 병력과 대치를 이루었다. 그러면서 6시, 7시에 마력석 채집장을 동시에 구축하며 과감한 확장!

이신의 절묘한 병력 재배치는 삽시간에 구도를 정립시켰다. 이신은 7시, 6시, 5시, 3시, 1시를 장악했고, 나폴레옹은 11시, 12시를 간신히 확보했을 뿐이었다.

그나마 9시마저도 이신이 잽싸게 병력을 보내 대치 구도로 만드는 바람에 누구도 가질 수 없는 지역이 되어버렸다.

이신은 계속 병력의 몸집을 불리며, 나폴레옹의 목을 거세게 졸랐다.

나폴레옹의 대처가 좋긴 했으나 결국 시한부 기간이 좀 더 늘어났을 뿐이었다.

그리핀 1마리로 정찰해 나폴레옹이 무엇을 하는지 훤히 들여다보며 모든 수단을 꽁꽁 틀어막았다.

결국 나폴레옹은 최후의 발악을 하듯 9시를 공격했고, 이신의 3면 포위 공격에 당해 전멸하고 말았다.

[악마군주 아가레스님의 계약자 나폴레옹 보나파르트님께서 패배를 선언하셨습니다. 악마군주 그레모리님의 승리입니다.]

[악마군주 그레모리님께서 마력 3만을 획득하셨습니다.]

[악마군주 아가레스님의 마력 총량이 3,747,800이 되셨습니다. 서열의 변동은 없습니다.]

[악마군주 그레모리님의 마력 총량이 3,710,426이 되셨습니다. 서열의 변동은 없습니다.]

이전과는 비교도 안 될 정도로 좁혀진 격차! 이제 서열 역전이 코앞이었다. 나폴레옹은 더욱 머릿속이 복잡해진 표정이었다.

결국 패인(敗因)은 처음의 정찰 2번의 실패에서부터 시작된 것이었다. 비로소 나폴레옹은 전장이 문제가 아니었다는 걸 깨달았다. 자신이 무엇을 할지 훤히 꿰뚫고 있는 게 문제였다.

장장 긴 시간의 대결.

마침내 나폴레옹은 궁지에 몰렸다.

제5장
결전

계획과 달리 서열전을 치르면 치를수록 이신을 상대하기가 버거워지는 상황.

궁지에 몰린 나폴레옹은 침착하게 지난 서열전들을 모두 복기해 보았다.

대체 이신의 전략 전술에 무엇이 변했는가?

어째서 갈수록 상대하기 어려워지는가?

답은 하나.

'내가 무엇을 할지 너무 뻔히 알고 있다.'

그냥 우연이려니, 감이 좋구나, 정도로 생각했는데 방금 전의 패배로 확실해졌다.

'콜럼버스가 정찰을 오더니 내 본진을 그냥 슥 둘러보고 바로 떠났다.'

그러고는 어떻게 알았는지, 3시를 지나가고 있던 나폴레옹의 정찰 노예를 붙잡아 사살했다.

어떻게 그 시점에 나폴레옹이 정찰 보낸 노예가 3시를 지나가고 있다는 걸 알았을까?

'내가 정찰을 보낸 걸 직접 보지도 못했을 텐데.'

방금 전의 패배는 정찰 2번이 끊긴 게 컸다.

대체 어떻게 그리 귀신처럼 상대의 정찰이 어디쯤 오고 있다는 걸 예측할 수 있었을까?

궁금해진 나폴레옹은 이신에게 툭 질문을 던졌다. 궁금할 땐 직접 물어보는 게 최고였다.

아니나 다를까, 이신은 쉽게 가르쳐 주었다.

"본진에 있는 노예의 숫자와 건축 중인 건축의 진척 상태를 보고 노예가 하나 비었다는 걸 알았습니다."

"그것만 보고서 내가 정찰을 보냈다는 걸 알았다고?"

"언제 보냈는지도 계산할 수 있습니다."

이신은 당연하게 말했다.

하지만 그걸 절대 당연하게 받아들일 수 없는 나폴레옹은 아연실색했다.

"자네는 수학이라도 전공했나?"

이신은 고개를 저었다.

"그 정도는 기본입니다."

나폴레옹이 정찰로 파악하는 건 상대가 어떤 건물을 짓고 있느냐였다. 그걸로 상대의 전략을 대략 알 수 있으니까.

그런데 이신은 달랐다.

'노예의 숫자를 헤아린다고?'

노예의 숫자를 통해 상대의 마력 채집량을 가늠한다는 뜻.

상대에게 마력이 얼마나 있는지 알면, 그 마력을 어떻게 쓸지도 예측하기 쉬워진다.

그건 적에 대해 상당히 디테일한 정보를 입수할 수 있다는 뜻이었다.

'설마……'

나폴레옹은 믿을 수가 없었다.

'지금까지 줄곧 싸우는 내내 그런 계산을 해왔다는 뜻인가? 시간과 마력을 계산하며 내가 무엇을 하는지를 계속 파악했다고?'

마침내 나폴레옹의 의심은 진실에 접근했다.

이신과 나폴레옹의 결정적인 차이점.

아니, 이신과 다른 대부분의 계약자들의 차이라고 해도 무방했다. 군인 출신이 대다수인 계약자들에게는 낯선 개념이었다.

적을 격파할 전략 전술을 세우고 병력을 운용한다. 적의 동태를 수시로 파악해야 하며, 꾸준히 병력 소환이 멈추지 않고 이어지도록 신경 써야 한다.

이 정도가 계약자들의 서열전 기본 구상이다. 지극히 군인 같은 마인드이지만, 이것만 하더라도 서열전 내내 바쁘다.

그런데 그 와중에 상대의 노예 숫자까지 파악하며 복잡한 계산을 하는 이신은 뭐란 말인가? 그게 가능하긴 하단 말인가?

'수학자였던 니콜라 폰타나가 그런 식으로 서열전을 했었지.'

예전에 수학자 출신 계약자 니콜라 폰타나와 이신이 붙었던 서열전은 나폴레옹도 참관한 바 있었다.

니콜라 폰타나는 애석하게도 자신의 계산 능력을 100% 활용해 줄 군사적 능력이 없었다.

그래서 이신의 탁월한 전술·용병술에 압살당했다.

그런데 이제 보니 니콜라 폰타나가 진 게 당연했다.

'이신도 똑같이 정밀한 계산을 하고 있었으니까.'

한마디로 니콜라 폰타나의 계산 능력과 나폴레옹 자신의 전술 능력이 합쳐져야 이신에게 대항할 수 있다는 뜻이었다.

아니, 거기에 신기의 용병술과 머리 여럿 달린 듯한 다중 수행 능력까지 있다.

나폴레옹은 그만 허탈감을 느꼈다.

이신이 강하다는 건 알고 있었다.

힘든 싸움이 될 거라는 것 또한.

그래서 지금과 같은 대결 방식을 고수했다.

적은 베팅으로 최대한 많이 싸우며 이신의 스타일을 관찰하고 분석해서 가장 효과적인 대응책을 찾아내고자 했다.

그래서는 안 되는 거였다.

'차라리 단기 결전으로 승부를 내는 게 나았다. 난 최악의 대결 방법을 선택한 거야.'

왜냐하면 자신이 이신을 관찰하는 동안, 이신도 자신을 관찰하고 있었다. 그것도 나폴레옹이 눈대중으로 잴 때 이신은 줄자로 정확히 쟀다. 나폴레옹이 이신에 대해 안 것보다, 이신이 나폴레옹에 대해 파악한 내용이 훨씬 많았다.

그래서 싸우면 싸울수록 힘들어지는 지금의 상황이 나온 것.

왜 한니발도 프리드리히 대왕도 알렉산드로스도 다 이신에게 패한 뒤로 칩거를 택했는지 나폴레옹도 확연히 공감되었다.

'우리가 알지 못했던 새로운 패러다임이 너무 많구나. 이걸 배우지 못하면 도태되고 말 거다.'

하지만 실력 차이를 절감하는 건 여기까지.

아직 승부는 끝나지 않았다.

계약자로서의 자신은 이신보다 역량이 뒤처져 있다.

하지만 군인으로서는 아니라고 나폴레옹은 믿었다.

'전투로 승부를 본다.'

물론 전투에서도 이신은 무서운 존재였다.

병사 하나하나를 제각기 움직이는 신기한 용병술은 같은 규모의 적을 압도하는 괴력이 있었다.

하지만 큰 규모의 전투에서는 그 용병술의 비중이 줄어든다. 병력이 많아지면 일일이 조종하기 어렵기 때문.

변칙적인 공격성과 전투에서의 전술.

나폴레옹은 그것을 승부의 포인트로 잡기로 했다.

잠시 후, 악마군주 아가레스가 말했다.

—전장을 옮기도록 할까. 제6 전장 데스트로 하지.

"좋아요, 마력은?"

—5만.

그 말을 듣고 이신은 눈을 빛냈다.

두 악마군주의 마력 격차가 약 3만 7천가량이었다.

1만 5천 마력의 베팅이라면 한 판 더 치러도 서열 역전이 안 일어나는데, 아가레스 측은 그대로 5만 풀 베팅을 했다.

이는 나폴레옹도 최후의 결전을 각오했다는 뜻이었다.

더 이상 여유가 없는 나폴레옹의 표정에서도 패배를 각오하는 마음이 느껴졌다.

'참 재능이 많은 남자다.'

이신은 나폴레옹을 보며 생각했다.

유럽을 재패하려 했던 위대한 정복자에게 감히 그런 평가를 내릴 수는 없지만, 이신은 나폴레옹이 아주 재능 넘치는 유망주로 보였다. 잘 가르치면 최고가 될 수 있겠구나 하는 생각을, 마계 서열 1위로 군림하던 계약자에게 하는 이신이었다. 오늘의 대결은 이신의 가르침이라고도 할 수 있었다. 십여 판 넘게 치르며 이신을 파악하려 했던 나폴레옹의 판단은 명백한 오판.

거꾸로 이신이 나폴레옹에 대한 모든 걸 속속히 파악해 버렸다.

하지만 오늘의 대결이 나폴레옹에게는 가치가 없지 않았다.

그 수많은 패배는 이신이 주는 가르침이었다.

프로게이머로서 이신이 가지고 있던 개념과 노하우가 나폴레옹에게 전래되는 문화 충격의 현장이었다.

그것들을 연구하고 습득하는 과정을 통해 나폴레옹은 앞으로 더 강해질 수 있을 터였다.

'앞으로의 모습을 더 기대하며, 마지막 싸움을 치러주마.'

자신의 전략 전술 패턴을 모조리 읽혔다는 사실을 아는 상태에서 나폴레옹이 과연 어떻게 최후의 결전에 임할지 이신은 기대가 되었다.


[서열전이 시작됩니다.]

[악마군주 그레모리님의 계약자 이신님과 악마군주 아가레스님

의 계약자 나폴레옹 보나파르트님께서 참전합니다.]

어쩌면 마지막이 될 수 있는 서열전이 시작되었다.

제6 전장 데스트는 2인용 전장이었다.

시작 지점이 12시와 6시 두 군데뿐이라, 휴먼 대 휴먼이나 휴먼 대 드워프, 드워프 대 드워프의 대결에서는 필히 남북으로 전장을 나눠 먹고 싸우는 구도가 된다.

서로 거리가 멀기 때문에 초반에 기습 전략을 쓰기에도 위험 부담이 컸다.

'과연, 기필코 이기겠다는 뜻이군.'

초반부터 공격적인 이신의 스타일에 대항하고, 장기전이 특기인 자신에게 적합한 전장이었다.

6시에서 시작하게 된 이신은 일단 콜럼버스를 정찰 보냈다.

12시에 있는 나폴레옹의 진영에 도달한 콜럼버스는 출입구를 통해 본진으로 들어갔다. 나폴레옹은 평범하게 병영을 건설하고 광산을 건설하는 중이었다. 콜럼버스를 통해 나폴레옹의 본진을 체크한 이신은 노예 하나가 부족하다는 계산을 내렸다.

'정찰 보냈나 보군.'

대수롭지 않게 여겼다.

양 진영이 서로 거리가 멀기 때문에 초반 기습 전략은 좋은 선택이 아니었다. 본진 앞마당 앞에는 중앙 지역과 연결된 커다란 다리도 있었다. 이 다리를 건너지 않으면 상대의 진영에 진입하지 못하는데, 이는 즉 이 다리만 잘 막아도 상대의 공격을 저지할 수 있다는 뜻이었다.

이신은 앞마당에 마력석 채집장을 빨리 구축하고, 병력보다는 노예를 더 많이 소환했다.

노예가 많아질수록 이신의 마력 채집량도 늘어났다.

초반에는 전투가 일어날 일이 없으니 좀 더 부유하게 나가도 괜찮았다.

하지만······.

'이상하군.'

이신은 재빨리 이상 징후를 감지했다.

'지금쯤 상대의 정찰이 도착해야 하는데?'

아까 분명 나폴레옹의 본진 안에 노예 하나가 부족했다.

그 부족한 노예 하나는 분명 정찰일 터.

근데 아직까지 도착하지 않았다?

그럼 정찰을 오지 않고 중간에 딴짓을 하고 있다는 뜻!

거기다가 나폴레옹은 아직까지 앞마당도 가져가지 않고 있는 상황.

'기습 전략이다!'

이신은 판단이 빨랐다.

그 즉시 앞마당에 화살탑을 건설했다.

병영에서도 궁병을 더 소환했고, 대장간에서도 즉시 무기 개발을 시작했다. 초반 기습 전략이 어려운 전장.

나폴레옹이 그 허를 찌르고 기습 전략을 택했다면, 지금부터 서둘러 방비해야 했다. 노예 소환도 잠시 멈추고 병력 소환 및 방어에 전념한 이신.

그러면서 콜럼버스를 시켜 중앙 지역 일대를 꼼꼼히 정찰하게 했다.

아니나 다를까.

3시 지역 구석에서 나폴레옹이 몰래 지은 병영을 발견했다.

그 병영에서는 이미 석궁병 몇 명을 소환하는 중이었다.

본진에도 병영이 있으니 석궁병의 숫자가 상당할 터였다.

'하지만 막을 수 있다.'

앞마당에 이미 화살탑이 완성되었고, 여차하면 콜럼버스에게 빙의하여서 치유 능력을 펼쳐도 된다. 앞마당 노예들도 방어에 동원하면 충분히 막을 수 있었다. 마침내 나폴레옹의 진격이 시작되었다. 본진에서 석궁병들이 출발했고, 3시 측에서도 석궁병들과 노예 1명이 함께 움직이는 걸 포착했다. 나폴레옹의 석궁병들이 산개하여서 콜럼버스를 몰이사냥하려 했지만, 콜럼버스는 9시 방면으로 우회하며 무사히 피신했다. 그리고 나폴레옹의 군세가 마침내 이신의 앞마당 앞 다리 쪽에 도착했다.

'그 다리를 건널 수 있을까?'

이신은 만반의 태세가 다 되어 있었다.

그런데 그때였다.

나폴레옹은 데리고 온 노예로 다리 앞에 화살탑을 건설하기 시작했다.

그리고…….


[계약자 나폴레옹 보나파르트님께서 고유 능력을 사용합니다. 200마력을 소모합니다.]

[봉쇄시킨 적의 공격력을 10% 약화시킵니다.]

[봉쇄시킨 적에 대한 공격이 10% 상승합니다.]
[봉쇄가 풀릴 때까지 효과가 지속됩니다.]

그랬다.

나폴레옹은 봉쇄 판정을 내기 위해 초반에 무리하게 병력을 모아 공격을 시도한 것이다.

도합 공격력 20%의 차이가 발생.

그제야 비로소 나폴레옹의 석궁병들이 일제히 다리를 건너기 시작했다. 봉쇄 판정에 힘입어서 이신의 방어를 뚫어볼 작정이었던 것이다.

'위험하군. 하지만 봉쇄 판정을 해제시키면 된다.'

이신은 콜럼버스에게 지시를 내렸다.

콜럼버스는 앞마당에서 절벽에 붙어서 블링크를 펼쳤다.

[계약자 이신의 사도 상급 악마 콜럼버스가 능력 블링크를 사용합니다.]
[10미터 범위 내에서 순간이동을 합니다. 3초 이내에 다시 사용하면 원래의 위치로 돌아갑니다.]

앞마당에서 절벽 건너편에는 뒤쪽 공간이 따로 있는데, 이 공간은 9시 쪽 우회 루트를 통해 중앙 지역과 연결되어 있었다.

즉, 이곳에 건물을 지으면, 나폴레옹은 이신을 완전히 봉쇄시키지 못한 게 된다. 콜럼버스는 블링크로 뒤쪽 공간으로 건너가자마자 병영을 건설했다.

[계약자 이신님에 대한 봉쇄가 해제되었습니다.]

건물이 지어지기 시작하자 봉쇄 판정이 풀렸다.

그리고 정확히 3초가 지나갈 때였다.

'돌아와!'

콜럼버스는 건축을 중단하고 다시 블링크를 펼쳐 앞마당으로 되돌아왔다. 3초 안에 건물을 조금이라도 지어놓고, 재빨리 되돌아온다는 작전. 봉쇄 판정이 없다 해도 콜럼버스가 없으면 막기 힘들다. 두 마리 토끼를 모두 잡는 이신의 순간적인 센스였다.

다리를 건너려던 나폴레옹의 석궁병들이 잠시 중단했다.

봉쇄 판정 없이 공격을 시도해 봤자 무리였으니까.

'괜찮은 작전이었지만 이런 방법이 있을 줄은 몰랐겠군.'

그렇게 이신이 거의 승리를 확신하고 있을 때였다.

[계약자 이신님을 봉쇄했습니다.]
[봉쇄시킨 적의 공격력을 10% 약화시킵니다.]
[봉쇄시킨 적에 대한 공격이 10% 상승합니다.]
[봉쇄가 풀릴 때까지 효과가 지속됩니다.]

'뭐?'

깜짝 놀란 이신.

어찌 된 영문인지는 금방 깨달았다.

'뒤쪽 공간과 연결된 9시 우회 루트도 차단했구나!'

놀랍게도 나폴레옹은 이신이 콜럼버스를 활용해 그런 식으로 대처하리라는 걸 예상하고 있었다.

그래서 진격할 때 9시 우회 루트에도 노예를 따로 보낸 것이다.

다시 봉쇄가 이루어지자 나폴레옹이 공격을 재개했다.

'이 전장에 대해서도 준비를 많이 했군.'

이신은 최후의 결전을 각오한 나폴레옹의 투지를 느낄 수 있었다. 전투가 시작되었다.

*　　　　*　　　　*

나폴레옹의 석궁병들이 다리를 건너와 석궁을 쏘기 시작했다.

이신의 화살탑에 볼트들이 박혀 들어갔다.

화살탑에서도 이신의 석궁병들이 대응 사격을 했다.

이신은 앞마당에 있던 노예들을 총동원해 방어했지만, 나폴레옹은 침착하게 화살탑에 공격을 집중시켰다.

우르르르!

화살탑이 마침내 빗발치는 볼트에 무너져 버렸다.

쉬쉬쉭—

콰직! 콰지직!

"끄악!"

"컥!"

화살탑이 무너지자 나폴레옹의 석궁병들은 앞을 가로막고 방해하는 노예들부터 공격했다.

이신의 노예들이 픽픽 죽어나갔다.

그때, 이신도 반격했다.

조심스럽게 거리를 좁힌 콜럼버스가 마비침 5발을 모조리 난사.

동시에 로흐샨이 석궁병들을 이끌며 지휘 사격을 펼쳤다.

[계약자 이신의 사도 상급 악마 로흐샨이 능력 유도 사격을 사용합니다.]

[로흐샨과 가까운 아군 석궁병 12인이 동일한 타이밍에 동일한 지점을 적중시킵니다. 5초에 1회씩 사용 가능합니다.]

지휘 사격으로 한 명을 죽이고, 5초간 물러나 석궁을 재장전했다가 다시 지휘 사격. 지휘 사격을 십분 활용한 침착한 대응으로 나폴레옹의 석궁병들도 하나둘 숫자가 줄었다.

봉쇄 판정 때문에 공격력이 20%나 차이나므로 로흐샨의 능력을 활용한 반격이 최선이었다. 하지만 나폴레옹의 기세는 무서웠다. 이번 공격에 많은 것을 쏟아부은 터라 각오가 상당했다. 게다가 나폴레옹의 석궁병들 중에 유독 눈에 띄는 병사가 있었다.

석궁을 들고 있는 다른 석궁병들과 달리 홀로 거대한 장궁(長弓)을 들고 있는 백인 사내였다.

홀로 특별한 무기를 들고 있는 것으로 보아, 사도가 분명했다.

[계약자 나폴레옹 보나파르트의 사도 상급 악마 윌리엄 체스터가 능력 속사를 사용합니다.]

[30초간 2배 빨리 사격을 합니다. 180초 뒤에 재사용이 가능합니다.]

그는 영국 체스터 출신의 장궁병으로 활을 잘 쏘기로 유명했지만 역사에 이름이 남을 정도는 아니었다.

하지만 나폴레옹이 궁병 중에서 새로운 사도를 뽑기 위해 테스트를 했는데, 그때 소환되었던 궁병들 중 가장 활을 잘 쏜 덕에 권속이 되고 사도로 임명됐다.

평소에는 권속으로 지냈다가 궁병 사도가 필요하면 사도로 활약하는 식으로 종종 활약해 왔는데, 이번 이신과의 대결에서 사도로 나선 것이다.

30초간 2배의 사격.

거기다가 나폴레옹의 고유 능력 봉쇄로 인한 공격력 10% 상승.

그 두 가지가 섞이자 윌리엄 체스터의 장궁에서 쏘아진 화살이 이신의 노들을 무더기로 죽였다.

로흐산이 지휘 사격으로 윌리엄을 저격하려 했지만 오히려 날카로운 반격을 받고서 물러나야 했다.

이신의 피해가 점점 늘어갔다.

하지만 이신은 당황하지 않았다.

얼마나 피해를 입건, 일단 막아내는 게 중요했다.

'기사가 소환될 때까지 버티면 된다.'

이신은 방어를 하는 와중에도 특수 병영을 건설하고 기사를 소환하고 있었다.

투석기는 제작하기까지 오래 걸리기 때문에 일단 기사를 먼저 소환한 것.

적군이 석궁병으로 구성되었으므로, 기사 2기로 돌격시키면 충분히 분쇄시킬 수 있었다.

그전까지는 뚫리지 않고 막아내는 게 중요했다.

[계약자 이신님께서 고유 능력을 사용합니다. 1초에 5마력씩 소모됩니다.]

[주변의 모든 아군의 체력이 회복됩니다.]

[치유 능력이 적용되는 범위를 조절할 수 있습니다.]

[적용 범위가 좁을수록 치유 효과가 상승합니다.]

이신은 콜럼버스에 직접 빙의하여서 치유 능력을 펼쳤다.

노예들이 죽지 않도록 치유 능력을 집중시켰다.

하지만 공격력 20% 차이는 전투에서 큰 격차로 나타났고, 노예들의 피해는 불가피했다. 피해가 너무 커진다 싶었지만 이신의 멘탈은 흔들리지 않았다.

'아직 괜찮아. 나폴레옹도 이번 공격에 너무 많이 투자했어.'

이신과 달리 앞마당에 마력석 채집장도 구축하지 않고 병력을 소환하는 데 투자했다. 거기에 고유 능력 봉쇄에 200마력을 썼으므로, 나폴레옹은 상당히 가난한 상태였다. 이신도 방어에 동원한 노예들이 무더기로 죽었으나, 아직은 괜찮았다.

전투가 끝나고 피해를 복구하는 속도는 이신이 훨씬 빠르다.

사령부가 본진과 앞마당 2채이기 때문에, 나폴레옹이 노예 1명을 소환할 때 이신은 2명을 소환한다.

노예 숫자가 채워지면 부족한 마력 채집량도 늘어나므로, 삽시간에 나폴레옹과 격차를 벌릴 수 있는 것이다.

결국 이신은 노예들을 상당수 잃었으나, 기사 2기가 소환될 때까지 버티는 데 성공했다.

1기가 먼저 소환됐지만 당장 투입하지 않고 2기가 모일 때까지 참은 이신의 침착성은 범인의 수준을 아득히 넘은 경지였다.

'서영, 봉쇄를 풀어내라.'

"옛, 주군!"

서영이 다른 기사 하나와 함께 나란히 돌격을 펼쳤다.

윌리엄 체스터를 비롯한 석궁병들이 집중사격을 했지만, 서영은 능력 평정심으로 사기와 방어력을 일시적으로 상승시켰다.

콰지지직!

"끄아악!"

"컥!"

두 기사의 돌격에 충돌하자 석궁병 2명이 단숨에 즉사하고 3명이 부상당했다.

후퇴하는 나폴레옹.

"어딜 달아나느냐!"

서영이 매섭게 소리치며 뒤쫓았다.

"이때다, 우리도 가자!"

로흐샨도 석궁병들과 함께 반격에 합류했다.

살육의 현장.

그간의 울분에 앙갚음하듯 나폴레옹의 석궁병들을 닥치는 대로 죽였다. 그 와중에도 윌리엄 체스터는 집요하게 기사 1기를 집중사격해 죽였다.

물론 그 직후, 노한 서영에게 목이 베였지만.

서영은 석궁병들과 함께 다리를 건너 화살탑까지 부수는 데 성공했다.

[계약자 이신님에 대한 봉쇄가 해제되었습니다.]

'이제 피해를 복구해야겠군.'

전투는 끝났지만, 지금부터가 승패가 달린 중요한 시간이었다.

누가 더 빨리 피해를 복구하느냐가 중요했다.

이신은 본진과 앞마당에 있는 사령부에서 모두 노예를 소환했다. 그러면서 본진에 있는 노예들 일부를 앞마당으로 데려왔다. 앞마당에 있던 노예들이 싸움으로 대다수 희생한 까닭이었다.

그럼에도 이신은 계산상 자신이 유리하다고 판단했다.

'나폴레옹은 이제 앞마당에 사령부를 절반쯤 짓고 있겠지. 피해를 더 입었다면 불리했겠지만 지금은 내가 유리하다.'

이신은 확실하게 마력 격차에서 나폴레옹을 따돌리고 우위를 차지할 생각이었다.

그런데 바로 그때였다.

[적이 출현했습니다.]

'뭐?'

이신은 깜짝 놀랐다.

적이 나타난 곳은 바로 앞마당에서 절벽으로 가로막혀 있는 뒤쪽 공간이었다.

그곳에 나타난 건 투석기 1기와 노예 1명.

'투석기가 벌써 나타났다고?'

이신의 계산을 벗어난 상황이었다.

투석기를 제작 완료했다 한들, 그걸 저기까지 끌고 오는 것도 시간이 오래 걸리는 일이었다.

그렇다면…….

'9시!'

이신은 어찌 된 영문인지 깨달았다.

뒤쪽 공간과 연결된 9시 우회 루트를 나폴레옹이 차단했었다.

그때 그 길목을 막으려고 지은 건물이 바로 특수 병영인 것이다! 거기서 공병을 소환한 후에 뒤쪽 공간 인근에서 투석기 제작을 시작했다면, 시간상 딱 맞아떨어진다.

'여기까지 구상한 작전이었구나.'

이신은 전율을 느꼈다.

이는 나폴레옹이 제6 전장 테스트에서 이신을 꺾기 위해 미리 구상한 전략일 것이다. 이 어찌나 치밀한 시나리오란 말인가.

새삼 나폴레옹의 천재성을 느낄 수 있는 부분이었다.

투석기를 끌고 온 공병은 바로 나폴레옹의 사도 앙드레 마세나였다. 앙드레 마세나는 투석기를 조립하기 시작했고, 함께 온 노예는 아까 콜럼버스가 3초간 짓다 만 건물을 부쉈다.

건물이 부서지자 뒤쪽 공간에 대한 시야가 사라져 버렸다.

하지만 이내 투석기가 쏜 바위가 절벽을 넘어 앞마당 사령부 건물을 강타했다.

퍼어엉! 우르르―

"악!"

"적이다!"

쪼개진 바위의 잔해에 마력석을 채집하던 노예들까지 다쳤다.

저쪽도 이쪽이 보이지 않을 텐데도, 정확하게 사령부 건물을 맞히고 있었다. 사전에 투석 훈련을 해두었기에 보지 않고도 맞출 수 있는 것이었다. 이신도 공병 사도인 오귀스트 마르몽을 소환하여서 투석기를 제작하고 있었다.

투석기가 제작 완료되면 반격이 가능하다.

서로 시야가 없지만, 이쪽은 앙드레 마세나가 어디서 바위를 쏘는지 날아오는 바위의 궤도를 통해 예측할 수 있다.

즉, 먼저 한 방 먹일 수 있다는 뜻.

마르몽에게는 명중률 100%라는 능력이 있으므로 확실하게 먼저 한 방 먹일 수 있다. 그러나 상황은 생각보다 훨씬 복잡했다.

저기서 바위를 쏘는 상대방이 바로 앙드레 마세나인 것이다.

'분명 공격 속도를 2배 빠르게 하는 능력이 있는 사도였지.'

이쪽이 투석기로 반격하면, 앙드레 마세나는 곧장 그 능력을 사용해 2배 빠른 반격을 펼치리라.

그러면 먼저 한 방 먹였지만 결국은 이쪽의 투석기가 먼저 박살 날 것이 자명했다. 이런 상황까지 전부 상정해 놓고 전략을 수립한 나폴레옹의 소름 끼치는 치밀성이었다. 결국 앞마당의 사령부가 박살 난다? 그건 급격하게 이신이 불리해진다는 뜻이었다.

'9시 우회 루트 쪽에도 이미 병력을 배치해 놨겠군.'

완벽하게 짜인 판.

이신은 패배의 위기를 느꼈다.

필사적으로 대책을 연구했다. 어떻게 해야 이 위기를 벗어날 수 있을까? 앞마당 사령부는 포기해야 하나?

일단 노예의 숫자를 충분히 모아놓은 다음에 다른 지역에 마력석 채집장을 늘려 지어서 따라잡을까?

'아냐. 거기까지 예상했겠지.'

무엇보다 저 뒤쪽 공간에서 바위를 쏘는 저 투석기를 걷어내지 못하면 두고두고 발목을 잡을 후환거리였다.

그렇다면, 투석기를 하나 더 제작해서 2기로 반격해 볼까?

'아냐, 그전에 사령부 건물이 박살 난다.'

그 실험까지 나폴레옹은 아마 다 해보았을 터였다.

문득 이신은 웃었다.

위기감을 느끼게 만드는 지금의 이 긴장감이 좋았다.

이런 걸 원했다.

위기를 느끼고 싶고, 또 극복하고 싶었다.

이신은 그 스릴에 중독된 구제 불능의 승부사였다.

'찾았다!'

바로 이 스릴!

해결책을 찾은 이신은 짜릿한 흥분에 미소를 짓고 있었다.

때마침 마르몽이 투석기를 제작 완료했다.

'마르몽, 절벽 너머의 적에게 반격을 한다.'

"주군, 저기 있는 투석기는 앙드레 마세나의 것입니다."

마르몽도 앙드레 마세나와 일대일로 투석 대결을 하면 진다는 걸 알고 있었다.

'안다. 그런데 나폴레옹이 미처 생각 못 했던 게 하나 있어.'

"예?"

예를 들어, 절벽 너머로 보이지 않는 적에게 석궁병이 볼트를 쏘면 맞힐 수 있을까?

매우 힘들다.

사거리는 아슬아슬하게 닿는 위치니 어쩌다 우연히 맞힐 수는 있겠지만, 맞았는지 빗나갔는지 보이지 않으니 알 수조차 없는 것이다.

그런데 여기서 나폴레옹이 생각 못 한 변수가 하나 있었다.

그것은 바로 마르몽의 능력.

[오귀스트 마르몽(휴먼, 공병)

능력: 빙의, 명중률(주변 아군의 원거리 무기 명중률이 100%가 됩니다.)]

그랬다.

이신은 마르몽의 능력을 이용하여서 석궁병들과 함께 반격을 시킬 작정이었다.

주위에 있는 석궁병들도 마르몽의 능력 덕에 명중률이 100%가되는 것이다.

*        *        *

투석기 조립을 마친 마르몽이 바위를 쏠 준비를 했다.

이와 함께 로흐산도 석궁병들과 함께 마르몽의 인근에 뭉쳤다.

살짝 앞선 위치에서 아슬아슬하게 절벽 너머 상대측 투석기에 석궁의 사정거리가 걸치도록 포지션을 잡았다.

그러는 와중에도 절벽 너머에서는 앙드레 마세나가 쏘는 바위가 정확하게 앞마당의 사령부 건물을 계속 강타하고 있었다.

바위의 파편이 노예들에게 튀어서 피해가 지속되고 있는 상태.

'발사.'

이신이 지체 없이 명령을 내렸다.

마르몽이 투석기의 각도를 조정했다. 이윽고 발사.

투웅!

마르몽은 자신의 능력을 펼치며 발사했다.


[계약자 이신의 사도 상급 악마 오귀스트 마르몽이 능력 명중률을 사용합니다.]

[주변 아군의 원거리 무기 명중률이 100%가 됩니다.]


이 능력의 발동에는 조건이 있었다.

바로 마르몽이 상대의 위치를 측정하고 조준할 것.

상대가 보이지도 않고 위치도 알 수 없는데 능력에 힘입어 순전히 운으로 공격이 적중되지는 않는다.

이번 능력은 마르몽이 날아오는 바위의 궤도를 보고서 앙드레 마세나의 위치를 측정하고 조준한 덕에 발동된 것이었다.

마르몽과 함께 석궁병들도 일제히 석궁의 방아쇠를 당겼다.

쉬쉬쉬쉬쉭—

볼트들이 바위와 함께 하늘을 갈랐다.

포물선을 그리며 절벽 너머로 날아갔다.

그리고…….

쿠우웅!

콰콰콰콰콱!!

"크윽!"

앙드레 마세나는 갑작스러운 반격에 깜짝 놀랐다.

날아온 바위가 투석기를 손상시켰고, 함께 덮쳐든 볼트들도 투석기에 꽂혔다. 일부는 앙드레 마세나의 어깨에 맞고 말았다.

'석궁병들까지?'

적이 투석기로 반격할 것쯤은 예상했던 앙드레 마세나였다. 아마 오귀스트 마르몽의 솜씨라면 보지 않고도 이쪽의 위치를 측정하고 쏠 수 있을 테니까. 하지만 석궁병들까지도 함께 공격할 줄은 몰랐다. 게다가 석궁병들이 쏜 모든 볼트가 정확하게 투석기에 적중한 것이다. 당장에 반파된 투석기를 보며 앙드레 마세나는 낭패를 느꼈다.

"폐하, 적의 반격이 강력합니다. 투석기를 포기하고 물러나겠습니다."

'마르몽의 능력을 이용해서… 제길, 그런 방법도 있었구나.'

나폴레옹도 낭패를 느끼긴 마찬가지였다.

치밀하게 준비한 전략으로 몰아넣었음에도 이신은 번뜩이는 재치로 계속 타개책을 찾아내고 있었다. 즉흥적으로 말이다.

투석기를 버리고 물러난 앙드레 마세나의 판단이 정확했다.

2차 공격으로 날아온 바위와 볼트들은 그의 투석기를 완전히 박살 내 버렸다.

맞서 싸우겠다고 투석기를 붙들고 버텼으면 앙드레 마세나까지 죽음을 당했을 것이다.

'사령부 건물을 직접 타격하는 건 무리다. 석궁병의 사정거리가 닿지 않는 곳까지 물러나서 마력석 채집만 방해해라.'

나폴레옹도 지금의 공세의 끈을 놓을 수 없었다. 그는 앞마당에 마력석 채집장을 이제 짓고 있는 중이었다. 더 몰아붙이지 않으면 이미 앞마당에서도 마력석을 채집하고 있는 이신과의 격차가 벌어질 터였다. 나폴레옹은 계속 투석기를 제작하며 이신의 앞마당을 타격할 수 있는 뒤쪽 공간을 포기하지 않았다. 마침 또 다른 공병이 투석기를 완성했고, 앙드레 마세나가 그 투석기를 건네받아 조준을 했다.

이번에는 이신 측이 석궁병으로 사격할 수 없는 거리에서 바위를 발사했다. 쏘아올린 바위는 절벽을 넘어서 이신의 노예들이 일하고 있는 마력석 매장지를 덮쳤다.

콰지지직!

"끄악!"

"아악!"

일하던 노예들 3명이 일격에 즉사.

앙드레 마세나가 투석기를 쏘는 동안, 공병 한 명은 투석기를 또 1기 제작 중이었다. 나폴레옹이 이곳에 마력을 쥐어짜 투자한 것이다. 상황이 그리되자, 이신은 일단 앞마당에서 일하던 노예들을 본진으로 대피시키는 수밖에 없었다. 앞마당 마력석 채집장이 나폴레옹의 집요한 노력으로 정지된 것.

이신은 투석기 2기로 반격에 나섰다.

앙드레 마세나는 자신의 능력 속사를 펼쳐 반격했다.

[계약자 나폴레옹 보나파르트의 사도 상급 악마 앙드레 마세나가 능력 '속사'를 사용합니다.]
[투석기의 발사 속도가 30초간 2배 빨라집니다. 60초 후 재사용 가능합니다.]

2 대 1로 싸웠음에도 앙드레 마세나는 2배 빠른 속사를 무기로 맹렬한 반격을 펼쳐서 마르몽의 투석기를 박살 내는 데 성공했다.

하지만 동시에 앙드레 마세나의 투석기도 날아온 바위에 의해 박살 나고 말았다. 앙드레 마세나는 석궁병들의 공격에 당한 부상까지 겹쳐서 그대로 사망. 마르몽은 다행히 가까스로 이신의 치유 능력에 의해 목숨을 건졌다. 하지만 포격전이 펼쳐지는 동안에는 이신도 앞마당에서 마력석을 채집할 수가 없었으므로 나폴레옹의 목적은 딱 절반만 이루어진 셈이었다.

결국 이신은 열기구를 동원하여 뒤쪽 공간에서 앞마당을 괴롭히는 나폴레옹의 병력을 소탕하였다.

열기구로 기사 4기를 실어 날라서 절벽 너머에서 바위를 쏘던 투석기 및 공병을 사살.

이어서 기사들은 우회 루트를 따라 9시로 달려갔다.

나폴레옹도 기사단을 출진시켜 9시를 사수했다.

서영이 이끄는 이신의 기사단과 니콜라 우디노가 이끄는 기사단이 9시에서 격돌했다. 서영은 분전을 펼쳤지만 니콜라 우디노와 함께 나폴레옹의 또 다른 기사 사도인 니콜라 장드듀 술트가 합류하는 바람에 승부를 내지 못했다.

혈전 끝에 기사 3기를 모두 잃은 서영이 홀로 도망쳤고, 니콜라 우디노와 술트가 바짝 뒤쫓았다.

그러나 너무 깊이 추격했다. 절벽 너머에서 이신의 투석기가 쏜 바위에 맞아 술트가 사망하고 말았다. 홀로 남겨진 니콜라 우디노는 서영이 말 머리를 돌려서 다시 덤벼들자 거꾸로 도망쳤다.

9시 우회 루트에서 격전이 펼쳐지는 동안, 이신의 또다른 공격이 진행되었다. 이신은 이왕 1척 제작한 열기구를 그냥 내버려 두기보다는 활용하기로 한 것이다. 이신의 진영 인근에 뒤쪽 공간이 있듯, 나폴레옹의 12시 본진 쪽에도 3시 우회 루트로 들어가면 나오는 뒤쪽 공간이 있었다.

이신은 투석기 1기와 기사 2기를 열기구에 태워서 그곳으로 침투시켰다.

하지만 이번에는 이신이 한 방 먹었다.

3시에 나폴레옹이 소환한 그리핀이 석궁병 2명을 등에 태운 채 출현한 것. 나폴레옹은 이미 이신의 열기구를 격추시키려고 그리핀을 준비 중이었다.

열기구를 써서 침투해 올 거라고 예측했을 뿐만 아니라, 그전에 이신이 뒤쪽 공간에서 공격하는 투석기를 처리하기 위해 열기구를 제작하리라는 것도 예견하고 있었다. 한 수 앞을 내다본 판단이 나폴레옹에게 불리했던 전세를 만회하게 해주었다.

그리핀에 의해 이신의 열기구가 격추당한 것.

기사 2기는 말을 타고 재빨리 도망쳤지만, 느린 투석기와 공병은 그대로 석궁병 그리핀의 밥이 되었다.

시간이 경과하면서, 양 진영의 지상군이 진격하기 시작했다.

이신은 9시를 향해, 나폴레옹은 3시를 향해 세력을 뻗어나갔다. 자연히 9시에서 3시를 연결하는 전선이 형성되면서 양측은 전장을 남북으로 양분했다.

그때부터는 치열한 포격전이었다.

나폴레옹이 적극적으로 나섰다.

그리핀 1기로 계속 시야를 확보하면서, 투석기들을 야금야금 전진시켜 이신의 투석기를 1기씩 잡았다.

하지만 이신도 가만히 당하고만 있는 건 아니었다.

이신은 병력 구성에서 기사의 비중을 높여서 돌파를 준비 중이었다.

그리고 어느 순간, 3시로 병력을 집중시켜서 돌파를 단행했다.

"쳐라!"

서영이 기사들을 이끌고 앞장섰다.

다수의 기사는 돌파에 용이했다.

투석기들의 바위 세례를 뚫고 달려 들어가 적진을 분쇄하기 시작했다. 나폴레옹도 급히 전력을 3시로 집중시켰지만, 그의 움직임은 이신보다 한발 느렸다. 나폴레옹은 투석기의 비중이 컸기 때문에 이동속도가 약했던 것.

이신은 기사의 기동력을 활용해 그 허점을 파고든 것이었다.

상당히 많은 기사가 투석기의 포화에 희생됐지만, 이신은 계속 기사를 추가 소환해 투입하며 돌파를 이어나갔다.

결국 나폴레옹의 3시 방어선이 돌파당했다.

전장을 양분한 긴 전선에 구멍이 나버리자, 나폴레옹이 수습할 틈도 없이 이신이 거침없이 비집고 들어갔다.

기사들이 뚫린 3시를 통해 나폴레옹의 앞마당으로 돌진하였고, 투석기 일부는 3시 우회 루트를 따라 나폴레옹의 앞마당 뒤쪽 공간으로 향했다.

나폴레옹은 급히 앞마당으로 진입하는 통로에 병력을 배치해 방어 태세를 갖춰 기사들의 침투를 저지했다. 하지만 뒤쪽 공간에서 투석기들이 바위를 쏘는 것까지는 미처 저지하지 못했다.

쿠우웅! 쿠웅!

"으악!"

"끄아악!"

"피해!"

앞마당에서 마력석을 채집하던 노예들이 무더기로 죽어나갔다.

나폴레옹은 진땀을 흘렸다.

이신의 맹렬한 공세에 그의 진영이 흔들리기 시작했다.

'지지 않는다!'

나폴레옹은 과감히 앞마당을 포기했다.

그 대신 이신의 전력이 3시에 쏠린 틈을 타, 반대편인 9시를 공략했다. 결국 이신은 3시를, 나폴레옹은 9시를 가진 형태로 간신히 마무리했다. 하지만 뒤쪽 공간에 침투해 있는 투석기 때문에 앞마당을 잃은 것은 큰 피해였다. 나폴레옹은 이 국면을 타개하기 위하여 정찰용으로만 활용했던 그리핀을 본격적으로 편대로 키우기 시작했다. 하지만 같은 시각, 이신도 그리핀 편대를 구성하기 시작했다. 이번에는 이신이 나폴레옹의 행보를 예측한 것이다.

양측의 그리핀 편대가 공중을 누비며 활약하기 시작했다.

공중전 형태는 술래잡기였다.

나폴레옹은 의도적으로 이신의 그리핀 편대와 충돌하는 것을 피해 다녔다. 서로 공중전에서 붙으면 이신이 이긴다는 걸 알고 있었기 때문이었다.

이신의 그리핀 편대는 마계 최강의 공중전 전력이었다.

로흐샨이 이끄는 그리핀 편대의 U턴 샷을 본 적이 있는 나폴레옹으로서는 공중전을 꺼렸다. 대신 이리저리 피해 다니며, 이신의 투석기와 기사를 치고 빠졌다.

여기저기 도망치며 게릴라를 펼치는 나폴레옹.

그런 그를 쫓아다니는 이신의 그리핀 편대.

하지만 역시나 마력량의 차이에서 균형이 무너지기 시작했다.

이신은 넘치는 마력으로 화살탑을 곳곳에 건설해 대공방어를 갖춰놓았지만, 나폴레옹은 그럴 여유가 없었던 것이다.

나폴레옹의 그리핀 편대가 활약할 영역이 점점 사라져 갔다.

여기저기 철통같이 대공방어를 해놓은 이신은 지상군을 한 발짝씩 전진시키며 나폴레옹을 압박하기 시작했다.

이신의 그리핀 편대가 여기저기 헤집고 다니며 나폴레옹에게 결단을 강요했다.

나폴레옹의 그리핀 편대는 갈 곳이 없는데, 이신의 그리핀 편대는 곳곳에서 마음대로 날뛰고 있었다.

'어쩔 수 없구나.'

나폴레옹은 쓴웃음을 지었다. 이대로 천천히 무너지기 전에, 차라리 총공격의 결단을 내리는 것.

이 선택지밖에 없도록 상대를 몰아넣은 이신의 운영 능력은 과연 놀라울 따름이었다.

'원하는 대로 해주마! 마지막 공격이다.'

나폴레옹이 칼을 뽑아 들었다.

이윽고 전 지역에서 나폴레옹의 군대가 전진을 시작했다.

한곳에 전력을 집중시킨 것이 아니라, 여기저기서 동시다발적으로 공격을 펼치는 것.

이는 그 와중에도 변수를 만들려는 나폴레옹의 책략이었다.

이 지역에서 패배해도 다른 지역에서 승리하면 상황이 복잡하게 꼬일 수 있음을 노린 것이었다.

그 책략은 절반만 맞아떨어졌다.

여기저기서 승전보와 패전보가 울려 퍼졌다.

전선이 마구 어그러져서 한 치 앞을 알 수 없는 복잡한 구도가 되었다. 여기까지는 나폴레옹의 의도대로였다.

하지만 지상군이 다 죽어나갈 때, 마지막까지 살아남은 것은 바로 이신의 그리핀 편대였다.

마계 최강이라는 명성답게 이신의 그리핀 편대는 나폴레옹의 그리핀 편대를 격파하고서 여기저기서 계속 활약한 것.

그리핀 편대가 여기저기 바쁘게 다니며 나폴레옹의 잔당을 정리하기 시작했다.

마지막까지 최선을 다한 나폴레옹은 이제 더는 승산이 없음을 인정했다.

'이렇게 이 나폴레옹 보나파르트가 꺾이는구나.'

알렉산드로스에게서 빼앗은 이후로 줄곧 유지해 왔던 서열 1위의 아성이었다.

하지만 영원한 권좌는 없다는 걸 그는 경험을 통해 알고 있었다. 결국 어떤 강적이 나타나 자신을 꺾을 것이라는 걸 알고 있었다. 그 도전자가 지금 눈앞에 나타났을 뿐이었다.

"그래. 내가 졌다."

나폴레옹은 패배를 선언했다.

악마군주 그레모리가 마계의 역사를 다시 쓴 순간이었다.

제6장

선택

[악마군주 아가레스님의 계약자 나폴레옹 보나파르트님께서 패배를 선언하셨습니다. 악마군주 그레모리님의 승리입니다.]

[악마군주 그레모리님께서 마력 5만을 획득하셨습니다.]

[마력 총량 3,760,426으로 악마군주 그레모리님께서 서열 1위가 되셨습니다.]

[마력 총량 3,697,800으로 악마군주 아가레스님께서 서열 2위가 되셨습니다.]


하늘과 땅이 뒤집힌 순간이라고 해도 아예 틀린 말은 아니었다.

최하위 서열에 있었던 그레모리가 마계 최고의 악마군주로 등극한 순간이니까.

그 기적을 가져다준 장본인인 계약자 이신은 아직 긴장을 풀지 않았다.

악마군주 아가레스와 나폴레옹이 포기하지 않은 이상 아직 대결은 끝난 게 아니었다. 이신은 가만히 나폴레옹을 바라보았다.

나폴레옹도 이신을 응시하고 있었다. 문득 나폴레옹이 이신에게 질문을 던졌다.

"어땠나?"

"무엇이 말입니까?"

"방금 전은 내 실력으로 할 수 있는 최선이었어. 어땠냐고 묻는 거다."

이에 이신은 미소를 지었다.

"제가 졌어도 이상할 게 없는 싸움이었습니다."

"그런가."

나폴레옹은 그제야 씨익 웃었다.

"실망시키지 않아서 다행이군."

"실망하지 않았습니다."

"하지만 나의 완패인 건 확실하지. 이렇게 완벽하게 당한 적은 처음이야. 하지만 많은 것을 배울 수 있었던 시간이었다."

"저도 즐거웠습니다."

"덕분에 무엇을 얼마나 더 연마해야 하는지 알게 되었다. 갈 길이 참 멀다는 것도 알았고. 나 역시 알렉산드로스 그 친구처럼 한동안은 훈련을 하며 살아야겠어."

나폴레옹은 이신의 어깨를 툭 쳤다.

"놀라운 실력을 보여주어서 고맙다. 다시 만날 때는 내가 도전자겠군. 그때는 이렇게 압도적으로 당하지는 않을 거야."

"벌써 그날이 기다려집니다."

"하하, 변함없이 호전적이군. 어서 내가 강해져서 다시 나타나길 기다리는 모양인데, 기대를 저버릴 수가 있나. 그럼 승리를 축하한다."

그렇게 나폴레옹은 패배를 깨끗이 인정했다.

오늘 그는 이신에게 수없이 패배했지만, 더불어 이신에게서 많은 것을 배워갔다.

서열전에 대한 새로운 개념.

그것은 서열전의 전략 전술을 완전히 뒤바꾸는 일종의 혁명이라고도 할 수 있었다. 이신은 수없이 많은 계약자들을 꺾으면서, 그들에게 새로운 길을 제시해 준 셈이었다.

'마계의 서열 경쟁은 끝이 없는 것이군.'

이신은 기분이 좋았다.

또다시 최고의 자리에 올랐지만, 옛날처럼 고독하지 않았다.

나폴레옹, 알렉산드로스, 프리드리히 2세, 한니발…….

그밖에도 수많은 천재들이 갈고닦으며 이신에게 다시 도전하려 하고 있었다. 그것을 알기에 이신은 앞으로의 대결이 더 기다려졌다.

─그럼 이만 우리는 떠나야 할 시간인 것 같군.

악마군주 아가레스가 말했다. 그는 그레모리를 바라보며 웃어 보였다.

─최고의 군주로 등극한 것을 축하하네.

"감사해요, 위대한 군주여."

그레모리는 정중히 예를 갖췄다.

이제 누구보다도 높은 서열에 있는 그녀였지만, 아가레스나 바알은 여전히 존중해야 마땅한 악마군주들이었다.

아가레스는 떠나기 전에 문득 이신에게 말을 건넸다.

─좋은 선택을 하길 바라네. 어느 쪽은 선택하건 그분의 안배이니 현명한 결과가 될 것이라 믿어 의심치 않지만.

"…예."

이신은 영문을 알 수 없었지만 일단 대답을 했다.

그렇게 아가레스와 나폴레옹은 떠났다.

이제 전장에는 이신과 질 드 레, 그리고 그레모리만 남았다.

"카이저, 우리가 이겼어요!"

비로소 그레모리는 기쁨을 표했다.

"예, 결국 1위에 이를 거라 생각했지만, 예상보다 빨랐습니다."

이신의 덤덤한 대꾸에 그레모리는 화사하게 웃었다.

"카이저의 그런 터무니없는 자신감이 보기 좋았어요. 그런데 정말로 저를 서열 1위의 악마군주로 만들어주셨네요."

"그러기로 약속했으니까요."

"정말 고마워요. 카이저를 만나지 못했더라면 오늘의 영광은 없었을 거예요."

"저도 덕분에 많은 것을 얻었습니다."

이신도 진심으로 그녀에게 감사했다.

그녀 덕분에 건강을 되찾아 선수 생활을 할 수 있었고, 역사 속의 수많은 영웅을 만나 서열전으로 경쟁을 벌이는 즐거움을 누릴 수 있었다. 그레모리의 계약자가 되지 못했더라면 이신의 인생은 지금처럼 풍요롭지 못했을 것이다.

'지금까지도 절망 속에서 고독하게 살고 있었겠지.'

적수가 없어 독주하던 어린 날의 전성기 시절.

그리고 삽시간에 추락하여 은둔하던 절망의 시절.

과거의 이신은 외로웠었다.

그건 타인에게 배척받았기 때문이 아니었다.

지금 돌이켜 보면 자신이 너무 어렸던 탓이었다.

자신의 주변에는 많은 좋은 사람들이 있었음에도 좋지 않은 사람만 보았고, 어울려 관계를 맺을 필요를 느끼지 못했었다.

스스로를 고립시켰다. 화려한 스포트라이트 속에서 자신을 찬양하는 수많은 팬들에 둘러싸인 채, 그것이 자신의 가치이고 외롭지 않은 것인 줄 알았다.

지금은 다르다.

이제는 자신의 욕망과 영광보다 더 소중한 것이 있음을 안다.

많은 소중한 사람들이 자신을 위하고 아껴주고 있음을 안다.

그렇기에…….

'이제 끝을 봐야지.'

이제 영광을 내려놓고 권좌에서 내려올 각오가 되어 있었다.


\*　　　　\*　　　　\*


악마군주 그레모리의 궁전에서 축제가 열렸다.

그녀의 권속에 있는 수많은 악마들이 자신의 군주가 마계 최고의 악마군주가 된 것을 기뻐하고 축하했다.

이신과 사도들도 참가한 그 축제에선 그레모리와 그의 계약자를 칭송하는 목소리가 끊이지 않았다.

수많은 악마군주들이 찾아와 축하해 주었고, 덕분에 그날은 마계 전체의 축제가 되었다.

"카이저."

문득 그레모리가 이신을 불렀다.

그녀는 술기운에 얼굴이 홍조가 띤 모습이었는데, 살짝 풀린 눈빛이 고혹적이기 이를 데 없었다.

"예."

"아직 결정 안 하신 것 알아요?"

"무엇을 말입니까?"

그녀의 질문에 이신은 의아함을 느꼈다. 술기운이 감도는 모습이었지만 실제로 취한 것은 아닐 터였다. 아가레스도 선택을 운운했기 때문에 이신은 대체 무슨 일인가 싶었다.

"계약 말이에요."

"계약? 아."

다행히 그레모리가 언급한 결정은 바로 두 사람의 계약 문제였다.

10. 이신은 10승 달성 시 본 계약을 해지할 수 있다. 단, 승리가 패배보다 많아야 한다.

그러고 보니 나폴레옹과 십여 차례 서열전을 치르면서 또 10승을 넘긴 것이다.

"서열 1위가 되겠다는 목표도 달성되었고, 만일을 대비해 후임 계약자로 질 드 레도 훈련시켜 놓으셨죠. 그래서 전 카이저가 떠날지도 모른다고 생각하고 있었어요."

"그건……."

"이전 같았으면 애타게 카이저를 붙잡았겠죠. 하지만 이제 그러지 않을게요."

"……."

"카이저는 이미 제게 너무 많은 것을 가져다주셨어요. 악마의 욕심은 끝이 없는 법이지만, 전 이제 카이저의 선택을 존중하고 싶어요. 계약자를 그만두고 싶다면 받아들일게요. 자유가 된 이후에도 다른 악마군주들이 손을 뻗지 못하게 막아주겠어요. 제가 분에 넘치는 영광을 얻었듯, 카이저도 원하는 삶을 살았으면 좋겠어요."

그녀도 이신의 열정의 원동력이 무엇인지 알고 있었다.

최고를 향한 향상심, 경쟁심.

그리고 목표를 달성한 지금, 이신은 더 이상 지금까지의 열정을 유지하지 못할지도 몰랐다.

만약 그렇다면 그레모리는 이신에게 계속 매달리지 않을 생각이었다. 물론 최하위에서 서열 1위까지 악마군주를 끌어올려 준 계약자가 자유의 몸이 되면, 다른 악마군주들이 노리지 않을 리가 없었다. 그 때문에 이신은 계속 그레모리의 계약자로서 남아 있어야 했다. 물론 지금까지는 이신 자신도 서열전에 재미를 느꼈기 때문에 계약을 해지할 필요를 못 느꼈지만 말이다.

이신은 그녀의 말에 곰곰이 생각했다.

하지만 생각은 길지 않았다.

"무엇을 걱정하시는지 압니다. 배려에 감사합니다. 하지만 우려와 달리 전 지금 아주 즐겁습니다."

"예?"

"나폴레옹이나 알렉산드로스, 그밖에도 많은 계약자들이 복수하겠다고 벼르고 있습니다. 절 꺾겠다고 실력을 갈고닦는 사람들이 이렇게 많은데 즐겁지 않을 수 있겠습니까?"

"정말… 카이저는 한결같네요. 그럼 계약은……."

"예, 연장입니다. 즐거운 제 취미 생활을 잃을 수는 없죠."

취미 생활이라는 말에 그레모리는 호호호 웃었다.

"슬슬 돌아가야겠습니다."

축제가 어느 정도 무르익을 무렵, 이신은 현실 세계로 돌아가겠다고 말했다.

"네, 정말 수고하셨어요."

그레모리가 차원의 게이트를 열어주었고, 이신은 거기로 들어갔다. 이신을 삼킨 차원의 게이트가 닫히는 것을 보며, 그레모리는 복잡한 심경이 담긴 눈빛으로 입을 열었다.

"그것이 어떤 선택이든 부디 당신에게 좋은 길이길."

\*　　　　\*　　　　\*

이상한 일이었다.

게이트를 통해 차원을 넘나들 때면 항상 정신을 잃곤 했다.

의식을 잃었다가 깨어나면 현실 세계 혹은 마계로 돌아와 있곤 했다.

그런데 이상하게도 이번에는 의식을 잃지 않았다.

마치 빛조차 흡수되어서 어떤 것도 식별할 수 없는 블랙홀 속을 걷는 기분이었다.

그런데 더 이상한 것은 이 상황이 낯설지가 않다는 것이었다.

한 번도 겪어보지 않은 일임에도 불구하고, 이신은 이 같은 상황을 과거에 한 번 겪어본 것 같은 기분이 들었다.

'일단은 앞으로 나아가자.'

이신은 선택지가 없는 상황에서 고민을 길게 하는 성격이 아니었다.

얼마나 나아갔을까?

시간의 개념도 공간의 개념도 없는 이 무의 통로를 걷던 이신은 마침내 목적지에 도착했다. 밝은 빛이 아닌, 빛이지만 빛나지 않는 기이한 회색빛이 비춰지는 곳.

죽음 같은 음산함만이 보이는 회색빛 땅.

그 외에 어떤 것도 존재하지 않는 괴이한 곳이었다.

이곳은 어디일까?

하지만 이신은 이곳에 한 번 와봤던 느낌이 들었다.

[왔구나.]

머릿속에 어떤 메시지가 울려 퍼졌을 때, 이신은 놀라지 않았다.

"게이트를 비틀어 저를 이곳에 부르셨군요."

이신이 말했다.

[그렇다.]

"그때처럼."

[기억이 났구나.]

"예."

이신은 눈앞에서 펼쳐지는 이 신비의 향연에 경외를 느꼈다.

마계의 존재도 평범한 사람에게는 충분히 신비한 것이지만, 그런 마계도 이곳처럼은 아니었다.

[서열전은 어땠나?]

"무엇을 물으시는 겁니까?"

[끝없는 향상심과 욕망으로 경쟁하는 72악마군주들. 악마가 되어 서로 경쟁을 벌이며 도태되거나 살아남아 더 강해지는 계약자들. 그리고 그 밑의 사도들까지도. 그들은 참으로 마계를 풍요롭고 강하게 하고 있지 않나.]

"……"

[그 경쟁에서 정점에 오른 소감이 어떠한가?]

"즐거웠습니다."

이신이 답했다.

[식지 않는 열정의 수레바퀴가 끊임없이 구르며 마계를 달군다. 서열전은 이를 위해 존재하는 것. 하지만 마계와 현실에 한 발씩 걸친 자여. 마계에서도 현실에서도 더는 오를 곳이 없어진 너는 아직도 여전히 열정이 식지 않았다 말할 수 있느냐?]

"솔직하게 예전처럼 재미있지는 않습니다. 어쩔 수 없다고 생각합니다."

이신은 솔직히 시인했다.

[그립지 않나?]

"예전이 말입니까?"

[그래. 탐욕스럽게 승리와 야망을 바라던 그 시절이 네게도 있었지.]

왜 안 그립겠나.

처음 게임을 접했던 고등학생 시절.

인터넷에 떠도는 지식과 프로 경기를 보며 플레이를 배워 나가는 재미.

나만의 플레이를 하나둘 만들어 나가는 즐거움.

그렇게 강해지면서 하나둘 상대를 깨고 랭킹을 올렸던 짜릿함.

프로 데뷔 첫해까지는 너무나도 즐거웠다.

'첫해까지는.'

데뷔하자마자 개인 리그 무패 우승.

이어서 월드 SC 그랑프리 무패 금메달.

세계 최정상에 오르기까지 단 한 세트도 지지 않았고, 전 세계 e스포츠계가 시대를 너무 앞서간 그의 실력에 질식할 것 같은 충격을 받았다.

너무 빨리 정상에 올랐다. 정상에 오르기까지는 도전 정신과 투지가 가득했는데, 그 즐거움은 너무나 빨리 끝나 버렸다.

시간을 되돌릴 수 있다면 다시 그 시절로 돌아가고 싶다. 아직 아무것도 모르던 신인 시절로.

[그리워하는구나.]

그런 이신의 마음을 아는지 음성이 또 들려왔다.

"그렇지 않다면 거짓말이겠죠."

이신은 쓴웃음을 지으며 말했다.

[내가 너에게 꺼지지 않는 무한한 열정을 줄 수 있다. 영원히 승리에 웃고 패배에 울게 될 것이다. 이것이 네가 바라는 가장 큰 행복이 아니냐.]

"제게 악마군주가 되라는 말씀이시군요."

이신이 탄식하듯이 말했다.

악마군주.

72명밖에 없는 악마들의 군주.

자신이 그런 존재가 된다?

더 이상 인간이 아니게 된다?

이신은 숨이 막힐 것만 같았다.

마력을 탐하는 악마들.

그러나 그것을 쟁취하기 위하여 끊임없이 욕망하고 투지를 일으킨다. 그 욕망의 샘은 아무리 많이 가져도 마르는 법이 없다.

어쩌면 그건 경쟁과 승리를 좋아하는 이신에게 적합한 삶일 수도 있었다.

하지만······.

"거절하겠습니다."

이신은 웃으며 답했다.

"아직 제 열정이 완전히 다한 것은 아닙니다. 그렇게 단정 짓기에는 전 아직 젊고, 제가 경험해 본 것보다 경험해 보지 못한 일들이 더 많습니다."

[그게 네 선택인가.]

"예. 누군가는 제 승리를 응원하고, 누군가는 저를 꺾고 싶어 합니다. 그들을 위해서라도, 저는 아직 인간인 이신으로서 살아야 합니다."

[그런가. 그 또한 나쁘지 않다.]

음성이 계속 이어졌다.

[하지만 마계와 현실에 한 발씩 걸친 자여. 영원한 것은 없는 법이니, 네가 말한 모든 것들도 언젠가는 사라질 것이다. 그때도 넌 과연 지금과 같은 선택을 할 수 있을까?]

"……"
노쇠하고 죽고 혹은 잊혀지고, 언젠가는 그런 날도 올 것이다.

[넌 오늘의 기억을 잊으리라. 하지만 그날이 다시 이곳에 왔을 때, 기억은 되살아날 것이고 다시 이 질문 앞에 설 것이다.]

"…알겠습니다."
또다시 선택의 기회를 주는 것인가.
그도 나쁘지 않다고 이신은 생각했다.
과연 그날이 왔을 때는 자신이 또 오늘과 같은 선택을 할 수 있을지는 장담할 수 없었다. 음성이 끝난 직후, 이신은 블랙홀 속으로 빨려 들어가는 기분을 느꼈다. 어디론가 흡수되듯, 의식을 잃어가면서 마지막 음성이 머릿속에 들어와 박혔다.

[넌 다시 이 질문 앞에 서리라.]

"헉!"

이신은 벌떡 일어났다.

온몸이 식은땀으로 범벅이었다.

마치 꿈속에서 압도적인 어떤 존재를 만난 것 같은 기분이었다.

마계에서 돌아온 길에 벌어진 일이니 단순한 꿈일 리 없었다.

그런데 아무것도 기억나지 않았다.

'무슨 일이 있었던 것 같은데.'

기억을 아무리 떠올려 보려 해도 생각나는 게 없었다.

분명 중요한 일이 일어났던 것 같은데 말이다.

'…뭐, 하는 수 없이.'

빠른 포기.

기억이 안 나면 안 나는 이유가 있겠거니 하고 넘어가기로 했다. 마침내 마계 서열 1위를 달성했으니, 이제는 현실의 문제에 집중하기로 했다.

바로 월드 SC 그랑프리 말이다.

이신의 소속 팀 SC스타즈는 중국 리그를 제패하면서 단체전 출전 티켓을 손에 넣었다. 이신은 개인전뿐만이 아니라 단체전까지 준비해야 하는 부담이 있었다. 하지만 이는 함께 개인전에 출전하는 박영호, 지우펑에게도 똑같이 주어진 부담이니 공평했다.

박영호는 개인전, 단체전 대비 훈련을 하면서 시간을 쪼개 개인 연습도 따로 했다. 거기다가 틈틈이 방송까지 하고 있으니, 정말인지 세계에서 가장 열심히 사는 프로게이머라 해도 과언이 아니었다.

'나도 준비를 해야겠군.'

박영호가 2번이나 놓친 금메달을 이번에야말로 따겠다고 벼르고 있었다.

거기다가 한국에서는 차이와 장양이 월드 SC 그랑프리 개인전 출전권을 얻었다.

e스포츠의 종주국인 대한민국 무대를 제패해 버린 두 외국인 천재 소년들이 마침내 세대교체에 나선 것이다.

미국에서는 영원한 북미 최강자 마이클 조셉이 3수에 나섰다. 이번에는 반드시 메달을 딸 각오로 혹독한 훈련 중이라는 소문이 었다. 이신이라 할지라도 자칫 잘못하면 결승전에 올라가기도 전에 미끄러질지도 몰랐다.

저들 중 누구를 만난다 해도 이긴다고 장담할 수는 없는 거였다. 아무리 다전제 무패의 이신이라 해도 말이다.

'이긴다고 장담할 수 있을 때까지 연습해야지.'

그게 선수 생활을 줄곧 해온 이신의 기본적인 마인드였다.

팀 연습실에 출근하여 연습을 시작했는데, SC스타즈의 게으른 천재 리우가 웬일인지 연습 상대를 자청했다.

"금메달 딸 때까지 개인전 준비를 쭉 도와줄 테니 필요하면 말만 해."

이신은 떨떠름한 표정으로 리우를 바라보았다.

넌 누구냐는 눈빛.

팀의 정규 훈련도 싫어하는 리우가 이렇게 친절할 리가 없었다.

"왜 그렇게 봐? 나도 이제 마음잡고 게임 열심히 할 거야."

"그랑프리 끝날 때까지 날 도와주겠다고?"

"그래, 결국 네 가장 큰 적수는 역시 러너잖아?"

"그렇긴 하지."

차이, 장양, 마이클 조셉 등 무서운 적수는 많지만, 여태껏 이신을 괴로울 정도로 몰아붙였던 상대는 박영호밖에 없었다.

이제는 나이가 들어서 그런지 정석적인 운영 대결에서는 밀리기도 했다.

"러너와 가장 비슷한 스타일로 플레이하는 사람은 아마 나일걸?"

그건 그랬다.

리우는 천재라는 명성 값을 하는지 남의 플레이를 한 번 보고 곧잘 흉내 낸다. 요즘은 같은 팀에 최고의 괴물 플레이를 하는 박영호의 게임을 참고하고 있었다. 어느 괴물 플레이어가 박영호를 흉내 내지 않겠느냐마는.

"난 연습량이 많아. 도와줄 수 있겠어?"

"물론이지. 나만 믿어."

큰소리치는 리우의 태도에 더 불안해지는 이신이었다.

그런 기색을 읽었는지 리우가 해명했다.

"나도 내년에는 국제 무대에서 메달 하나 따고 싶어. 그래서 네가 어떻게 금메달을 따는지 가까이서 느껴보고 싶어."

리우는 씨익 웃으며 덧붙였다.

"메달 하나쯤 따야 스트리밍 방송도 더 흥하잖아."

"…도와준다니 기꺼이 받아들이지."

그렇게 이신은 리우와 연습을 하게 되었는데, 어쩐 일인지 3연
패를 당했다.

한동안 부진 모드였던 리우가 갑자기 천재 모드를 발동한 탓도
있지만, 무엇보다도 오랫동안 서열전에 몰두한 탓에 이신의 감각
이 아직 안 돌아온 탓이 컸다.

"뭐야? 왜 이래, 카이저? 이래 갖고 어떻게 금메달을 따?"

"컨디션이 안 좋아서 그래."

"그럼 오늘은 그냥 쉴까?"

"컨디션이 안 좋을 땐, 더 혹독하게 연습해서 회복시키는 거야."

이신의 말에 리우의 안색이 해쓱해졌다.

'무서운 한국의 게이머.'

게으른 리우로서는 받아들이기 힘든 사상이었다.

─퍼엉! 펑! 펑!

─키엑!

쐐기충 편대가 춤을 추듯이 날아다니며 이신의 진영을 헤집었
다. 이신은 보병들로 2방향을 틀어막고 쐐기충들을 몰이사냥하려
했지만, 리우는 오히려 보병 6명을 죽여 버리고 탈출했다.

'손이 잘 안 따르는군. 역시 게임을 너무 오래 손 놨어.'

쐐기충과 보병의 싸움은 컨트롤이 단순해 보여도 심리전이 숨
어 있다. 쐐기충이 쐐기를 쏘려고 앞으로 나왔을 때 달려들어서
1점사를 해야 하는데, 그 타이밍이 잘 맞지 않았다. 역시나 너무
오래 쉰 탓이었다. 쐐기충으로 한동안 날뛰며 이신에게 피해를
입힌 리우는 곧바로 독침충과 촉수충을 준비했다.

확장보다는 이신의 숨통을 끊기 위하여 병력을 모은 것.

이신이 어찌어찌 피해를 수습하고 보병·의무병 부대를 끌고 나왔을 때, 리우가 정면으로 들이받았다.

—투타타타타타타!!!

보병들이 총을 난사했다.

큰 전투가 되자 이신은 잠시 컨트롤 감각이 돌아왔다.

전투의 치열함이 이신의 감각을 깨운 것이다.

땅속에 기어 들어가 촉수를 뻗는 촉수충들의 공격을, 이신의 보병들은 놀랍도록 잘 피해 다녔다. 의무병의 치료에 힘입어 보병들은 독침충들을 상대로 그럭저럭 선방을 했다.

병력 규모에서 밀리는 싸움이었는데 그럭저럭 컨트롤이 살아나면서 승리한 것이다.

그런데…….

'쐐기충은 어디 갔지?'

비로소 퍼뜩 든 생각.

위험을 감지했지만 살짝 늦었다.

전투를 틈타 어느새 본진까지 침투한 쐐기충들이 건설로봇들을 학살했다. 정면에서 전투를 벌이며 쐐기충 후방 침투!

천재 모드인 리우는 상당히 감각적인 공격을 선보였다.

결국 거기서 무너진 이신은 고개를 저으며 GG를 쳤다. 쐐기충에 지속적으로 당한 견제 탓에 피해가 누적되어서 더 이상 대항할 여력이 없었다.

내색은 안 하지만 이겼다고 내심 좋아하는 리우.

게임이 잘 안 풀려서 정신적으로 피로를 느낀 이신은 치유 능력으로 기분 전환이나 할까 싶었다. 그런데 문득 등 뒤에서 인기척이 느껴져 뒤를 돌아보았다. 어느새 출근한 박영호가 빤히 이신을 쳐다보고 있었다. 이신의 게임을 지켜보고 있었던 모양이었다.

"왔냐."

이신의 인사에도 대꾸를 하지 않는 박영호.

다만……

"좋아, 금메달은 내 거다."

이신의 부진한 게임을 보곤 주먹을 불끈 쥐며 좋아하는 박영호였다. 이신은 울컥 화가 치밀었다.

'내가 저 새끼 때문에 금메달에 대한 집착을 내려놓을 수가 없다.'

평소에 금메달을 향해 투지를 불태우는 박영호를 보면 짠하기도 하고 기특하기도 했지만, 역시나 지고 싶지는 않은 이신이었다.

그날 리우는 정규 훈련이 끝난 후에도 이신에게 붙잡혀 연습 상대가 되어주어야 했다. 20판 넘게 게임을 하자 이신의 감각도 서서히 돌아왔다. 워낙 감각을 되찾는 일에 익숙해져서 하루 만에 회복한 것이었다.

진이 빠진 리우는 이신의 훈련을 돕기로 한 약속이 후회되기 시작했지만 이미 내뱉은 말이 있어서 물리기 어려웠다.

월드 SC 그랑프리가 개최되는 캐나다로 출국하기까지, 이신의 훈련은 순조롭게 되어갔다.

# 제7장

## 결말

SC 그랑프리는 토론토에서 열렸다.

이신과 박영호는 이번엔 각기 따로 숙소를 잡고 금메달을 향한 피나는 여정을 시작하였다. 소속 팀인 SC스타즈도 단체전 금메달에 목을 매고 있었기 때문에 단체전 경기 준비도 소홀히 할 수가 없었다.

그러면서도 개인전을 위해 준비한 전략이 단체전 경기에서 노출되지 않도록 신경 써야 해서 선수들의 부담이 이중고였다.

―카이저와 러너가 1, 2세트에서 나란히 승리를 올립니다.

―세계 최강의 두 선수가 SC스타즈의 강력한 원투 펀치로 활약합니다! 올해의 SC스타즈는 드림팀에 가깝네요.

―중국의 대표 명문인 SC스타즈가 이번에는 기필코 메달을 하나 걸고 가겠다고 벼르고 있습니다.

SC스타즈는 가뿐하게 단체전 일정을 시작했다.

선수를 지원하는 팀의 역량이 중요한 단체전은 북미나 유럽의 팀들이 전통적으로 강세를 띠는 분야였다.

기존의 강팀들이 속속히 예선을 통과하는 가운데, 한국의 두 프로 팀도 본선에 합류했다.

바로 올도어SCC와 쌍성전자.

최영준과 신지호 두 에이스가 중국으로 떠난 이후에 전력이 약화된 쌍성전자는 예선 통과도 버거워하는 모습이었다.

하지만 다행히도 올도어SCC에서 이적한 한태화가 놀라운 경기력을 보이며 팀을 극적으로 본선에 올려놓았다.

하지만 세계가 주목한 한국 팀은 따로 있었다.

─정말 강력합니다, 올도어SCC!

─카이저가 키운 제자들이 모두 남아 있는 팀이죠. 차이나 장양 같은 선수들은 수많은 강팀에서 러브콜을 받고 있는 현황인데, 올해가 지나면 이적할 가능성이 높습니다. 아마 올도어SCC는 이 선수들이 아직 팀에 남아 있는 올해가 그랑프리 단체전에서 금메달을 노릴 마지막 기회라고 여겨집니다.

─하지만 역시 좋은 스승 밑에서 자란 걸까요? 하나같이 잘하네요.

차이와 장양은 물론이고 존과 주디 남매도 주전으로 출격해 활약. 한국 팀에 외국인 4인방이 주전으로 활약하는 진풍경이 벌어졌지만, 확실히 강력한 모습이었다.

예선전에서 가장 뛰어난 활약을 하여 주목받은 차이는 인터뷰에서 공개 선언했다.

"단체전은 물론이고 개인전도 금메달을 딸 생각입니다."

"세계 최강으로 우뚝 서겠다는 포부인데요. 그러기 위해서는 스승인 카이저는 물론 러너도 극복해야 하지 않을까요? 특히 러너에게는 아픈 기억이 있다고 알고 있습니다만."

차이는 일전에 개인 리그에서 박영호에게 3 대 0으로 참패를 당한 아픔이 있었다.

차이는 웃으며 말했다.

"그때와 지금의 저는 다릅니다. 개인전에서 꼭 만나 복수를 하고 싶네요."

한편 차이와 함께 차세대 강자로 주목받는 장양도 관심의 대상이었다.

특히 중국 기자들이 장양에게 열렬한 관심을 보이며 인터뷰를 하고 싶어 했다.

"장양 선수, 개인전에서 이신을 이길 자신이 있습니까?"

"올해 그랑프리 개인전의 목표가 무엇입니까?"

자폐증을 앓았던 이력이 있어 기자들을 피한 장양이었지만, 처음으로 공식적으로 발언을 한마디 하였다.

"…금메달."

기자나 팬들이나 처음 들어본 장양의 육성이었다.

단 한 번도 입을 연 적이 없었던 장양인지라 그 한마디의 임팩트는 컸다.

역시나 이신의 제자답게 최고를 향한 강렬한 야망을 표출한 것이었다. 자신의 정신적 장애를 극복하고 성장한 그 모습에 많은 이가 열광하였다.

한편, 금메달을 노리는 또 한 명의 강자 마이클 조셉도 관심을 받았지만 말을 많이 아꼈다.

"그동안 제가 세계 무대에서 팬들의 기대를 여러 번 실망시킨 것을 저도 잘 알고 있습니다. 필사의 각오로 앞만 보고 달리겠습니다. 목표는 금메달입니다."

북미 프로 리그에서는 독보적인 활약을 하고 있으며, 실력이 세계 정상급이라고 모든 전문가가 인정한 마이클 조셉.

그랑프리나 얼마 전의 인공지능 이벤트 등 세계 무대에서는 유독 운이 안 좋았다는 평을 받고 있다.

그런 징크스는 자칫 선수 생활 내내 지속되는 경우가 많이 있기 때문에 마이클 조셉은 올해에 각오가 남달랐다.

하지만 개인전 예선이 끝나고 16강 본선 대진이 확정되자, 마이클 조셉은 또다시 자신의 사나운 운수를 의심해야 했다.


[16강 A조]

A1: 박영호(Runner)

A2: 마이클 조셉(M. J)


"이런 제기랄……."

마이클 조셉은 절로 욕이 나왔다.

하필이면 왜 16강부터 러너란 말인가?

2년 연속 은메달에 카이저의 유일한 라이벌이라는 그 러너 말이다.

16강 본선에는 전통의 강자들 외에도 세계 무대에 처음 얼굴을 내민 무명 선수들도 6명이나 있었다.

그랑프리 개인전 본선에 단골 출장하는 전통의 강자들 중에서도 상대적으로 만만한 선수들이 많다.

그런데 그 많은 선수 중에 하필이면 러너라니!

금메달을 위해서는 꺾어야 하는 상대이긴 하지만, 16강부터 만난 건 마이클 조셉에게 너무 가혹한 일이었다.

'반대로 카이저 외에는 아무도 러너를 못 이긴다고까지 평가받고 있다지?'

마이클 조셉의 두 눈에 투지가 타올랐다.

'그렇다면 나 자신을 테스트할 좋은 기회다. 내가 카이저의 왕좌를 물려받을 자질이 있다면, 러너도 꺾을 수 있을 것이다.'

작년에도 개인전 16강에서 러시아의 부활한 '차르' 안드레이 이바노프에게 2 대 0으로 무참히 박살 났던 마이클 조셉.

그렇기 때문에 올해 개인전에 임하는 마이클 조셉의 각오는 필사적이었다.

한편…….

"피곤하게 됐네."

대진에 짜증 난 건 박영호도 마찬가지였다.

"개인전에서 여러 번 죽 쒀서 독이 올라 있을 텐데."

2년 연거푸 금메달을 목전에서 놓친 자신에 비할 바가 아니었다. 마이클 조셉은 아예 메달이 하나도 없었다. 그 실력에 비하면 말이 안 되는 일. 그 탓에 팬들의 질타도 많이 받아 올해의 마이클 조셉은 그동안의 수치를 씻기 위해 혈안이 되었을 터였다.

"아주 지랄 났구나."

박영호는 대진표를 쭉 훑어보며 한탄했다.

[16강 B조]
B1: 장양(YANG)
B2: 자크 맥킨(Mackeene)

자크 맥킨이 뭐 하는 놈인지는 알 바가 아니었다.

프랑스의 유망주라고 하는데 예선전 플레이를 보니 별 볼 일 없어서 관심을 껐다.

하지만 장양은 얘기가 달랐다.

"저 녀석이 분명 8강에 올라올 텐데."

16강에서 마이클 조셉과 싸우고 올라가면 8강에서 장양과 붙어야 하는 대진!

괴물 대 괴물의 동족전은 빌드 오더와 컨트롤에 모든 게 갈리는 변수가 많은 대결.

컨트롤이라면 자신 있는 박영호였지만, 그런 방면에서는 장양도 만만찮았다. 가위바위보나 다름없는 빌드 오더 선택에서 지고 들어가면 박영호가 패배할 수도 있었다. C조는 별 볼 일 없는 듣도 보도 못한 선수들만 있지만, D조는 차이가 이름을 올렸다. 대진 운이 좋은 차이는 누가 봐도 4강까지 다이렉트로 올라갈 것으로 보였다.

요컨대,

16강전, 마이클 조셉.

8강전, 장양.

4강전, 차이.

결승전, 당연히 이신.

'이런 씨발.'

박영호로서는 욕 나오는 대진이 아닐 수 없었다.

특히 장양과 차이 같은 어린 강자들이 더 무서웠다. 피지컬도 좋고 플레이도 새롭기 때문.

그러면서도 신인다운 어수룩함도 이제는 사라진 차이와 장양은 세대교체를 하겠다고 큰소리칠 만한 자격이 있었다.

러시아의 차르 안드레이 이바노프, 캐나다의 에이스 존 던, 중국 최강자 지우펑, 프랑스의 자존심 엔조 주앙 같은 전통의 강호들은 모두 E, F, G, H조에 몰려 있었다.

그들은 아마도 E조에 있는 이신을 결승에 올려줄 발판이 될 공산이 컸다. 안드레이 이바노프는 작년에 이미 이신의 적수가 되지 못한다는 게 입증됐다. 존 던도 플레이가 탄탄하긴 하지만 위협적이지 않았다.

엔조 주앙은 특별 전략만 조심하면, 본바탕은 이신의 마이너 버전에 불과했다. 이신은 깜짝 전략이 안 통하기로 악명 높다.

그나마 꽤 강인한 지우펑도 최근 연습 게임에서 이신을 이긴 적이 별로 없다. 한번 익숙해진 상대에게는 잘 지지 않는 이신.

아마 지우펑의 약점이 무엇인지 이신은 파악이 끝났을 것이다.

'나는 온갖 고생을 하며 올라가는데, 저 양반은 매끄럽게 이미 결승전에 가 있네. 뭐 이런 경우가 다 있지?'

행운의 여신이 이신에게 길을 밝혀주는 것 같다.

이제는 왕좌에 오를 운명을 가진 사람은 따로 있나 보다 하는 자격지심도 생길 지경.

박영호는 쓴웃음을 지었다.

'하지만 만약 결승전까지 어찌어찌 올라가기만 한다면!'

그땐 저 늙지도 않는 뱀파이어 같은 작자를 묵사발 낼 작정이었다.

*　　　*　　　*

선수들이나 전문가들의 시각은 대개 박영호와 비슷했다.

하지만 대중들은 그렇지 않았다.

지금은 약세인 전통의 강호나 신인 선수나 모두 월드 SC 그랑프리의 마케팅에 의해 포장되어 그야말로 별들의 치열한 전쟁으로 묘사되었던 것.

—러너는 대진 운이 좋은 것 같지 않아? 마이클 조셉만 빼면 결승까지 다 무명 신인들밖에 없잖아. 마이클 조셉이야 뭐… 너희도 알지? :D

—장양이나 차이나 카이저의 제자라는 이유로 거품이 많아. 세계 무대에서 실력을 입증해야 해.

—둘이서 한국 리그 휩쓸고 있는데 뭔 소리 하나?

—한국은 카이저 러너 빼면 별 볼 일 없어.

—한국 프로 리그 요즘 부쩍 수준이 높아지고 있다. 모르는 소리 마.

—마이클 조셉이 올해야말로 메달 하나는 목에 걸어야 할 텐데… 근데 왜 16강부터 상대가 러너인 거야? 정말 더럽게 운 없네.

—러너가 아무리 잘한다지만 마이클 조셉 입장에서는 할 만해. 그래 봤자 괴물은 인류에게 약하거든.

—러너는 괴물의 인류전 교과서야. 피지컬도 마이클 조셉을 능가하고.

—마이클 조셉이 북미 리그에서 보여준 실력의 절반이라도 보여줬으면 벌써 은메달 정도는 목에 걸었다.

—작년 결승전을 보고서도 그런 소리가 나와?

—신인들로 가득한 ABCD조에 비해 EFGH조는 강자들로 가득해. 카이저는 결승까지 힘든 길이 될 거야.

—글쎄, 내 생각엔 카이저의 결승행을 막을 만한 선수가 안 보이는데? 다들 카이저를 위협할 만하지 않아.


전 세계 팬들의 댓글들에 수많은 예측이 난무했다.

대체로 이신이 20대 후반의 나이에 결승까지 힘겨운 싸움을 벌일 거라고 생각했다.

올해도 대단한 실력을 보여준 이신이었지만, 나이가 나이인지라 세계 강자에게 뜻밖의 일격을 당하기 쉽다는 것.

단 한 세트도 지지 않고 대회를 씹어 먹었던 옛날 전성기의 포스는 기대하기 힘들었다고 생각했다.

하지만…….

"대진은 어때요? 준비는 잘 되시나요?"

함께 식사를 하면서 주디가 물었다.

토론토에 와서는 식사 때라고 시간을 내서 주디를 만나는 이신이었다.

두문불출하고 대회 준비를 하던 예전과는 확실히 달라진 모습.

어깨에 있는 부담감을 덜어낸 듯한 이신은 편안한 상태였다.

이신은 어깨를 으쓱하며 말했다.

"결승까지 무난해."

이신은 이미 결승전까지 견적이 다 나온 상태였다.

＊　　　　＊　　　　＊

파란이 일어났다.

그것은 16강전 A조의 혈전을 뜻하는 게 아니었다.

A조의 마이클 조셉과 박영호는 3전 2선승제의 대결에서 피 튀기는 싸움을 벌였다.

1세트부터가 명경기.

일찍 바퀴를 뽑아 찌르기를 했으나 이를 눈치챈 마이클 조셉의 디펜스에 막혀 불리한 출발을 했던 박영호는 이내 신들린 쐐기충 컨트롤로 견제를 펼쳐 불리한 전세를 역전시켰다.

그러자 마이클 조셉은 기갑 체제로 체제를 전환하며 고속전차와 기동포탑을 활발하게 쓰기 시작했다.

엄청난 피지컬로 고속전차를 부지런히 쓴 마이클 조셉은 곧 맵 전체를 지뢰밭으로 만들어 박영호로 하여금 발 디딜 곳도 없게 만들었다.

번번이 지상군이 지뢰에 피해를 입으면서 박영호 쪽으로 기울었던 전세가 다시 천천히 원점으로 되돌아왔다.

하지만 마이클 조셉의 회심의 공세가 박영호가 기습 생산한 쐐기층 편대에 막혀 버리면서 또다시 마이클 조셉에게 패색이 어렸다. 대대적인 괴물의 공세가 마이클 조셉의 진영을 파괴해 나갔다.

그러나 마이클 조셉은 새로운 확장 기지에 새 둥지를 펴고, 스텔스 전투기를 뽑아 박영호의 쐐기층 편대를 몰살시킬 역전의 한 수로 삼았다.

결국 마지막 전투에서 박영호는 미친 듯한 쐐기층 컨트롤로 마이클 조셉의 전투기 편대를 아작 내고 GG를 받아냈다.

역전이 몇 차례나 벌어진 명경기에 관중의 찬사가 쏟아졌다.

하지만 2세트 역시 그 못잖은 전율을 이끌어냈다.

시작은 역시나 박영호의 쐐기층.

그의 쐐기층은 그야말로 춤을 추었다.

전술위성이 방사능을 살포했지만, 방사능에 오염된 쐐기층만 빼 버리는 컨트롤을 정확하게 펼쳐서 쐐기층 편대를 끈질기게 활용했다. 쐐기층이 죽지 않고 계속 활약하자, 마이클 조셉은 1세트 때와 마찬가지로 계속 견제를 받아 가난해졌다.

하지만 역시나 마지막까지 희망이 있는 종족, 인류였다.

마이클 조셉은 항공수송선을 5척이나 동원하는 대대적인 드롭 작전으로 박영호의 본진을 쑥대밭으로 만들었다.

상대의 항공수송선의 존재를 감지한 박영호는 폭탄층을 준비시켜 놓았지만, 설마 5척이나 동원할 줄은 예상 못 했었다.

본진의 주요 건물이 파괴당하는 바람에 박영호는 무너진 테크 트리를 다시 올려야 했다.

그사이에 세력을 회복한 마이클 조셉은 그 특유의 강력한 기갑 체제로 체제 전환을 이룬 후에 총공세를 펼쳤다.

계속되는 타이트한 압박에도 계속 버티는 박영호의 신들린 디펜스도 압권.

박영호는 관중들로 하여금 혀를 내두르게 할 정도로 버티다가 끝내 GG를 쳤다.

3세트, 쐐기충에 호되게 당한 마이클의 탄탄한 대공방어.

하지만 박영호가 페이크를 주고 쐐기충 대신 촉수충을 생산하며 지상전을 펼치면서 대세가 결정되었다.

뒤늦게 자신이 속았음을 깨달은 마이클 조셉이 버티면서 역전을 기다렸지만, 이번에는 박영호도 그에게 기회를 주지 않고 계속 희망의 싹을 밟아나갔다. 개미 새끼 하나 못 빠져나가게 마이클 조셉의 진영을 사방에서 감시하는 박영호의 시야 장악이 압권이었다. 그렇게 압살당한 채 끝나는가 싶었던 마이클 조셉은 또 기발한 전략을 들고 나왔다. 본진과 앞마당의 자원만 가지고 풀 병력을 모은 것.

처음이자 마지막 풀 병력으로 진격을 개시한 마이클 조셉은 이걸로 사방팔방에 구축된 박영호의 확장 기지를 모두 파괴해야 했다.

하나, 둘, 셋······.

박영호의 확장 기지가 잇달아 마이클 조셉의 군대에게 무너졌다. 마이클 조셉이 기적 같은 역전을 이루어내나 싶어 중계진도 관중도 미쳐 날뛰었다. 박영호는 악역이었다.

박영호는 악역다운 플레이를 보여주었다.

아직 확장 기지가 많이 남아 있던 박영호는 수비보다는 역으로 마이클 조셉의 진영을 빈집털이 하는 데 몰두했다.

마이클 조셉은 진격을 하다가도 박영호의 빈집털이로 인해 본진을 지키러 되돌아가야 했다.

앞뒤로 흔드는 박영호의 얄미운 교란 작전이 계속되자, 결국 최후의 기력을 쥐어짰던 마이클 조셉은 힘을 잃었다.

그렇게 3세트는 박영호의 승리.

8강에 진출하게 된 박영호는 주먹을 불끈 쥐며 환호했다.

16강전이 얼마나 힘들었는지 보여주는 모습이었다.

또다시 그랑프리 개인전에서 좌절한 마이클 조셉은 처음으로 눈물을 흘렸다. 하지만 팬들은 1, 2, 3세트 내내 엄청난 경기력을 보여준 그를 위로하고 응원했다.

전문가들은 박영호가 결승행을 향한 가장 큰 고비를 간신히 넘겼다고 평가했다. 하지만 그 누구도 박영호의 생고생이 지금부터 시작이라는 걸 예상하지 못했다.

8강전.

박영호는 장양을 만났다.

이신의 제자.

중국의 차세대 제왕.

이신이 중국 리그를 쓸어 담는 활약을 벌일수록, 중국 e스포츠계는 그가 키운 제자 장양에게 기대를 걸었다. 장양이라면 이신을 뛰어넘는 중국인 선수가 되어줄 수 있을 거라고 믿었다.

숫자가 엄청난 중국 팬의 절대적인 지지를 받고 있다는 것은 실로 어마어마한 일이었다. 그러한 인지도가 장양을 더 존재감 있게 만들어주었다.

대중들이 자신에게 무엇을 바라는지 알고, 그 기대를 충족시키고 싶다는 야망을 품을 줄 알게 되었다.

그저 게임이 좋았던 장양은 왕좌를 탐내는 야심가가 되었고, 친구이자 라이벌인 차이와 함께 나날이 강력해졌다.

하지만 아직까지 괴물의 왕은 박영호였다.

그런 박영호는 심리전으로 장양을 번번이 속여 1, 2세트를 승리했다. 약점인 심리전이 또 장양의 발목을 잡은 셈.

하지만 3세트부터는 더 이상 심리전에 당하지 않았다.

3세트에서 무난히 이긴 장양은 4세트에서 박영호의 멘탈이 나가게 만들었다.

빌드 오더에서 이기고 시작했음에도 불구하고, 장양의 컨트롤과 흔들기에 계속 당하다가 역전을 당해 버린 것이다.

그렇게 스코어가 2—2 원점으로 돌아왔으니, 박영호의 멘탈이 나가지 않을 리 없었다.

그대로 패패승승승이라는 드라마가 써지나 싶었다.

하지만 박영호는 다시 멘탈을 다잡았다.

이신은커녕 이신의 제자에게 지는 건 용납이 안 됐다.

5세트는 대개 일합에 끝나 버리는 괴물 대 괴물전답지 않게 40분가량 지속된 장기전이 되었다.

한 방의 전투에 모든 게 끝나기 때문에 서로 섣불리 공격을 시도할 수 없는, 긴장감 넘치는 승부.

하지만 끝내 박영호가 배짱 좋게 덤벼들어 장양의 군대를 격파하는 데 성공했다.

간신히 4강 진출 성공.

그러는 동안 D조에서 시작한 차이도 가뿐하게 4강까지 도착해 있었다.

그동안 차이는 이신의 수제자로 널리 이름을 알렸지만 강자라기보다는 유망주라는 이미지가 강했다. 세계 무대에서 자신의 실력을 증명할 기회가 없었기 때문.

D조나 C조에 모여 있던 선수도 대개 차이와 마찬가지로 자국 내에서 장래가 기대되는 신인들이었다.

밝은 미래를 꿈꾸는 어린 신인들의 대결을 사람들은 기대했다.

하지만 뚜껑이 열리자, 차이는 그 신인들을 압살해 버렸다.

운 좋아서 어쩌다가 그랑프리 티켓을 딴 애송이들과 자신은 수준이 다르다는 걸 보여준 것이다.

"제가 스승님을 이기고 금메달을 따겠다고 말하면, 사람들은 늘 꿈이 큰 어린아이 보듯이 절 기특하게 쳐다봐요. 그게 싫었어요."

승자 인터뷰에서 차이가 말했다.

"다시 말하지만 제 목표는 금메달입니다. 4강전, 결승전, 두 번 남았네요. 이제 좀 현실적으로 들리시나요?"

능히 쇼맨십과 자기 어필을 할 줄 아는 배짱.

귀엽지만 어른이 되어가는 과정에 있는 빼어난 외모.

그리고 실력.

차이는 세계 무대 한복판에서 거물의 탄생을 알렸다.

장양과 차이가 단순히 장래가 밝은 유망주가 아닌, 당장 세계 패권을 노릴 정도의 강자라는 것이 모두의 머릿속에 각인된 순간이었다. 하지만 그 역시도 파란은 아니었다.

진정한 파란은 16강 E조에서 조용히 시작되었다.

[16강 E조]

E1: 이신(Kaiser)

E2: 안드레이 이바노프(Tsar)

결과: 2—0 이신 승리.


작년에 그랑프리 무대로 돌아와 활약한 러시아의 '차르' 안드레이는 결국 이번에도 이신을 뛰어넘지 못했다.

홈집 하나 내지 못했다는 표현이 정확하리라.

이신을 이기기 위해 온라인에서 여전히 활약 중인 인공지능을 상대로 연습하며 준비했지만, 이신은 그가 준비한 모든 수단을 분쇄하고 승리를 쟁취했다.

완벽하고 깔끔했다.

물론 이 완승은 많은 이가 예상한 바였다.

하지만 그다음 8강전이 문제였다.

상대는 지우펑.

중국의 최강자이자 작년에 그랑프리 개인전에서 이신과 접전을 펼쳤던 적수였다. 이번에도 얼마나 치열한 명승부가 나올지 많은 팬들이 기대하고 있었다.

그리고…….

3—0.

일방적인 3세트 셧아웃.

내용도 평범했다.

정석적인 운영으로 기갑 병력을 모아 진출해 신족의 군대를 깨뜨렸다.

─정말 강합니다, 카이저!

─정신없이 흔드는 견제 플레이도 없었고, 단순한 정석 운영과 타이밍 러시였어요. 근데 지우펑이 꼼짝도 못하고 쓰러져 버리네요.

─완벽했습니다. 병력 포진과 전술이 술이었어요. 기동포탑 하나하나, 지뢰 하나하나가 장인의 손길이 담긴 것처럼 절묘하게 자리 잡고 있었으니, 한 타 싸움에서 신족이 당해낼 수가 없었던 겁니다.

─정말 오랫동안 세계의 정상에 앉은 선수답게 똑같은 타이밍에도 제왕의 기품이 느껴집니다. 안전하게 정석 운영을 하는 카이저는 이토록 강하네요.

─그랑프리 개인전 통산 최다승 및 최고 승률, 최다 본선 진출, 최고령 본선 진출 등 많은 기록이 갱신됩니다. 살아 있는 e스포츠의 역사가 되어가는 카이저입니다.

─그런데…….

캐스터가 뭔가 생각난 듯 조심스럽게, 아직은 설레발이라고 할 수도 있는 이야기를 꺼냈다.

─이제 보니 카이저가 예선전에서도 아직 한 세트도 지지 않았죠?

─어? 그러고 보니 그러네요. 16강전도 2 대 0으로 이겼고요.

그랬다.

이신은 올해 월드 SC 그랑프리 개인전에서 지금까지 무패였던 것이다.

결승까지의 여정에 있어 가장 큰 고비로 여겨진 지우펑과의 경기가 끝난 뒤에도 말이다.

―진짜 사람이냐? 4강까지 무패 행진이라니!
―저 나이에 어떻게 저렇게 센 거야?
―나 2군 선수인데 우리 팀 감독님 카이저와 동갑임······.
―왠지 유일한 맞수인 러너까지 3―0으로 털릴 것 같아. 강한 적을 잡는
데 더 노련해졌어.
―같은 팀이라 카이저의 스타일을 잘 아는 지우펑도 저렇게 격침당하면,
이거 정말 무패 금메달 또 나오는 거 아냐?
―에이, 설마. 카이저는 서른을 바라보고 있다고.
―진짜 뱀파이어가 아닐까?
―가만 보면 얼굴도 변한 게 없어.
―헛소리 그만하자. 소름끼친다.


과거 이신이 달성했었던 무패 금메달이라는 전설적인 기록이
다시금 네티즌들 사이에서 언급되기 시작했다.


                    *              *              *


[결승행 박영호, '이신 와라']
[철벽 VS 철벽, 승자는 철벽 괴물 박영호]
[세대교체 아직' 이신의 제자들, 끝내 '철벽' 못 넘어]
[SC스타즈 박영호, 연이은 고투 끝에 결승 진출]

[세대교체 좌절, 그러나 가능성 보여준 신세대]
[이신 VS 박영호 또다시 성사되나]
[차이 결승행 좌절, 그러나 쏟아지는 러브콜]

한국의 e스포츠 언론이 4강전을 조명했다.

역시나 박영호와 차이의 대결은 명승부였다.

명승부 제조기라는 박영호의 명성이 또다시 입증됐다.

말이 필요 없는 철벽 괴물 박영호.

그리고 차이 또한 이신에게서 시간과 자원을 정밀하게 계산하는 법을 배웠으며, 특유의 완벽주의로 무장하여 인류의 강점을 극대화하였다. 즉, 피차 조금의 빈틈도 없는 방패와 방패의 대결.

박영호의 관점에서 차이는 어린 나이답지 않게 기분 나쁜 놈이었다.

'정말 까다롭다.'

싸우지 않고 이기는 걸 선호했다.

위험한 모험을 하지 않으며, 그러나 필요할 때는 딱 필요한 만큼만 과감해진다. 칼같이 정세 파악을 해가며 부유한 운영을 한다. 결국 부유한 자원을 바탕으로 상대를 압도하거나, 참지 못하고 먼저 공격 들어온 상대의 병력을 잡아먹은 후에 역습에 나선다.

능구렁이 같은 스타일이 플레이에서 느껴지는 것이다.

도저히 어린 나이답지 않았다.

1세트가 장기전 끝에 패배로 끝나자, 박영호는 이를 악물었다.

'쉬운 새끼가 없네.'

손쉽게 4강에 오른 이신이 생각할수록 얄미웠다.

박영호는 그랑프리 개인전 내내 악전고투를 치르는 바람에 정신적으로는 너덜너덜해진 기분이 들 정도였다.

이렇게 정신적으로 지쳐 있을 때일수록 쉽고 빨리 이기고 싶다는 충동이 들곤 한다.

올인 전략 말이다.

하지만 박영호는 이내 고개를 저었다.

그렇게 피곤한 스케줄에도 차이의 경기 영상은 챙겨 봤다.

'내가 죽자 살자 공격하면 오히려 좋다고 반길 놈이지.'

눈치가 빠르고 디펜스가 탄탄하다.

상대가 올인해 주면 얼씨구나 하고 막아내고는 역습해서 손쉽게 승리를 챙길 것이다.

일부러 빈틈을 보여줘서 상대의 공격을 유도할 정도.

그래서 박영호는 차이를 재수 없어 했다. 어린 나이답지 않게, 호쾌한 맛은 없고 상대할수록 짜증만 난다.

'그래, 누가 이기나 해보자.'

박영호도 맞불을 놓듯 시종일관 장기전을 펼쳤다.

차이는 상대의 공격을 유도하는 타입이었지만, 박영호도 싸워주지 않고 길게 보며 운영을 했다. 그렇게 승패를 주고받으며 5세트까지 치른 끝에 박영호는 간신히 승리를 거두었다.

길었던 승부가 끝났을 때, 관중들은 박수를 쳤다.

게임을 잘 모르는 사람이 보았다면 지루하게 느껴졌을 수도 있는 싸움이었다. 하지만 그 긴 장기전 속에서 두 사람의 판단력이 빛을 발했다. 승부의 균형이 조금이라도 한쪽으로 기울어질라 치면, 재빨리 행동에 나서서 다시 원상 복구시켜 놓는다.

시소 놀이처럼 왔다 갔다 하면서도 절묘하게 균형을 유지하는 두 사람의 전략적 대결은 수준 높은 중계진의 해설을 통해 관중들에게 전달되었다.

—러너와 차이의 대결은 장인 정신으로 만들어진 하나의 예술품 같았습니다. 정말 완벽했어요!

—예, 3년 연속 결승 진출에 성공한 러너도 대단하지만, 차이도 나이와 경험을 초월한 노련함을 보여주어서 세상을 놀라게 했습니다.

—그렇습니다! 내년에는 아마 차이와 그 라이벌이자 친구인 장양이 세계 패권을 다투지 않을까 생각되네요.

—밝은 장래를 보여주었지만 올해는 아직 아니었습니다. 차이가 쓸쓸히, 그러나 관중의 찬사 속에서 퇴장합니다.

이미 충분히 자신의 저력을 입증한 차이였으나, 역시나 패자가 되어서 무대에서 퇴장하는 것은 괴로운 일이었다.

무대의 뒤편으로 퇴장한 차이는 선수 대기실에서 기다리고 있던 올도어SCC 식구들의 위로를 받으며 눈물을 닦았다.

"지난번에는 3 대 0 완패였고, 오늘은 3 대 2 접전이었네요. 내년에는 압도적인 힘으로 꺾고 말 거예요."

감독인 최환열은 피식 웃으며 차이의 등을 툭툭 두드렸다.

"그래, 올해는 동메달로 만족하고, 내년에는 그렇게 하자."

4강전에서 패배한 차이는 이제 또 다른 4강전의 패자와 3, 4위전을 치를 준비를 해야 했다.

이틀 뒤, 4강전 2경기가 펼쳐졌다.

그리고 파란이 용암처럼 뜨거운 홍분이 되어 그랑프리 무대를 달구었다.

4강전 2경기.

이신 대 엔조 주앙.

그랑프리에 참석해서 금메달을 놓쳐본 적이 없는 이신.

이신이 잠정 은퇴했던 공백기에 나타나 금메달을 탈취한 프랑스 e스포츠 스타 엔조 주앙.

두 사람의 대결은 다소 지루하다고 여겨질 수 있는 인류 대 인류전임에도 불구하고 많은 관심을 모았다.

왜냐하면 둘 다 스피디하고 공격적인 스타일이라 인류 동족전답지 않은 폭풍 같은 경기를 보여줄 가능성이 높았으니까.

많은 기대 속에서 뚜껑이 열렸다.

그리고…….

―오 마이 갓!! 제 눈에 보이는 광경이 현실인가요?!

―신이 되었습니다. 이 사람은 더 이상 인간의 경지가 아니에요.

이신이 폭풍처럼 병력을 이끌고 진격했다. 고속전차가 돌격하여서 적진의 기동포탑들 앞에 지뢰를 매설했다.

파앗! 팟!

매설되는 지뢰에 함께 온 전술위성이 디펜시브 실드를 걸어버렸다. 이신을 상징하는 신기의 컨트롤 기법!

디펜시브 지뢰로 인하여 구멍이 나기 시작하는 엔조 주앙의 방어선을, 이신은 거침없이 뚫어버렸다.

그리고 전후좌우로 움직이며 뚫린 방어선과 함께 찢겨져 곳곳에 흩어진 적군을 각개격파로 쓸어 담아버렸다.

엔조 주앙도 가만히 당하기만 한 건 아니었다.

살을 주고 뼈를 친다는 생각으로 전투가 벌어질 때, 이신의 진영 3곳에 견제를 퍼부어 버렸다.

하지만 이신의 고속전차가 질풍처럼 공격받는 3곳을 바쁘게 오가며 모조리 막아내 버렸다.

공격받는 3곳은 물론 중간중간 전투에도 참가하는 등, 고속전차들은 거의 맵 전체를 오가며 광범위한 활약을 펼쳤다.

미쳐 있었다.

이건 미쳤다고밖에 말할 도리가 없는 경기력이었다.

부처님 손바닥 위라고 해야 할까?

아니면 거미줄이 맵 전체에 뻗어 있다고 해야 할까?

이신은 맵 전체를 자기 몸처럼 통제했다.

입체적으로 다각도에서 맵을 바라보며 병력을 움직였다.

엔조 주앙은 상대도 되지 못했다.

폭풍 같은 견제 플레이를 많이 준비했지만, 이신은 맵 곳곳에 시야를 밝혀놓고서 모든 것을 통제했다.

모든 견제가 전부 가로막혔고, 그럴수록 자원과 병력은 이신의 우위로 흘렀다.

그렇게 모인 대군이 출진했을 때, 그때야말로 이신의 전략 전술의 총아가 집약된 슈퍼 플레이가 펼쳐졌다.

이신의 진격 루트는 엔조 주앙의 병력 배치와 허점을 완벽하게 파악하고 지형적 이점을 한 번도 빼앗기지 않았다.

때로는 과감하게 돌파하고, 때로는 우회하고, 때로는 양분해서 각기 따로 움직이고.

이신은 신들린 듯이 엔조 주앙을 붕괴시켰다.

그리고 충격적 스코어가 나왔다.

3—0.

—이건 꿈인가요 아니면 냉정한 현실인가요? 다시 금메달을 차지하기 위해 복수의 칼을 갈아왔던 엔조 주앙이 대패를 당했습니다.

—아쉽다고 말할 수 있는 부분이 하나도 없을 정도로 완벽하게 당했습니다. 카이저는 엔조 주앙이 무엇을 하려는지 전부 꿰뚫고 있었습니다.

—무엇보다 탄탄했던 엔조 주앙의 방어선을 붕괴시키는 카이저의 움직임은 불가사의할 정도입니다. 아마 전 세계 모든 프로 팀은 오늘 경기 영상을 끝없이 복기하며 연구하겠죠.

—예, 제 인생에서도 처음 보는 절묘한 전술의 극치였습니다. 아마 게임의 신이 존재한다면 이런 플레이를 하겠죠.

—최고령 결승 진출 기록을 또 스스로 갱신해 버렸습니다, 카이저! 프로게이머로서 황혼을 바라보는 나이임에도, 데뷔 시절의 기록을 또다시 재현했습니다.

—무패 결승 진출!!

그랬다.

이신은 무패로 결승에 진출한 것이었다.

데뷔 첫해에 무패 금메달로 세계를 충격에 빠뜨렸던 위압감 그대로였다. 이제 와서 고령의 이신이 다시 이것을 재현할 줄은 아무도 예상 못 했다.

경기장은 신이나 다름없는 절대 권력의 황제에게 경배하였다.

인터넷 스트리밍으로 생중계를 지켜봤던 전 세계 네티즌도 난리가 났다.

—카이저 모든 신기록을 또다시 갈아치웠어!!!

—신이시여, 어째서 저런 인간을 내셨나요? 밸런스가 너무 붕괴잖아요?

—정말 존경해! 너무너무 대단하다고!

—아, 눈물 난다. 가장 아름다운 플레이를 보여주었어. 저 많은 나이에도 불구하고 말이야. 단지 타고났다는 이유 하나만 갖고는 설명이 안 돼. 그는 이 감동의 순간을 위하여 혹독하게 스스로를 갈고닦았던 거야.

—다시는 이런 선수가 나타나지 않겠지?

—엔조 주앙이 초라하게 패배자가 되어버렸어. 그런데 그의 잘못은 아냐. 이 세상에 카이저가 있었을 뿐이야.

—무패 금메달 기록이 또 탄생하겠구나. 러너는 지금의 카이저에게 조금도 반항하지 못할 거야.

—러너도 올해는 대단했어. 하지만 그는 결승까지 너무 힘들었고, 카이저는 너무 쉽게 결승 무대로 왔잖아. 현격한 격차가 둘 사이에 존재하게 된 거야.


경악과 감동의 물결이었다.

적 진영을 전략적으로 완전히 분쇄해 놓는 이신의 병력 운용에 모두가 찬사를 보냈다. 이는 번번이 악전고투를 치른 박영호와 비교가 되었다. 아무도 박영호가 결승전에서 이신을 꺾을 수 있을 거라고 기대하지 않았다.

오히려 박영호를 동정했다.

이번에야말로 기필코 금메달을 거머쥐기 위하여 피나는 훈련을 했을 텐데, 이신은 더 강해져 있었으니 말이다.

오히려 작년보다 더 격차가 벌어진 듯한 느낌마저 들었다.

근거가 부족한 비교였지만, 그만큼 무패 결승 진출이라는 기록이 인상적이었다.

그런 사람들의 반응 때문일까.

박영호도 중압감을 느꼈다.

'정말 미쳤어! 완전히 미친 경기력이었어.'

경기장에 갔던 것을 후회했다.

현장에서 그 경기를 봐서는 안 되는 거였다.

이신의 최고 경기력이 폭발한 그 4강전을, 박영호는 그만 현장에서 지켜보고 말았다.

수만 관중의 뜨거운 열광이 박영호에게는 압박이 되었다.

그가 봐도 너무 대단한 플레이였다.

'어차피 저건 인류 대 인류전이야. 괴물전과는 플레이 스타일이 다르다고.'

박영호는 애써 그렇게 자위하며 엔조 주앙이 삽시간에 무너져 버린 광경을 머릿속에서 지웠다.

대신 괴물 플레이어인 안드레이를 상대한 16강전 경기를 참고 삼아 보며 분석했다.

'그새 스타일이 달라졌어. 왜지?'

매일 똑같이 규칙적으로 훈련하던 이신이었다.

그런데 어느 순간 갑자기 부진하더니, 그 이후 실력이 돌아오면서 스타일도 바뀌어 있었다. 이는 사실 이신이 마계에 다녀오느라 공백기가 있었던 것이었다.

서열전 경험이 게임 플레이에도 영향을 미쳐서 이신의 스타일을 변화시킨 것이지만, 박영호가 그것을 알아차릴 리 만무했다.

이신이 강하다는 건 어차피 알고 있었다.

하지만 갑자기 미묘하게 달라진 이신의 스타일은 결승전을 앞둔 박영호를 혼란스럽게 만들었다.

그럴 수밖에 없는 것이, 이신은 나폴레옹과의 대결에서 많은 영감을 얻어 또다시 스스로를 진화시킨 것이었다.

                    *            *            *

결승전 당일.

경기장은 경기 시작도 전에 이미 모든 좌석이 만원이었다.

"카이저!"

"카이저!"

"러너!"

전 세계에서 온 관객들은 국적과 상관없이 두 선수의 이름을 연호하며 기대감을 드러냈다.

마침내 경기장 곳곳에 설치된 대형화면에 어느 영상이 나오기 시작했다.

영상에 나타난 얼굴은 바로 이신이었다.

"오오오오오!!"

"카이저—!"

영상에 비쳐진 이신의 얼굴만으로도 열광해 버리고 마는 관중
들.

—곧 결승전이 시작되는데요, 기분이 어떠신가요?

—좋습니다.

편안한 모습으로 자리에 앉아 있는 이신은 표정 또한 편안해 보
였다.

도저히 결승을 치르기 직전의 선수로 보이지 않았다.

—전혀 긴장을 안 하신 것 같은데요.

—한두 번 치러본 결승도 아니니까요.

"와하하하!!"

"오오!"

이신의 당당한 대꾸에 관중들이 웃음을 터뜨리거나 당당함에
감탄했다.

—상대는 같은 팀 동료인 러너인데, 예상하셨습니까?

—예.

—오, 그만큼 러너의 실력을 인정하신다는 뜻이겠죠?

—예.

—각오 한 말씀 부탁드립니다.

무슨 말을 할지 잠시 생각을 정리한 이신.

그 뒤 입을 열었다.

—이길 수도 있고, 질 수도 있겠죠.

그 한마디로 말이 끝났으면 퍽 허망했을지도 모른다.

하지만 이신의 말은 끝나지 않았다.

—그런데 전 늘 이긴다는 확신만 갖고 살아왔습니다. 이긴다는

확신이 들 때까지 훈련했고요.

이신은 계속 말했다.

—하지만 이제는 아무리 혹독하게 제 자신을 채찍질해도, 이긴 다는 완전한 확신이 들지 않습니다. 그만큼 영호가 강하기도 하고, 제가 나이가 들었기 때문일 수도 있겠죠.

이신은 쓴웃음을 지었다.

—하지만 설령 패배라는 결과가 나오더라도, 제게 그런 결과도 있을 수 있다는 걸 이제는 알고 있습니다. 예, 전 질 수도 있습니다. 그렇기 때문에 승리가 더욱 값지게 느껴집니다.

대형화면을 보던 관중들은 이신이 자신들을 똑바로 쳐다보는 기분을 느꼈다. 이신이 카메라를 똑바로 응시하며 말했다.

—그러니까 이길 겁니다. 온 힘을 다해 그 값진 승리를 차지할 겁니다.

그리고 이신은 자리에서 일어나 경기를 준비하러 떠났다.

이윽고 영상이 바뀌었다.

"와아아아!!"

"러너! 러너!"

이번에는 카이저의 최대 적수라 불리는 러너를 관중들이 연호했다. 지금껏 계속 그랬듯 이번에도 명승부를 보여달라는 바람이었다.

—컨디션은 어떤가요?

—휴, 최악이네요.

영상에 나온 박영호는 오늘 유독 저기압이었다. 그래서 그런지 더 생긴 게 웃겨 보여서 관중들은 키득거렸다. 이제 e스포츠 팬들에게 박영호는 못생겼지만 볼수록 정감이 가는 캐릭터가 되었다.

─아, 많이 안 좋으신가 보네요.

─잠을 못 잤거든요.

─역시 긴장이 되셨나 봐요?

─아니라고 말을 못 하겠네요. 이 자리에 다시 선 게 처음도 아닌데.

─러너도 벌써 결승전이 3번째네요. 과거를 돌이켜 보면 어떤가요?

─첫 번째 그랑프리 결승전은 아쉬웠죠. 긴장돼서 실력 발휘가 조금도 안 됐고요.

엔조 주앙에게 패배해 금메달을 놓쳤던 영상이 짧게 흘러나왔다.

─하지만 두 번째 결승전은 달랐어요. 제 모든 실력을 다 펼쳤는데도, 정말 한 끗 차이로 졌어요. 그건 정말 운명이라고밖에 할 수가 없었죠.

작년에 있었던 5세트, 이신과의 처절한 대혈투.

피차 멸망 직전까지 간 상황에서, 박영호는 지대공 유닛이 하나도 안 남았다는 이유 하나로, 훨씬 더 많은 병력이 있었음에도 패하고 말았다. 물론 마지막까지 박영호의 지대공 유닛을 제거한 이신의 필사의 센스가 만든 기적이었다.

─얼마 전에 신이 형의 4강전을 보고 긴장했어요. 최근에 잠시 슬럼프인가 싶었는데, 그랑프리 되니까 다시 살아나면서 플레이 스타일도 진화했어요. 감탄이 들면서 두렵기도 해서, 잠을 못 이뤘어요.

—하하, 그만큼 준비를 많이 했다는 뜻으로 받아들이겠습니다.

—예, 열심히 준비한 만큼 반드시 이길 겁니다.

박영호는 그렇게 대답했다.

하지만 인터뷰에서 밝히지 않은 뒷이야기가 있다.

박영호는 불안한 마음에 새벽을 꼬박 새고 아침까지 연습했다.

결승전은 저녁이니 잠은 그전에 조금 자두면 된다고 생각했다.

하지만 연습을 마치고 자리에 누웠는데 잠이 오지 않았다.

긴장이 되었다.

자꾸만 결승전에서 또 패배하고 마는 자신의 모습이 쉽사리 떠오르는 것이었다.

금메달을 목에 걸고 기뻐한 적은 없는데, 금메달을 눈앞에서 놓친 경험은 2번이나 있는 탓이다.

비극만 떠올라 뒤척거렸다.

마이너스적인 생각을 떨쳐 버리려고 노력했지만, 마인드 컨트롤이 잘 되지 않았다.

왜.

왜 유독 이 순간만 되면 이렇게 패배감이 든단 말인가.

자신은 패배보다 승리에 훨씬 익숙한 철벽 괴물 박영호인데 말이다. 5분 내지 10분, 살짝 잠들려고 하다가 뒤척이며 깨기를 수차례. 몸은 피로에 찌들었는데 잠이 오지 않아 괴로워하길 반복하다가 문득 시계를 바라보니, 정신이 멍해졌다.

결승전까지 4시간밖에 남지 않았던 것이었다.

"씨발……."

박영호는 그때 멘탈이 나가 버렸다.

더 이상 편히 숙면할 시간이 남아 있지 않았다.

싸움을 치르기도 전에 스스로 컨디션 관리에서 자멸해 버린 것이다.

어이가 없어서 키득거리며 웃었다.

'이런, 병신.'

이것도 운명이란 말인가?

이 세상에 최고가 될 놈과 되지 못할 놈은 정해져 있는 건가.

이신을 생각하니 열등감이 더 커져갔다.

힘겹게 올라온 이 자리가 저 사람에게는 어찌나 쉬운지…….

큰 키, 잘생긴 얼굴, 부유한 집안. 비범한 플레이 센스. 놀라운 전략성. 나이 들어도 일류 수준을 유지하는 타고난 피지컬.

신은 한 사람에게 왜 이렇게 많은 걸 주었는지!

하지만 신은 박영호에게도 준 게 있었다.

'절대 안 져!'

박영호의 두 눈이 독기로 활활 타올랐다.

모든 열등감과 스스로에 대한 한심함이 모조리 원망이 되어 이신에게 꽂혔다.

'죽여 버릴 거야. 이게 다 너 때문이라고. 경기장을 네 무덤으로 만들어주마!'

뜨거운 분노로 아드레날린이 타올랐다.

박영호는 벌떡 일어나 연습을 더 하다가 탈진하듯이 2시간을 간신히 잤다. 경기장에 오는 길에 팀 매니저를 시켜서 자양강장제를 잔뜩 먹었다.

분노로 피로마저 잊어버렸다.

눈빛에는 스산한 살기만이 맺혀 있었다.

박영호는 이신과 마주치지 않게 해달라고 경기장 스태프들에게
요구했다.

이신이 눈에 보이면 자신의 추한 속마음이 얼굴에 드러날 것
같았다.

*　　　　　*　　　　　*

사실 이신도 박영호를 많이 의식하고 있었다.

'우승 후보만 전부 때려눕히고 올라왔구나.'

이신이 이번 그랑프리에서 가장 뛰어난 기량을 보일 것으로 예
상했던 선수는 마이클 조셉, 차이, 장양, 그리고 박영호였다.

그 4인이 가장 까다로울 거라고 경계했다.

박영호는 그중 셋을 전부 꺾어버리고 결승전에 올라왔다.

과연 박영호다웠다.

'거기다가 아직 숨기고 있는 비장의 무기를 꺼내지 않았다.'

이신은 박영호가 전부터 홀로 특별한 연습을 했다는 걸 알고
있었다. 그래서 박영호가 특별한 전략을 준비하고 있는 낌새를 느
꼈다.

단순히 한 번 써먹고 말 깜짝 전략이 아닌, 박영호가 한 번도
펼쳐 보이지 않았던 플레이 스타일일 거라고 추측했다.

지난번 중국 슈퍼 리그에서 이신과 결승전을 치렀을 때 그 비장
의 무기를 5세트에서 쓰려 했지만 그전에 이신이 먼저 치즈 러시
를 펼쳐 패배시켰다.

그러고서 공개가 미뤄진 그 비장의 무기를, 박영호는 아직까지 꺼내지 않았다.

'결승전에 올라오기까지 그렇게 고전을 했음에도 꺼내지 않고 숨겼다.'

이신과 같은 인류 플레이어인 마이클 조셉이나 차이가 그 비장의 무기를 끄집어내 줄 거라고 생각했는데, 박영호는 끝내 숨겼다.

질지도 모르는 대결이 번번이 있었는데도 이신을 위해 아낀 것이다. 이신을 꺾겠다는 투철한 경쟁심이 돋보이는 대목이었다.

'신이 날 꺾기 위해 준비시켜 놓은 적수가 있다면 그건 바로 박영호겠지.'

기어코 자신을 이기겠다고 또 결승 무대에 나타난 박영호라는 라이벌은 이신에게 그렇게 보였다.

결승전 무대.

부스 안에 들어가 장비를 체크하고 테스트 게임을 했다.

마우스 커서가 원하는 감도로 휙휙 날렵하게 움직였다.

컨디션은 좋았다.

'이기고 싶다.'

나이가 들수록, 열정이 떨어질수록, 이 모든 걸 내려놓고 떠날 날이 기다려지곤 했다.

하지만······.

'그래도 이기고 싶다.'

이 자리에 서고 나면, 또한 이기고 싶어지는 것이 사람의 마음이었다.

아마 박영호도 같은 마음일 터였다.

　　　　*　　　　　*　　　　　*

　―드디어 1세트 경기가 시작됩니다!

　결승전이 시작되었다.

　전 세계 팬들이 숨죽이고 지켜보기 시작했다.

　이신의 진영은 11시.

　박영호는 5시.

　서로 가장 거리가 먼 대각선 방향이었다.

　―위치가 좋습니다, 러너.

　―예, 거리가 멀수록 괴물에게는 유리하죠. 초반에 인류의 압박에서 더 자유로워지니까요. 물론 러너가 초반부터 맹공을 할 생각이라면 모르겠습니다만, 역시 앞마당에 부화실을 펼치며 부유한 체제를 준비합니다.

　―그러면서 일벌레 1마리는 1시로 정찰을 보냅니다.

　―카이저는 평범한 1병영 더블.

　―응? 그런데 1시로 정찰 갔던 일벌레가…….

　그 순간,

　"와아아아!!"

　관중들이 깜짝 놀랐다.

　일벌레가 1시 스타팅 포인트에서 부화실로 변태(變態)하기 시작한 것.

　―러너! 벌써 1시에 확장 기지를 가져갑니다!

　―보통은 본진 안에 짓는 3번째 부화실을 1시에 몰래 지어서

3광산을 일찍 확보하겠다는 욕심이죠. 그런데 들키면 1시를 지키기 힘들 텐데요?

하지만 박영호는 이신의 정찰이 1시로 먼저 오지 않는다는 것을 미리 체크하고서 일을 벌인 것이었다.

이신의 정찰은 7시를 거쳐 박영호의 진영이 있는 5시에 도달했다. 일벌레가 본진 출입구를 가로막고서 건설로봇이 본진에 들어오지 못하게 블로킹했다.

이신의 건설로봇은 앞마당 자원과 본진 쪽을 연달아 클릭하며 비비기를 시도했다.

하지만 비벼서 침투하려는 건설로봇을 일벌레도 살짝 물러났다가 다시 블로킹하며 계속 공격했다.

—파악! 팍! 팍!

계속 공격당하는 건설로봇.

끈질기게 본진에 들어가려 했지만, 결국은 체력이 절반만 남은 채 포기하고 물러났다.

—오오! 멋진 블로킹이었습니다! 정말 컨트롤 센스가 대단하네요.

—본진 내부 상황을 들켰다면 카이저가 부화실을 다른 데다 지었다는 걸 눈치챘을 거거든요!

마침 박영호의 본진에서 바퀴 2마리가 나타났다.

바퀴 2마리가 앞마당에서 기웃거리는 건설로봇을 쫓아내러 나왔고, 그제야 출입구를 지키던 일벌레도 원래 자리로 되돌아갔다.

그런데 바로 그때였다.

바퀴 2마리에게 공격받으려는 찰나, 건설로봇이 돌연 U턴을 하며 2마리의 사이로 통과해 버렸다.

딱 2대.

바퀴 2마리가 한 대씩 동시에 치면 터질 정도의 체력밖에 남지 않은 건설로봇이었다.

그럼에도 과감한 무빙으로 바퀴 2마리를 순간적으로 제친 것이다.

—어어?!!

—카이저가 다시 정찰 시도!

돌아가던 일벌레가 되돌아와 출입구를 또 블로킹!

간발의 차이였다.

"와……!!"

하는 탄성이 터지는 찰나,

이신이 또 앞마당 자원 클릭을 이용하여서 비비기 컨트롤을 펼쳤다.

그대로 통과!

일벌레의 공격을 받고, 바퀴 2마리도 헐레벌떡 쫓아왔지만, 건설로봇이 2의 체력만 남겨놓고 본진에 진입했다.

—오 마이 갓! 카이저가 정찰에 성공합니다!

—부화실이 2개밖에 없는 걸 확인합니다.

—하지만 이것만 보고서는 2부화실 쐐기충 올인이라고 판단할 수도 있어요. 러너가 심리전을 잘 썼어요!

—카이저가 속아야 할 텐데요, 러너!

하지만…….

'일꾼 숫자가 하나 비었어. 부화실을 다른 곳에 지었다.'

상대는 이신이었다.

한 번 슥 보고 일벌레 숫자를 눈짐작으로 헤아릴 수 있는 초인인 것이었다.

결국 건설로봇은 바퀴들의 공격에 폭사했다.

하지만 이신의 본진에서 건설로봇 1기가 나와 1시로 향하고 있었다.

—아! 카이저가 알아차렸습니다!

—카이저의 눈치는 역시나 불가사의합니다.

—러너는 개인전 예선전과 단체전 경기에서 2부화실 쐐기충 올인을 펼친 바 있습니다. 어찌 보면 이 순간을 위한 포석으로 2번이나 미끼를 던지며 심리전을 준비했던 거죠. 그런 러너의 치밀함도 대단하지만, 역시나 속지 않은 카이저는 정말 초인입니다!

정찰 단계에서부터 경기장의 공기가 심상치 않았다.

혈투의 서막이었다.

*         *         *

—카이저, 바로 출격! 병력이 1시로 향합니다.

—판단 빨라요!

1시의 존재를 파악한 이신은 보병·의무병을 모아서 출진했다.

박영호도 1시의 부화실이 완성되자마자 그곳에 촉수탑 2채를 건설했다.

거기다가 본진에서도 바퀴 떼가 출진.

이신이 보낸 선발대 병력이 1시에 도달했을 때, 가까스로 촉수탑 2채가 완성됐다.

─카이저의 선발대가 1시 도착! 뚫을 수 있을까요?

─촉수탑 2채는 충분히 뚫는데, 뒤에 바퀴 때가 있어서 자칫 잘못하면 싸 먹힙니다.

─예, 카이저도 그렇게 판단했는지 물러납니다.

─선발대는 곧장 5시로 향합니다.

─본진 앞마당에도 촉수탑을 지어서 방어하라고 강요하는 플레이죠.

그 말대로 박영호는 본진 앞마당에도 마찬가지로 촉수탑 2채를 지어서 디펜스를 갖춰야 했다.

총 촉수탑 4채를 강요시킨 뒤에야 이신의 선발대도 싸움 없이 물러났다.

─그런데 이거 어쩌어찌 1시를 결국 지켰는데요?

─이제부터가 시작입니다. 선발대가 계속 1시와 5시를 오가며 압박하는 가운데, 후발대도 모이고 있거든요. 선발대와 후발대가 합쳐지면 지금의 방어는 뚫립니다.

─후속 병력이 선발대와 합류 못 하도록 해야겠군요. 러너도 그걸 아는지 바퀴 떼를 우회시켜 카이저의 진영으로 향합니다.

─합쳐지면 러너로서는 곤란해집니다. 5시도 1시도 막아야 하는 입장인데, 둘 중 어디를 칠지는 카이저 마음이거든요.

박영호는 촉수충을 생산하기 시작했다.

양쪽을 모두 방어하려면 촉수충이 필수였으니까.

그 때문에 쐐기충을 뽑아서 인류의 진영을 견제하는 플레이는 할 수 없었다.

이신도 그걸 알고 있으므로 쐐기충을 막기 위해 대공포를 짓는 등의 대공방어에 자원을 쓸 필요가 없어졌다.

그만큼 병력이 더 많이 뽑혀져 나온다는 뜻이었다.

하지만 그런 대가를 지불하고서 박영호는 3광산을 확보했다.

1시 앞마당까지 확장 기지를 펼치면, 4광산.

괴물의 진정한 시작인 4광산이 확보되는 것이다.

이신은 그걸 저지하기 위해 아직 불안정한 1시를 치려고 했고, 박영호는 이를 지키기 위해 사력을 다했다.

박영호에 의해 처음 등장한 빠른 3광산 빌드.

인류의 공세 속에서 3광산을 지켜낼 수 있느냐?

이 빌드 오더의 성공 여부가 시험대에 올랐다.

박영호는 바퀴 떼를 종횡무진 날렵하게 쓰며, 이신의 선발대와 후발대 병력이 합쳐지지 않도록 최대한 방해했다.

그렇게 시간을 버는 동안 촉수충을 준비했다.

이신의 두 병력이 마침내 합쳐져서 1시에 진입했을 때,

촉수충 3마리가 1시에서 변태가 완료되어 땅속에 숨어 들어갔다. 촉수탑 2채와 촉수충 3마리. 거기다가 적의 배후에서 도사리는 바퀴 떼들.

합쳐지면 가까스로 1시를 지킬 만한 전력이었다.

이신은 방향을 바꿔서 5시로 향했지만, 5시에도 촉수충들이 준비되었다.

—방어에 성공했습니다! 5시도 1시도 모두 지켰어요!

—러너! 이렇게 새로운 빌드 오더를 성공시키나요?!

—지금껏 본 적이 없는 전략입니다. 이건 러너의 오리지널이

에요!

중계진이 흥분했다.

새로운 패턴이 나오면 경기 내용도 더 새로워지기 때문이었다.

하지만 이신의 맹공은 계속되었다.

이신은 어느새 항공수송선을 2척 준비해 놓고 있었다.

—카이저의 다음 선택은 드롭입니다. 절대로 3광산을 가져가게 놔두지 않겠다는 의지입니다.

—예, 지상 방어에 급하기 때문에 쐐기충 둥지는 늦게 지을 수밖에 없었는데요, 그 점을 잘 캐치했습니다.

—러너도 이제 쐐기충 둥지가 완성되었는데요. 드롭까지 잘 막아낼 수 있을지!

항공수송선 2척이 병력을 가득 태워서 1시로 이동했다.

동시에 다른 보병·의무병도 걸어서 1시로 이동했다.

정면과 공중 드롭, 양면으로 동시에 치겠다는 판단이었다.

항공수송선 2척은 박영호가 맵 사방에 시야 확보용으로 뿌려 놓은 바퀴에게 포착되었다.

그리고······.

—아주 절묘한 타이밍에 1시의 부화실에서 폭탄충 4마리가 생산되었습니다! 이건 드롭을 시도할 거란 걸 예상하고 있었나 보죠?

—항공수송선이든 전술위성이든 나타나면 격추시킬 생각이었 겠죠. 그런데 타이밍이 정말 절묘합니다. 러너가 이 전략을 정말 정교하게 준비했어요.

폭탄충 4마리가 항공수송선이 접근하는 방면을 향해 날아갔다.

타이밍이 아슬아슬하게 딱딱 맞는 방어.

시야 확보를 통해 항공수송선 포착.

때맞춰 나타난 폭탄충들까지.

철두철미한 박영호의 플레이가 빛나고 있었다.

하지만 이신은 이신이었다.

바퀴에 의해 포착당한 순간, 항공수송선들이 경로를 바꿔 반시계 방향으로 우회했다.

지상군과 항공수송선이 함께 1시 출입구 앞에서 나타났다.

지상군은 촉수충들과 싸우기 시작했고, 항공수송선 2척은 그대로 출입구를 무시하고 통과했다.

그때 폭탄충들이 날아왔지만, 항공수송선들은 현란하게 좌우로 무빙하며 1명씩 병력을 떨어뜨리는 것이었다.

"우와아아아!!"

폭탄충들을 절묘하게 피하며 드롭에 성공하는 이신의 플레이에 경기장에 함성이 울려 퍼졌다.

앞에서도 공격하고, 뒤에서도 드롭된 병력이 합공하니, 1시 출입구는 그대로 뚫려 버렸다.

—뚫렸어요! 1시가 풍전등화입니다!!

—항공수송선만 격추시켰어도 막아냈을 텐데, 카이저의 슈퍼 플레이가 러너의 시나리오를 망쳐놓습니다!

그때였다.

땅굴을 통해 5시 본진에 있던 괴물 병력이 속속히 1시로 건너왔다.

가장 먼저 건너온 유닛은 바로.

펑! 펑!

―흑안개!

괴물주술사였다.

흑안개가 펼쳐지자, 보병들의 원거리 공격이 흑안개 속의 괴물 유닛들을 죽이지 못하게 되었다.

흑안개 속에서 촉수충들이 다시 자리 잡고 반격을 시작했다.

"와아아아아!!!"

"러너! 러너!"

또다시 절묘하게 방어에 성공한 듯 보이자 관중들은 열광했다. 둘 다 만만치 않았던 것이다.

흑안개는 유닛을 보호하지만 건물은 보호하지 못한다.

이신은 병력을 분산시키며 1시의 주요 건물들을 파괴시켰다.

광산이 부서지고, 땅굴도 파괴되었다.

하지만 박영호는 필사적으로 부화실만은 지켜냈다.

―촤좌좌좌좍!!

―으악! 악!

촉수충의 촉수에 의해 죽어나가는 보병들.

이신은 부화실을 집중사격했다. 병력이 다 죽더라도 부화실까지 다 깨고 싶었다.

하지만 가까스로 부화실이 파괴되기 일보 직전에, 이신의 병력이 아깝게 전멸해 버렸다.

―막았습니다!! 명불허전의 철벽 러너!

―정말 무서운 디펜스입니다. 저렇게까지 공격했는데도 끝내 부화실은 지켜내나요.

—어어? 그런데 카이저가 또!

경기장에 탄성이 터져 나왔다.

항공수송선 1척이 또 1시에 나타났기 때문이었다.

박영호는 1시에 남아 있는 병력을 총동원했다.

촉수충 3마리가 삼각지대를 이루며 보병·의무병의 접근을 불허했다. 그러나 보병들은 이신의 컨트롤을 받아 지그재그로 촉수를 피해 부화실로 돌격했다.

—투타타타타타!!

—콰지직!

결국 부화실이 파괴되었다.

특공대 또한 촉수충들에 의해 장렬히 전사했다.

—1시 파괴! 정말 집요한 카이저입니다!

—역시 카이저! 이래야 카이저죠! 러너의 철벽 수비가 카이저의 공격 본능을 깨워주었어요.

—하지만 카이저도 1시를 밀기 위해 병력을 많이 소모했어요. 역시 다른 누구도 아닌 러너의 디펜스였기 때문에 이렇게까지 격전이 펼쳐진 거겠죠.

박영호는 이신의 맹공에 의해 밀려 버린 1시에 다시 부화실을 지었다.

그러나 박영호는 이대로 불리해진 채로 운영 싸움을 할 생각이 없었다.

'여기서 승부 건다.'

박영호는 1시에서 이신이 병력을 꽤나 소모한 점에 주목했다.

1시가 밀리긴 했지만, 3광산을 돌리는 동안 모은 얼마간의 광물 자원이 있었다.

본래는 4광산에서 광물 자원을 끌어모아서 지상 유닛의 끝판왕인 공성벌레를 생산하는 것이 보통의 괴물의 운영.

하지만 박영호는 있는 광물 자원을 쐐기충 생산에 쏟아부어 버렸다. 이신의 진영에 대공방어가 되어 있지 않을 거라고 확신했기 때문.

정말로 승부수를 띄운 것이다.

'가만 놔두면 알아차리고 말겠지. 정신 못 차리게 해야 돼.'

박영호는 괴물주술사와 촉수충, 바퀴 떼를 거느리고 일제히 이신의 본진 1시로 진격했다.

—펑! 펑!

괴물주술사로 흑안개를 치며 보병·의무병의 요격을 물리치며 계속 전진.

그러자 이신은 화염방사병을 다수 동원하여서 다시 맞섰다.

—러너가 계속 전진합니다! 이신이 병력의 공백기를 겪고 있는 틈을 노린 압박일까요?

—공격이 최선의 방어라고 생각한 게 아닐까요? 1시를 복구할 시간을 벌기 위하여 오히려 공격에 나서서 카이저의 이목을 돌린 게 아닐까 싶은데…….

중계진의 해설이 뒤를 잇지 못했다.

—쐐애액!

—쐐액!

박영호의 본진에서 쐐기충 편대가 생산되었기 때문이다.

—쐐기충!! 러너가 역으로 쐐기충을 뽑았습니다!

—초반에 러너가 쐐기충을 안 뽑는 걸 알고서 카이저는 대공방어를 안 해놨거든요. 거기다가 흑안개를 치며 밀고 들어오는 바퀴 떼를 퇴치하기 위해서 화염방사병을 다수 뽑은 카이저입니다.

—완전히 허를 찔렀네요!

—이걸 카이저가 어찌어찌 막아내면 자원을 전부 쏟아부은 러너가 지는 겁니다. 러너도 승부를 건 거예요.

이신이 박영호의 지상군을 모두 막아냈을 때, 쐐기충 편대가 나타났다.

—쐐액!

—퍼엉!

—쐐애액!

—퍼어엉! 펑!

쐐기충들이 앞마당에서 자원을 캐는 건설로봇들을 미친 듯이 학살했다.

보병들이 달려와 막아보지만, 쐐기충은 신들린 듯이 춤을 추며 터닝 샷을 날려 보병들을 줄줄이 학살했다.

—파아앗!

전술위성이 날아와 방사능을 살포했다.

박영호는 순간적으로 모든 쐐기충을 산개시켰다. 방사능을 뒤집어쓴 쐐기충을 멀리 보내 버리고 나머지를 다시 합쳤다.

—기가 막히게 잘 뺐습니다!

—요즘 괴물 플레이어들은 방사능에 걸린 쐐기충만 빼는 컨트롤이 점점 발전하고 있어요. 특히 그중에서 러너는 최고예요!

쐐기충들은 본진에 난입하여서 이신을 난타했다.

건물들이 빽빽이 들어선 이신의 본진은 보병들의 운신이 용이하지 않았다.

—쐐액!

—으악!

—쐐액!

—퍼어엉!

전술위성까지 격추시켜 버리는 쐐기충의 괴력!

혼이 서린 박영호의 쐐기충 컨트롤에 이신의 본진이 혼란에 빠졌다. 그 와중에 새로 생산된 바퀴들까지 달려온다.

박영호가 완전히 자원을 쥐어짜 사활을 건 총공세를 펼친 것.

이신은 정말 질기게 막았다. 건설로봇들이 계속 본진 출입구에서 블로킹하고, 항공정거장에서 생산된 로켓프리깃이 필생의 컨트롤을 보이며 쐐기충 편대에 맞섰다.

하지만 박영호도 혼신의 힘을 다해 밀었고, 결국······.

—Kaiser: GG

"와아아아아아아!!"

"러너! 러너! 러너!"

시종일관 격전을 치른 두 사람의 1세트 명경기에 관중들이 열광하였다.

역전을 이루어낸 박영호는 두 팔을 치켜들고 포효했다.

—러너가 괴물 같은 저력을 발휘해서 승리를 쟁취해 냅니다.

—1시를 잃은 직후였는데 그 상황을 역전의 기회로 본 그 판단

력이 경이롭습니다.

—신들린 철벽 수비를 펼쳤음에도 끝내 1시를 밀어냈던 카이저도 대단하긴 마찬가지였죠. 과연 결승전입니다. 신들의 싸움이에요!

월드 SC 그랑프리 개인전 결승.

박영호가 1세트를 가져가면서 승부의 서막을 열었다.

*　　　　*　　　　*

2세트 역시 파란만장하게 진행되었다.

박영호는 바퀴 6마리를 일찍 생산해서 공격 보냈다.

이신은 이제 보병 1명이 막 생산된 타이밍이었다.

물론 상대는 이신.

건설로봇 블로킹과 함께 펼치는 이신의 초반 디펜스는 천하무적. 이렇듯 과감하게 초반에 공격하는 빌드 오더는 이신을 상대로 잘 시도하지 않는 플레이였다.

박영호도 이를 의식하고 있었다.

그래서 미끼를 하나 던졌다.

이신의 앞마당 부근으로 접근한 하늘군주가 일부러 더 가까이 이동해 이신의 시야에 모습을 드러낸 것.

보병이 다가와 총을 쏘면 닿을 수 있는 거리였다.

물론 뒤로 빼면 죽기 전에 시야 밖으로 물러날 수 있지만, 대개 인류 플레이어들은 습관적으로 하늘군주를 쫓아내기 위해 보병으로 공격을 한다.

─러너가 낚시를 합니다. 하늘군주로 보병을 앞으로 끌어들인 후에 바퀴 6마리가 돌입해서 잡을 생각이죠.

─그렇습니다. 보병이 없으면 건설로봇만 갖고는 방어가 안 돼요.

─그런데 카이저는… 아!

중계진이 탄성을 터뜨렸다.

하늘군주가 보인 순간, 이신은 오히려 보병을 본진 출입구까지 후퇴시켰다.

동시에 본진에서도 건설로봇 4기가 튀어나와 출입구를 막아섰다.

하늘군주를 보자마자 미끼라는 것을 알아차리고, 박영호가 바퀴 6마리를 일찍 뽑았다는 것도 눈치챈 것.

─정말 귀신같은 눈치입니다!

─러너, 하는 수 없이 그냥 달려듭니다.

바퀴 6마리가 냅다 달려들었다.

본진으로 진입하는 출입구는 건설로봇 4기가 블로킹하고, 뒤에서 보병 1명이 총을 쏘는 대형으로 막고 있었다.

바퀴들은 건설로봇만 집중적으로 공격했다.

건설로봇이라도 몇 기 사냥할 생각이었다.

바퀴 6마리를 일찍 생산한 빌드 오더는 그만큼 가난하기 때문에 상대에게 얼마간의 피해도 못 입히면 불리하게 출발하게 되는 것이다.

그리고 벌어진 전투!

─투타타타타!

뒤에서 보병이 열심히 총을 쏜다.

바퀴들은 가장 앞에 있는 건설로봇을 난타하지만, 다른 건설로 봇들이 맞고 있는 동료를 수리해 준다.

그러다가도 죽을 것 같으면 그제야 뒤로 빼버린다. 그런 식으로 건설로봇 2기가 블로킹을 하다가 본진 안으로 피신했고, 박영호는 바퀴 3마리를 잃을 때까지 어떤 성과도 못 얻었다.

"와아아아!!"

"잘 막았어!"

"완벽해!"

관중들이 박수를 치며 좋아했다.

역시나 초반의 이신은 난공불락!

심지어 4일벌레 러시까지도 건설로봇만으로 막아낸 적이 있는 이신이었다.

―이러면 카이저가 웃으며 시작합니다.

―카이저는 이번 2세트는 꼭 잡을 필요가 있습니다. 왜냐하면 요, 3, 4세트 맵은 둘 다 괴물이 보다 승률이 잘 나오거든요.

―예, 추첨을 통해 선정된 맵은 1세트가 인류가 유리했고, 2, 5세 트는 서로 무난한 맵이었죠. 3, 4세트가 괴물이 약간 우세를 띠고 요. 카이저로서는 맵이 유리한 1세트에서 패배한 게 뼈아픕니다.

―물론 일반적인 통계에서 벗어난 두 선수이긴 합니다만.

1세트는 인류에게 유리한 맵이었다.

그래서 박영호가 2번째 확장 기지를 일찍 가져가는 모험수를 감행한 것이다.

반면 3, 4세트는 둘 다 통계적으로 괴물의 승률이 더 높은 맵이 선정되었다. 그만큼 괴물이 더 플레이하기 좋은 지형이 구축되었다는 뜻인데, 그런 곳에서 박영호를 이기기가 이신으로서도 쉬운 일이 아닐 터였다.

그렇다면 통계적인 수치로만 계산했을 때, 이신은 1, 2, 5세트에서 승리해서 우승을 차지하는 시나리오가 나왔어야 했다.

그런데 인류에게 유리한 맵에서 박영호에게 패배하는 불상사가 발생한 것이다.

이는 이신도 의식하고 있었다.

'여기서는 꼭 이겨야 한다.'

3, 4세트 중에 한 번은 어떻게든 이기고, 5세트에서 승부를 본다. 지금 2세트에서 이기지 않으면 승률이 극히 희박해진다.

다행히 현재 상황은 이신 측이 유리하게 돌아가고 있었다.

바퀴 6마리로 아무것도 못한 박영호는 가난한 상태에서 시작해야 했던 것.

이신은 무난하게 보병·의무병을 모으며 진출 준비를 했다.

하지만 상황을 타개하기 위한 박영호의 판단력이 또다시 빛을 발했다.

쐐기충을 생산할 것처럼 페이크를 주고서, 촉수충을 모은 것.

이신은 본진과 앞마당 곳곳에 대공포를 짓느라 자원을 다소 투자한 상황.

박영호는 오히려 촉수충을 잔뜩 모으고, 괴물주술사로 일찍 생산했다.

그리고 올인!

촉수충, 괴물주술사, 바퀴 떼의 총공세였다.

미래를 보지 않고 무조건 끝내 버리겠다고 덤벼든 것이다.

상황이 불리할 때, 도리어 극히 사나운 공격성을 드러내는 박영호!

그때부터는 치열한 격전이 펼쳐졌다.

이신의 2번째 확장 기지 구축 시도를 차단한 박영호는 계속해서 앞마당으로 밀고 들어갔다.

—펑! 펑!

흑안개를 펼치고 촉수충들과 바퀴 떼가 진입한다.

이신은 사력을 다해 막아냈다.

전술위성으로 괴물주술사에게 방사능을 살포하고, 화염방사병을 후속 병력으로 뽑아서 흑안개 속에서 격전을 치렀다.

—카이저가 필사적으로 방어합니다!

—러너도 모든 걸 걸고 감행하는 공격입니다. 절대 물러서지 않습니다!

—밀 수 있나요? 러너, 밀 수 있나요?

—카이저의 방어선이 계속 후퇴하고 있습니다!

—앞마당까지 밀렸습니다!

흑안개가 이신의 앞마당까지 펼쳐졌다.

흑안개 속에 촉수충 2마리가 들어가 바퀴 떼와 함께 공격했다.

이신은 하는 수 없이 건설로봇들을 본진 안으로 대피시키고, 통제사령부 건물을 띄워 올렸다.

—카이저의 앞마당 정지! 하지만 러너는 여기서 만족할 수 없습니다!

—또 한 번 흑안개를……!

―펑!

흑안개가 본진 출입구까지 뒤덮었다.

그 순간, 출입구가 뚫리고 본진까지 장악당할 거라고 모두들 생각했다.

하지만, 다음 순간 이신의 기갑정거장에서 새 유닛이 나왔다.

―고속전차!

―카이저가 그 와중에 고속전차를 생산하는 판단을 했네요.

―지뢰는 업그레이드됐나요?

고속전차가 출입구 쪽에 지뢰를 매설했다.

쳐들어오던 바퀴 떼가 지뢰와 함께 대거 폭사당했다.

고속전차가 계속 나오며 지뢰를 매설하며 방어했다.

그리고 그 와중에 이신은 항공수송선까지 생산했다.

항공수송선에 고속전차 1기를 태워서 바깥 지역에 드롭했다.

은밀히 밖으로 나온 고속전차가 길목에 지뢰를 매설해 박영호의 후속 병력 합류를 차단했다.

뿐만 아니라, 그 항공수송선은 보병·의무병을 태운 뒤에 5시로 보냈다.

아마도 박영호가 5시에 확장 기지를 구축하고 있다고 예상했기 때문이었다.

그 예상은 옳았다.

박영호는 올인 러시로 이신을 본진 안에 가둬놓았지만, 박영호 자신도 자원을 수급하는 곳이 본진과 앞마당 2곳밖에 없었다.

확장 기지를 확보하여서 자원 공급을 늘리지 않으면 본진 플레이를 하는 이신에게 질 수도 있었다.

그러나…….

—드롭!

—카이저가 러너의 5시 확장 기지에 병력을 드롭합니다! 눈치챘어요!

—막기도 급급한 와중에 여기까지 생각한 카이저의 판단이 경이롭습니다! 이 선수 멘탈은 강철인가요?

그 와중에 이신이 심어둔 지뢰에 촉수충 2마리와 괴물주술사가 폭사당하는 사태까지 벌어졌다.

"와아아아아아!!"

관중들이 함성을 질렀다.

—길목에 심어놓은 지뢰가 통했습니다!

—카이저야말로 철벽 괴물 그 자체입니다! 정말 미친 수비력이에요!

심지어 거기서 끝이 아니었다.

길목에 지뢰를 심었던 고속전차가 박영호의 앞마당을 기습한 것이다.

—펑!

—키엑!

—펑!

—키엑!

안 그래도 올인을 하느라 가난한 박영호에게 일벌레 2마리를 사냥해 버리는 고속전차.

5시 확장 기지마저도 이신이 드롭한 병력에 의하여 부서지고 말았다.

—아아, 카이저!!

—인간의 한계를 벗어난 경기력입니다!

올인 러시를 막아내고 반격까지 펼쳐 보인 이신의 탁월한 플레이.

모두들 거기서 2세트 경기가 끝났다고 생각했다.

괴물주술사와 촉수충이 하늘군주에 탑승하는 광경이 대형화면에 비춰지기 전까지 말이다.

—드롭?! 러너가 지금 드롭을 준비했나요?

—하늘군주의 운송 업그레이드를 해둔 모양입니다.

하늘군주 2마리가 괴물주술사, 촉수충, 바퀴들을 태우고 이신의 본진으로 향했다.

속도 업그레이드는 아직 안 했는지, 느릿느릿한 하늘군주의 비행 속도가 모두를 숨죽이게 했다.

그리고 드롭!

—러너의 최후의 공격이 시작되었습니다!

괴물주술사가 가까스로 이신의 자원이 있는 곳까지 기어가 흑안개를 펼쳤다. 그리고 그 안에 촉수충 1마리가 들어갔다.

바퀴 떼는 이리저리 움직이며 이신의 병사들을 유인했다.

—촤좌좌촥!!

—퍼퍼펑!

촉수에 긁혀 건설로봇들이 떼로 죽었다.

건설로봇들은 결국 앞마당으로 대피했다.

대신 이신은 앞마당을 수복하고서 다시 거기에 확장 기지를 회복시켰다. 건설로봇들도 그곳으로 대피시켜 다시 자원 채집을 시

컸다.

"으아아아아!!"

"맙소사! 아직 안 끝났어!"

"이러면 어떻게 되는 거야?"

관중들이 열광 속에서 승부의 행방을 지켜보았다.

흑안개 속에서 바퀴 떼와 촉수충은 이신의 본진 안에 있는 주요 건물을 파괴시켰다.

그리고 이신은…….

─7시! 러너의 본진에 항공수송선이 나타났습니다!

그랬다.

5시를 밀었던 그 보병·의무병이 다시 항공수송선을 타고서 박영호의 본진을 습격한 것.

그리고 동시에 박영호의 본진과 앞마당에서 바퀴들이 다수 생산되었다.

─아악! 때마침 러너에게 바퀴가 대량으로 생산됐습니다!

─이러면 막았죠!

바퀴 떼가 달려들어서 본진에 드롭된 이신의 병력을 전부 제거했다.

그러고는 곧장 이신의 본진을 향해 달려갔다.

─계속 갑니다! 쭉쭉 공격입니다.

─피차 자원이 바닥나고 있습니다. 이걸 막을 수 있느냐 없느냐로 승부가 판가름 납니다!

이신은 얼마 안 되는 자원을 고속전차에 쏟았다.

고속전차로 지뢰를 곳곳에 심어 본진에 침투해 있는 괴물들도 날뛰지 못하게 막고, 앞마당 앞에도 잔뜩 심어서 바퀴 떼의 공세에 대비했다.

그날은 행운의 여신이 이신에게 등 돌렸음이 분명했다.

—퍼어어어어엉!!

지뢰를 제거하기 위해 미리 보낸 소수의 바퀴 선발대가 지뢰들과 함께 자폭했다.

계속 1, 2마리씩 보낸 바퀴가 심지어 이신의 고속전차들과 함께 폭사하는 쾌거를 거두었다.

—지뢰 역대박!!

—이러면 못 막죠! 이런 경우가 있나요, 카이저!

—Kaiser: GG

"아아악!!"

"카이저가 졌어!"

"아, 거기서 지뢰 역대박이 나냐!"

관중들이 이신 대신 비명을 지르며 안타까워했다.

대형화면은 낭패가 스치는 이신의 얼굴과 기뻐서 미쳐 날뛰는 박영호를 번갈아 비추었다.

—러너가 두 주먹을 치켜들며 승리를 확신하고 있습니다.

—그럴 수밖에요! 스코어는 2 대 0! 앞으로 3, 4, 5세트 중에서 딱 한 번만 더 이기면 우승입니다! 그토록 원했던 금메달이에요!

—오늘의 러너는 미쳤습니다. 카이저의 절대왕권이 무너지려 하고 있어요!

경기장도 인터넷도 열광의 도가니가 되었다.


*　　　　*　　　　*


"선생님 어쩌지."

주디는 안절부절못했다.

보기 드물게 낭패 어린 표정의 이신.

저 조각 같은 얼굴에 스민 깊은 수심을 보면 어떤 여성이라도 걱정하지 않을 수 없으리라.

"어쩌긴 뭘 어째, 이 악물고 해야지. 선생님이 저런 상황 한두 번 겪으신 줄 알아?"

존이 핀잔했다.

그 말에 장양이 손가락을 헤아리며 고개를 갸웃거렸다. 기억하기로 이신은 저런 상황을 한두 번밖에 겪지 않았다.

"저건 좀 타격이 큰데."

차이가 냉정하게 말했다.

"올인을 완벽한 시나리오로 막아냈어. 특히 시나리오의 키포인트로 항공수송선을 뽑은 판단은 예술 그 자체고."

"맞아, 마지막에 박영호의 본진에 드롭을 했을 때 다 이긴 거였는데."

거기까지만 해도 소름 끼치는 시나리오였다.

하지만 박영호는 그것을 막아냈다.

그리고 다시 한번 밀어붙여서 끝내 버렸다.

하지만 그것까지도 이신이 대응할 수 있는 범위의 변수였다.

지뢰를 깔아 바퀴 떼의 공습에 대비했으니까.

하지만 바퀴 한두 마리씩 보내 지뢰밭을 헤쳐 버리는 박영호의 솜씨는 괴물 플레이어 중에서도 일품!

최후의 일격이라고 생각하고 달려가는 상황에서도 끝까지 신중하게 지뢰를 조심하는 박영호의 저력을 볼 수 있었다.

"선생님도 대단했는데 박영호는 그걸 뛰어넘을 정도로 대단했어."

그게 이신에게 제일 큰 심리적 타격이 될 수 있었다.

유리했던 상황에서 역전당한 일이 드문 이신. 이렇게 실력과 패기에서 밀린 적도 처음이었다.

'1세트의 새로운 빌드 오더, 2세트의 필살의 올인… 둘 다 나와 싸울 땐 보여준 적 없는 플레이들인데.'

차이는 분했다.

박영호가 이신과의 결전에 대비해, 자신과 싸울 때 2%의 힘을 아껴놓았다는 사실이 자존심 상했다.

'하지만 작년보다는 많이 따라잡았어. 내년에 두고 보자.'

언젠가는 꼭 넘어서겠다며 호승심을 품는 천재 소년이었다.

제자들이 경기장에서 지켜보는 가운데, 이신과 박영호는 3세트를 준비했다.

3세트 맵은 최근 공개된 신규 맵인 그림자 신전.

본진에 출입구가 2개 있는 독특한 맵이었다.

앞마당으로 나가는 출입구가 하나.

그리고 뒷길로 자원 매장지 및 중앙 지역으로 나갈 수 있는 출입구가 하나.

그 뒷길 출입구는 신전 모양의 중립 건물로 가로막혀 있다.

이 중립 건물을 부수려면 상당히 오래 걸리므로 사실상 초반에는 출입구가 하나뿐인 셈이었다.

본진 자원 매장량이 적지만, 자원 매장지가 많아서 괴물이 확장하기에 용이한 맵이라는 게 일반적인 평가였다.

"저 맵 박영호가 마음먹고 운영 가면 이기기 힘든데."

존이 탄식했다.

박영호의 운영의 무서운 점은 확장을 많이 하면서도, 그 확장 기지를 전부 지켜낸다는 점이었다.

"9업 바퀴 빌드를 써도 될걸?"

차이가 거들었다.

9업 바퀴 빌드는 인구수 9일 때 수정관 건설 후 바퀴 6마리를 생산하며, 바퀴의 속도 업그레이드까지 하는 공격적인 빌드 오더였다.

박영호가 2세트 초반에 시도했던 것보다 훨씬 공격에 투자를 많이 한 빌드 오더로, 실패하면 그만큼 더 가난해진다.

차이가 한 말의 뜻은, 그런 가난한 상황이라도 길게 보고 운영하면 따라잡을 수 있을 정도로 맵이 괴물에게 좋다는 뜻이었다.

"제발, 지더라도 3 대 0은 아니야. 제발……."

주디는 기도라도 하고 싶은 심정이었다.

이신은 여러 가지 복잡한 생각이 오가는 눈빛이었다.

감정을 다스리고 있는 포커페이스.

그러나 마우스를 검지로 툭툭 치고 있는 사소한 제스처에서 초조한 심리를 눈치챈 주디였다.

—궁지에 몰린 카이저, 여지까지 그를 이렇게까지 위기로 몰아넣은 선수는 없었습니다.

—다전제 무패 신화가 마침내 깨지기 일보 직전에 있습니다. 러너가 왕권 교체를 코앞에 두고 있어요.

—러너는 해낼 수 있습니다. 그럴 자격이 있습니다. 하지만 카이저도 이렇게 끝날 선수는 아니죠! 두 선수 마지막까지 좋은 승부 부탁드리는 바입니다.

어느 순간 까닥거리던 검지의 움직임이 멎어 있었다.

*　　　　*　　　　*

'정말 강해졌구나.'

이신은 박영호에게 감탄했다.

1, 2세트의 연패.

그 치열한 접전 속에서 이신은 박영호의 기세를 느낄 수 있었다.

예전부터 박영호는 자신에게 도전하던 여타 다른 선수와는 다른 느낌을 받았다.

바로 기세.

이신 앞에서 일단 움츠러들고 조심스러워지는 다른 선수들과 달리, 박영호는 투지부터가 강인했다.

자신이 키운 제자들인 차이나 장양도 위협적이긴 했지만, 그 둘도 스승인 이신을 상대로는 조심성이 많았다. 그게 그 둘의 유일한 약점이었다.

하지만 오늘, 이 무대 위에서 박영호는 어떤가?

플레이의 내용도 내용이지만, 기세에서 이신을 이겼다.

거침없이 올인을 갈겨 버리는 패기에 밀려 2패를 내주고야 말았다.

경기 직전 인터뷰에서 컨디션이 안 좋다는 등의 소리를 했지만, 지금 이 순간 박영호의 기세는 최고조였다.

'또 지면 3패.'

3—0 셧아웃?

그렇게 치욕적인 은메달이라고?

'그건 안 되지, 박영호.'

순간 이신의 눈빛이 매섭게 불타올랐다.

'그렇게 쉽게 날 이겨서는 안 되지, 박영호.'

그건 이신이 알고 있는 자연의 섭리가 아니었다.

아니,

'난 널 이길 거다.'

월드 SC 그랑프리 개인전.

결승전 3세트.

맵은 그림자 신전.

벼랑 끝에 몰린 이신이 배수진을 치고 싸움을 시작하였다.

신규 맵 그림자 신전은 스타팅 포인트가 1시와 7시 2곳이었다.

필연적으로 서로의 거리는 대각선.

먼 거리다 보니 초반의 기습 전략이 잘 안 통할 것 같으나, 2인용 맵이기 때문에 서로의 위치를 알고 있어서 허를 찌르는 초반 기습이 행하여지기도 했다.

이를 증명하듯, 1시에 위치한 박영호는 9업 바퀴 빌드를 펼쳐 보였다.

차이의 예상대로였다.

그리고 이신의 예상대로이기도 했다.

'그럴 줄 알았다.'

기세 좋은 박영호라면 기꺼이 이런 공격적인 빌드 오더를 선택할 것 같았다.

속도 업그레이드가 되어 날래게 뛰어온 바퀴 6마리는 출입구를 봉쇄한 이신의 심시티에 막혀 공격이 좌절되었다.

일단 시작은 이신이 좋았다.

바퀴 4마리는 앞마당에 진을 치고 있고, 2마리만 우회하여서 뒷길 출입구를 막아놓은 중립 건물을 두들겼다.

중립 건물은 바퀴 2마리가 부수려면 긴 시간이 걸리지만, 이신은 혹시 몰라 그곳에도 보병 1명을 배치해 두었다.

그 후, 이신은 모은 보병 부대를 앞세워 바퀴들을 쫓아내고 앞마당에 확장 기지를 구축했다.

그렇게 게임은 순조롭게 흘러가는 듯싶었다.

하지만 실상은 그렇지 않았다.

―아아!! 러너가 또 사고를 쳤습니다!

―9시에 확장! 세상에, 카이저의 바로 머리 위에 몰래 확장 기지라니요!

경기장은 요동치고 있었다.

박영호가 1세트와 마찬가지로 3번째 부화실을 본진 안이 아닌 자원 지역에 확장 기지 삼아 건설한 것이다.

문제는 그 위치였다.

이신의 본진은 7시.

박영호는 그 바로 위인 9시에다가 몰래 확장 기지를 세워 버렸다.

업그레이드된 바퀴들의 숫자를 계속 늘려 이신을 압박해 가면서, 코앞에 확장을 해버린 것이다.

등잔 밑이 어두운 심리를 이용한 과감한 한 수였다.

실제로 9시는 광산 없이 식량 자원만 약간 매장된 곳이어서 이신도 염두에 두지 않고 있었다.

하지만 그곳에서 공짜로 공급된 식량 자원은 고스란히 다량의 바퀴 물량으로 환산되고 있었다.

박영호가 바퀴와 함께 주력으로 선택한 유닛은 바로 독침충.

독침충과 함께 바퀴 떼도 어마어마한 물량으로 나오면서 이신을 계속 두들겼다.

시간이 지나자 촉수충까지 포함된 괴물 군단이 삼면(三面)에서 진을 치고 있어서, 이신은 앞마당에서 밖으로 나갈 수가 없었다.

기동포탑도 모이자 보병·의무병을 앞세워 밖으로 진격해 보았지만, 혈전 끝에 계속 막혀 버렸다.

전투 내용은 괜찮았지만, 박영호의 물량이 이상할 정도로 어마어마했다.

바로 9시에 지어진 확장 기지 탓이었다.

'내가 모르는 확장 기지가 있구나.'

이신은 두 차례 전투를 치러보고서 비로소 알아차렸다.

계속 이신을 가둬놓은 박영호는 이제 확장 기지를 여기저기 펼처놓았을 터였다.

3—0.

암울한 국면이 생각하고 싶지 않은 결과를 떠올리게 했다.

하지만 이신은 끝까지 집중력을 잃지 않았다.

'일단 힘을 모으자.'

항공정거장을 2채로 늘리고, 전술위성을 계속 생산했다.

보병의 공격력·방어력 업그레이드도 꾸준히 연구했다.

이런 상황에서도 인류에게는 아직 한 방이 남아 있었다.

그 한 방으로 모든 것을 뒤엎어야 했다.

'보여주마.'

마침내 이신이 전군을 이끌고 출정했다.

이번에는 다량의 전술위성이 함께였다.

ー카이저가 군대를 끌고 나왔습니다. 아직 일발 역전을 노리고 있습니다.

ー2채의 항공정거장에서 전술위성이 계속 찍히고 있습니다. 괴물의 천적이라 할 수 있는 전술위성이 대량으로 쌓이면 괴물도 아무리 유리한 상황이라도 안심할 수가 없죠!

ー전술위성들이 일제히 방사능 살포를 합니다. 촉수충들이 일제히 방사능에 오염됐죠!

ー하지만 촉수충은 또 충원됩니다. 러너는 지금 자원이 많아요! 아, 카이저! 안 기다리고 바로 뚫나요?!

이신은 촉수충들이 방사능에 의해 체력이 깎여 죽을 때까지 기다리지 않았다.

선두에 선 화염방사병 2명에게 디펜시브 실드를 걸고 바로 돌격했다.

—투타타타타타타!!!

—화르르륵! 화르륵!

어마어마한 화력이었다.

박영호도 흑안개를 펼쳐놓고 맞섰지만, 촉수충들이 방사능에 의해 죽자 바퀴 떼들은 화염방사병들의 화염에 재가 되었다.

이신의 진출을 틀어막고 있던 봉쇄선이 뚫리자, 그동안 박영호가 꿀을 빨았던 9시 확장 기지도 곧바로 파괴당했다.

갈 길이 바쁜 이신은 바로 전 병력을 12시로 진군시키면서, 밀어버린 9시 지역에 자신의 통제사령부 건물을 띄워서 안착시켰다.

총공격과 함께 9시에 확장 기지를 확보한 것.

병영 체제인 이신에게는 9시에서 얻을 수 있는 식량 자원도 소중했다.

—카이저의 순회공연이 시작됐습니다!

—겨우 9시 가지고는 멀었습니다. 12시, 11시도 밀어버려야 간신히 승산이 생겨요!

—거기다가 연이어 1시까지 밀었을 때 비로소 카이저가 우세하다고 말할 수 있겠죠. 지금은 그 정도의 상황입니다!

—갈 길이 너무 먼 카이저. 정말 역전의 기적이 일어날까요?

그때 관중들도 네티즌들도 반쯤 체념하고 있었다.

경기력이 완전히 물 오른 지금의 박영호를, 이렇게 격차가 벌어진 상황에서 역전시키기란 아무리 이신이라도 불가능해 보였다.

하지만…….

설마 했던 일이 일어났다.

집중력이 최고조에 오른 이신은 그 순간 완전히 미쳐 버렸다.

보병·의무병·화염방사병 총병력으로 12시를 공격.

동시에 11시에 전술위성 2기를 보내 '방사능 지우개'로 일벌레들을 살육했다.

전술위성 2기가 서로에게 방사능을 걸고, 일벌레들의 머리 위를 날아다니며 오염시켜 죽인 것.

그뿐만이 아니었다.

2채의 항공정거장에서 생산된 항공수송선 2기가 추가 생산된 후속 병력을 싣고 날아가 1시를 공습했다.

거기다가 동시에!

절묘하게 배치된 기동포탑 3기가 배후로 우회 기동하는 마물 군단의 움직임을 지연시켰다.

이 4가지가 동시에 펼쳐진 것이다.

―오 마이 갓!!!

―이게 믿겨지십니까? 여러분, 보이십니까?! 보고 계시면 이 귀중한 순간을 똑똑히 기억해 두세요! 정말 경이로운 플레이가 나왔습니다!

―11시, 12시, 1시까지 전부 자원 채집 활동이 중단됐습니다! 러너의 입장에서는 확장 기지 3군데가 날아간 거나 마찬가지예요!

―이러면 얘기가 달라지죠! 이러면 더 이상 카이저가 불리한 게 아니죠!

―이게 카이저입니다! 설사 역전이 일어난다 해도 차근차근 하나씩 이루어질 거라고 생각했는데, 그냥 한 방! 단번에 뒤집어 버렸습니다!

경기장은 열광의 도가니 속에서 이신의 닉네임, 카이저라는 단어밖에 들리지 않았다.

이신의 믿기 어려운 슈퍼 플레이가 장내를 아드레날린으로 뒤덮어 버렸다.

이신은 12시에 확장 기지를 건설하면서, 병력을 모아 박영호의 본진으로 진격했다.

그리고……

—Runner: GG

GG 선언과 함께 경기장은 함성의 바다가 되었다.

헤드셋을 벗은 박영호는 GG를 선언해 놓고도 어안이 벙벙한 표정이었다.

다 이긴 게임이 왜 갑자기 져 있는지 아직도 이해하기 어렵다는 표정이었다.

그 정도로 전광석화 같은 대규모 전략이었다.

2—1.

드라마가 연출되려 하고 있었다.

\*          \*          \*

'이 인간이 약 빨았나?'

박영호는 리플레이를 확인하고서야 자신이 왜 졌는지 깨달았다.

이신의 대대적인 역습이 시작되었을 때, 박영호도 그걸 막아낼 시나리오가 있었다.

12시를 내주고, 혹은 11시까지 파괴당하는 것도 각오했었다.

그 2곳을 희생하더라도, 이신의 주력 병력을 끌어들인 후에 몰살시키고 역공을 가해 승부를 낼 심산이었다.

그런데 이신은 예상을 넘어서서 1시까지도 드롭으로 습격했다.

거기서 끝난 게 아니었다.

이신의 주력 병력을 몰살시키기 위해 배후로 우회하던 괴물 군단을 포격하는 기동포탑 3기!

그 3기의 위치가 또 절묘했다.

어쩐지 이신의 주력과 맞붙어서 패한 게 이상했는데, 그 기동포탑 3기가 포격하여서 숫자를 줄였던 것이다.

'괜찮아. 그래도 2—1이야.'

다음 맵이야말로 박영호가 이긴다고 자신했다.

오염된 성좌.

맵에 대한 연구가 진행되면서 최근에는 승률이 많이 비등해졌으나, 그래도 여전히 괴물 맵이었다.

'여기서는 내가 눈 감고 해도 안 져.'

박영호는 자신감을 회복했다.

금메달을 목전에 두자 몸이 떨리고 초조했다.

하지만 그러다 진 경험이 2번이나 있으므로 박영호는 흥분하지 않으려고 마인드 컨트롤을 했다.

'괜히 오버하지 말자. 평범한 정석 빌드로, 하던 대로만 하면 돼.'

흥분한 나머지 대뜸 올인을 하다가 지는 허망한 경우도 있었다.

1, 2, 3세트에서 내리 과감한 빌드 오더를 선택한 박영호였지만, 이번 4세트는 그럴 필요가 없었다.

다른 누구도 아닌 박영호가 승률 1위를 달리는 오염된 성좌인 것이다.

'하던 대로. 하던 대로.'

연습실의 실력을 그대로 펼치기만 해도 우승을 할 수 있다는 격언이 있다.

공식 무대에서도 긴장하지 않고 제 실력을 펼칠 수 있는 멘탈의 중요성을 강조하는 격언이다.

박영호는 멘탈이 강했고, 그래도 평소에 이 맵에서 가장 많이 쓰던 보편적인 빌드 오더를 택했다.

그리고 이내.

—아아아!!

—이게 어찌 된 일입니까! 러너가 뒷목을 부여잡을 사태가 벌어지고 말았습니다!!

박영호는 멘탈이 나가고 말았다.

경기 시작 5분도 안 되고서 벌어진 사태였다.

경기 내용은 간단했다.

이신이 센터 2병영 전략을 써버린 것이다.

실패하면 뒤가 없는 올인!

박영호는 평범한 12앞마당 빌드를 썼다.

그리고 센터 2병영은 12앞마당으로는 절대 막을 수 없는 전략이었다.

'이런 씨발······.'

망연자실한 박영호가 욕지거리를 내뱉었다.

사실 냉정히 생각해 보면, 불리한 괴물 맵이니만큼 이신이 운영 싸움보다는 초반의 기습 전략을 시도할 가능성도 충분히 있었다.

2, 3세트처럼 공격적으로 나가기 위해 바퀴를 일찍 생산하는 빌드 오더를 택했더라면 막을 수 있었을 것이다.

하지만 박영호는 금메달에 눈앞에 두고서 흔들리지 않기 위하여 '평소대로'라고 마인드 컨트롤을 했다.

'만약에'라는 것에 흔들리지 않고 평소대로 하려 했다.

의도는 그것이 역으로 패배가 된 것이었다.

'신이 형도 무서웠겠지. 내가 2, 3세트 연속으로 바퀴를 일찍 생산했으니까.'

이번 4세트에서도 박영호가 바퀴를 일찍 생산할 수도 있었다.

그러면 센터 2병영 전략을 막혀 버리고, 바로 금메달이 날아가 버리는 것이었다.

그럼에도 불구하고 이신은 센터 2병영을 택했다.

두려움을 이기고 결단을 내린 것이다.

'이게 승자와 패자의 차이인 건가.'

박영호는 허망함을 느꼈다.

2세트가 끝났을 때만 해도 2—0.

맵이 좋은 3, 4세트를 앞두고 있어서 더없이 유리했던 상황.

그런데 그 3, 4세트를 이렇게 다 날려 버리고, 승부는 2—2 원점이 되었다.

5세트에서 최후의 결전을 치러야 했다.

'신이 형은 배짱 좋게 칼을 뽑았고, 난 금메달을 앞에 두고 겁먹었다.'

타고난 성품의 차이였다.

금메달을 수없이 가진 이신은 위닝 멘탈리티(Winning Mentality)로 무장하여서 아무리 궁지에 몰려도 이길 방법을 찾아냈다.

금메달을 눈앞에서 여러 번 놓쳐본 자신은 패배자의 근성에 의해 유리한 상황이었음에도 승리를 망쳐 버렸다.

4세트 종료 후 휴식 시간 내내 박영호는 정신을 차리지 못했다.

분해서 눈물이 날 것만 같았다.

신이 있다면 묻고 싶다.

저도 꽤 열심히 하지 않았나요?

근데 왜 저런 인간을 만드셨나요?

'저 인간은 궁지에 몰려도 나처럼 이렇게 괴로워하지 않겠지.'

멘탈이 산산조각 난 스스로가 미웠다.

이신과 달리 이렇게 나약하게 태어난 자신이!

"러너 선수, 5세트 시작합니다!"

스태프가 선수대기실에 들어와 알렸다.

박영호는 화들짝 놀랐다.

'안 되는데!'

아직 멘탈을 다 수습하지 못했다.

5세트에 대해서도 아직 정리되지 않았다.

'조금만 더 시간을……!'

하지만 정신을 차려보니 박영호는 또 부스에 앉아 있었다.

이어폰을 끼고, 차음 헤드셋을 끼자, 자신의 맥박 소리가 시끄러웠다.

대마초라도 한 대 핀 것처럼 멍해져 있을 때였다.

—Kaiser: **박영호.**

'응?'

경기 시작 전, 이신의 채팅에 박영호는 퍼뜩 정신을 차렸다.

—Kaiser: **내기할까?**

'뭔 개소리야?'

박영호는 황당함을 느꼈다.

—Kaiser: **이거 지면 합동 방송해 준다.**

"푸하하!"

그만 폭소를 터뜨렸다.

이 인간아······.

이 와중에 그딴 농담을 할 정신이 있냐?

—Runner: **ㅇㅋ염. 같이 신나게 별사탕 파티해여.**

—Runner: **(ㅡㅂㅡ)//**

박영호는 지지 않고 맞장구쳐 주었다.

어이가 없었지만, 순간 모든 긴장이 다 풀려 버렸다.

쿵쾅거리던 맥박이 원상대로 돌아오고, 멘탈도 씻은 듯이 편안해졌다.

이제야 제 실력으로 싸울 수 있을 것 같았다.

'고마워, 형.'

그날 5세트에서 박영호는 꽁꽁 숨겨두었던 진짜 무기를 선보였다.

한 번이라도 보여주면 다음 세트에서 이신이 바로 대처법을 들고 나올 것 같아서 마지막까지 보이지 않았던 전략!

이신은 박영호가 아낀 비장의 카드가 1, 3세트에서 선보였던 빠른 확장 전략인 줄 알았다.

그것은 오산이었다.

5세트 경기는 처음부터 끝까지 다채롭게 진행되었다.

박영호는 평범한 12앞마당.

이신은 오랜만에 1—1—1 빌드를 선보였다.

병영, 기갑정거장, 항공정거장을 1채씩 짓는 빌드 오더였다.

고속전차가 먼저 나와 지뢰를 깔고, 호시탐탐 박영호의 진영에 침투할 기회를 엿봤다.

박영호는 이에 대한 대처를 확실히 하며, 독침충을 모았다.

1—1—1 빌드의 약점인 초반 병력 부족을 노려서 지상군 물량 공세로 끝내 버릴 심산이었다.

하지만 이신의 스텔스 전투기가 춤을 추었다.

하늘군주를 사냥하고 일벌레를 사냥하며, 박영호에게 병력 물량이 모이지 않도록 끈질기게 피해를 입혔다.

　ㅡ카이저의 스텔스 전투기는 GPS라도 달렸나요? 곳곳에 숨어 있는 하늘군주를 잘도 찾아냅니다!

　ㅡ전투기의 견제가 너무 매섭습니다. 러너는 공격을 하고 싶어도 병력이 떠나면 하늘군주들이 다 사냥당할까 봐 떠나지를 못합니다.

　백미는 폭탄충들을 요리조리 피해 다니며 터닝 샷으로 하나하나 격추시키는 스텔스 전투기 쇼.

　거기다가 최후의 대결인 만큼 풀가동된 멀티태스킹!

　고속전차들까지 날렵하게 움직이며 맵 곳곳에 시야를 밝힐 용도로 뿌려둔 바퀴들을 잘도 잡아냈다.

　스텔스 전투기와 고속전차가 어찌나 부지런히 다니는지, 한 번도 멈춰 있는 것을 볼 수 없을 정도.

　맵에서 박영호의 시야가 사라지고, 사소한 피해가 야금야금 누적되었다.

　하지만 박영호는 한 방에 그 상황을 만회했다.

　이신이 병력을 이끌고 치고 나왔을 때, 지지 않고 독침충 부대를 끌고 요격해 버린 것.

　피 튀기는 혈전이 벌어졌지만, 독침충이 계속 꾸역꾸역 생산되어서 합류하면서 힘 싸움은 박영호 쪽으로 기울어졌다.

　ㅡ러너의 독침충 무빙이 심상치 않습니다. 지뢰가 곳곳에 깔려 있는데 한 발도 맞지 않고 제거했어요.

　지뢰가 나타나면 그 즉시 1점사로 제거해 버리는 박영호의 무서운 반응속도.

거기다가 일부 독침충이 따로 움직여서 잠복했다가, 그곳을 지나가는 스텔스 전투기들을 덮쳐 4기나 격추시켰다.

　—아아아!! 이러면 상황이 달라지죠!

　—전투기들의 이동 동선을 정확히 예측하고 잠복해 있었습니다, 러너!

　이신의 페이스에서 상황이 서서히 바뀌었다.

　이신은 기갑 체제로 급히 체제 전환.

　그리고 박영호는 마침내 진짜 무기를 꺼냈다.

　그것은 이신의 기갑 체제를 잡기에 최적화된 전략이었다.

　그것은 방어력 3 하늘군주.

　방어력을 업그레이드해서 잘 죽지 않는 튼튼한 하늘군주에 괴물주술사 및 병력을 태우고 다니는 플레이였다.

　특이한 전략은 아니지만, 그걸 박영호가 준비했다는 게 중요했다.

　이는 특히나 고속전차 지뢰를 잘 쓰는 이신에게 카운터가 되는 플레이였다.

　하늘군주를 타고 다니니 지뢰를 밟을 일이 없었다.

　하늘군주가 숨어 있는 지뢰를 볼 수 있으니, 오히려 그 지뢰를 역이용할 수 있었다.

　박영호의 무차별적인 견제가 펼쳐졌다.

　하늘군주가 괴물주술사와 촉수충을 드롭했다.

　괴물주술사를 드롭하자마자 흑안개를 펼치는 컨트롤!

　그 속에 숨어든 촉수충 1마리는 계속 인류에게 골칫거리가 되었다.

그런 식으로 계속 괴롭히면서 박영호는 이신을 몰아붙였다.

―러너의 계속되는 맹공! 손이 정말 많이 가는 플레이일 텐데 정말 쉬지 않고 해줍니다!

―정말 피지컬 하나는 전성기 카이저를 보는 듯합니다!

이신은 수세에 몰렸다.

병력이 출격했다 하면, 하늘군주가 드롭하는 괴물 병력에 둘러싸여 흑안개 속에서 전멸당하니 꼼짝할 수가 없었다.

병력이 나가질 못하니, 괴물의 확장을 저지하지 못했다.

괴물은 꾸역꾸역 자원을 파먹으며 지상 유닛 끝판 왕인 공성벌레를 생산할 준비에 들어갔다.

'이대로는 공성벌레를 못 막는다!'

이신은 특단의 조치를 취했다.

본진과 앞마당, 그리고 간신히 확보한 2번째 확장 기지를 대공포로 싹 둘러 버렸다.

하늘군주로 드롭을 못 하게 하기 위한 조치였다.

거기에 병력은 밖으로 한 발짝도 나가지 않고 수비에만 전념했다.

버티고 버티다가 풀 병력에 업그레이드까지 끝까지 완료되면 비로소 치고 나올 생각이었다.

마침내 박영호가 공성벌레를 비롯한 어마어마한 괴물 군단을 이끌고 치고 나오자.

―아아!! 카이저도 농성을 준비합니다!

―어디 한번 와봐라 이겁니다!

이신은 인류의 온갖 건물들을 전부 띄워다가 성벽처럼 진영 앞에 줄줄이 세워놓았다.

만리장성을 연상케 하는 어마어마한 스케일의 심시티!

그 뒤에 배치된 기동포탑들과 기계보병들이 끝내 버티겠다는 각오로 서 있었다.

달려들려다가 박영호는 그 위용에 어이가 없어서 주춤거렸다.

건물들을 앞에 줄줄이 쌓아 둘러 버린 심시티라니.

거기에 대공포까지 도배되어 있어서 하늘군주도 들어갈 틈이 없었다.

이렇게 유리한데도 결정타를 못 먹인다니.

괴물 플레이어들로서는 환장할 풍경이었다.

'씨발, 그래 간다.'

박영호는 심호흡을 한 번 했다.

곧 두 사람의 최후의 대전투가 있을 것을 예감했는지, 대형화면이 두 사람을 한 번씩 비추었다.

"카이저! 카이저! 카이저!"

"러너! 러너!"

관중들이 소리쳤다.

싸우라고.

보여달라고!

이윽고, 그랑프리 최고의 명장면으로 남을 전투가 펼쳐졌다.

\*           \*           \*

그 전투는 e스포츠의 역사에 길이 남았다.

최후까지 희망의 끈을 놓지 않는 인류의 저력.

그리고 괴물이라는 종족으로 펼칠 수 있는 꿈의 플레이.

포문은 폭격충이 열었다.

─폭격충! 끝내 폭격충까지 등장하고야 말았습니다!

─폭격충을 썼다간 필패라는 격언이 있을 정도인데요, 카이저의 만리장성을 돌파하기 위해 러너도 칼을 뽑았어요!

폭격충은 쐐기충이 변태되어 진화하는 유닛의 형태였다.

하늘을 날아다니며 공대지 공격을 하는데, 사거리가 길고 강력한 대신 비행 속도가 느렸다.

폭격충이 앞장서서 심시티를 부쉈다.

심시티에 구멍이 나자 박영호가 슬슬 시동을 걸었다.

─펑! 펑! 펑!

앞에서부터 흑안개를 도배하며 기동포탑의 포격에 대비하는 박영호.

─펑! 펑! 펑! 펑!

그 흑안개가 만리장성 심시티까지 뒤덮더니.

─갑니다!

─최후의 전투!!

괴물 대군이 일제히 달려들었다.

─펑펑펑펑펑펑!!

기동포탑들이 일제히 불기둥을 뿜었다.

흑안개에 의해 원거리 공격으로부터 보호되지만, 확산 대미지에 의해 괴물들이 피떡이 되었다.

하지만 괴물들의 행렬은 끝이 없었다.

게다가.

―하늘군주까지 함께 비행합니다!

―안에 괴물들을 잔뜩 머금고 있을 겁니다!

―폭격충이 심시티를 부수고서 대공포도 부수고 있거든요! 그 빈틈으로 들어갑니다!

지상과 공중에서 박영호의 컨트롤이 폭발했다.

하늘군주에서 바퀴들과 함께 괴물주술사도 인류 기갑 병력의 한복판에 드롭되었다.

드롭되자마자 정확히 클릭, 스킬 실행!

―펑!

흑안개가 펼쳐지고 그 안에 바퀴가 기동포탑에 달라붙었다.

―펑! 펑! 펑!

하늘군주에서 드롭한 괴물주술사들이 일제히 흑안개를 펼쳤다.

흑안개가 화면을 뒤덮는 장관!!

"우와아아아아아!!"

"미쳤어! 둘 다 완전히 미쳤다고!"

"러너 저 괴물 새끼!"

경기장이 비명으로 가득했다.

사람 손으로 불가능할 것 같은 플레이의 향연이었다.

가만히 방어하는 입장이지만, 이신의 손도 그 못지않게 바빴다.

―팟! 팟! 팟!

전술위성들이 바쁘게 날아다니며 기동포탑들에게 디펜시브 실드를 걸었다.

어디 그뿐인가?

대공포까지 일일이 지정해서 하늘군주들을 1점사해 주기까지 했다.

기계보병들이 우회하여서 폭격충들을 사냥했고, 고속전차들이 끊임없이 지뢰를 매설했다.

이신도 박영호도 역사상 한 번도 등장하지 않았던 APM 수치를 돌파하였다.

손이 속사포처럼 컨트롤을 미친 듯이 하고 있다는 뜻이었다.

―오 마이 갓!! 둘 다 미쳤습니다! 인간이 구현할 수 있는 플레이가 아닙니다!

―흑안개로 맵을 뒤덮었는데, 그 흑안개 속으로 들어가서 계속 지뢰를 매설하는 카이저도 지독해요!

―그냥 금메달 2개 만들어서 둘 다 줘버려요!

흑안개가 이신의 철통 방어선을 뚫고 앞마당까지 뒤덮여 있었다.

양념을 다 쳐놨고, 이제 바퀴가 한 줌이라도 들어가서 다 먹기만 해도 되는 상황!

하지만 지독스럽게도, 이신의 고속전차가 그 안에 들어가서 지뢰를 끈질기게 매설하고 있었다.

그 와중에도 처음부터 끝까지 살아남아 있었던 소수의 스텔스 전투기가 슬그머니 나타나 폭격충들을 사냥했다.

―막아냈어요!! 저 공세를 막아내나요, 카이저!

―정말 질긴 목숨입니다. 승리에 대한 열망을 끝까지 놓지 않았어요!

—다시 생산된 기동포탑이 배치되고, 고속전차들이 지뢰를 깝니다! 부서진 대공포도 다시 수리하고, 하하하! 철통 방어선을 또 복구하는 카이저.

—러너도 지지 않죠! 괴물 군단이 또 꾸역꾸역 모여듭니다. 아, 하늘군주에 일제히 탑승합니다. 아까 그 짓을 또 할 생각입니다! 손가락이 무사하나요, 러너?

관중들도 네티즌들도 한숨 돌릴 틈이 없었다.

박영호가 또다시 습격을 펼쳤다.

—펑! 펑!

지상에서도 괴물주술사가 흑안개를 치며 길을 열고.

—펑! 펑! 펑!

공중에서도 하늘군주에서 드롭된 괴물주술사가 포격에 맞아 죽기 전에 흑안개를 펼쳤다. 흑안개의 해일이 이신 쪽으로 밀려드는 듯한 광경이었다. 바퀴들이 지뢰밭에서 산화하고, 공성벌레가 뒤를 이어 뛰어든다.

—퍼엉! 콰르릉!

기동포탑들이 하나둘 부서져 나갔다.

그 와중에 이신은 기동포탑들의 포격 모드를 해제하고 뒤로 물러서는 판단을 내렸다. 그 자리를 고속전차가 대신하여서 지뢰를 미친 듯이 매설했다. 삽시간에 지뢰밭이 되는 광경도 장관이 따로 없었다. 그리고 또 한 무리의 하늘군주가 바퀴를 잔뜩 머금고 나타나더니, 박영호의 정밀 드롭이 펼쳐졌다.

지뢰밭 중심지에 바퀴를 하나씩 떨어뜨려서, 지뢰군과 함께 상대방 병력을 함께 폭사시키는 초정밀 드롭이었다.

고속전차들과 지뢰밭을 전부 뚫고 왔을 때, 본진과 앞마당에 나뉘어 계단식으로 배치된 기동포탑들이 기다리고 있었다.

—아직 카이저의 방어선은 안 끝났습니다!

—마지막 마지노선! 러너, 가야죠!

—예, 갑니다!

초고난이도 플레이의 향연에 미친 박영호였지만, 최후까지 달렸다. 이신의 진영을 지구 끝까지 밀어버릴 때까지 멈추지 않을 작정이었다. 아니, 멈출 수 없었다.

그의 두 손은 이제 무아지경 속에서 멋대로 움직이고 있어 누구도 말리지 못했다.

—어어?! 1시! 3시!!

중계진도 흥분해서 이성을 잃은 지 오래.

다급한 외침에, 대혈전에 매료되어 있었던 옵서버도 비로소 1시와 3시 상황을 비추었다.

"으아아아!!!"

"카이저—!!"

관중들이 질렸다는 듯이 소리를 질렀다.

지뢰를 다 소진한 고속전차들이 1시와 3시 확장 기지를 습격해 일벌레를 학살하고 있었다. 가뜩이나 괴물 군단을 대전투에 꼬라박아 자원을 소진한 박영호의 힘을 더 빼놓는 섬광 같은 플레이! 그 대전투 속에서도 승리에 대한 집착을 놓지 않았다는 뜻이었다.

—이러면 러너도 지금 공격이 마지막입니다! 이번에도 막히면 힘이 빠져서 카이저에게 기사회생의 기회를 주게 돼요!

—두 선수 다 금메달을 정조준! 달립니다!

박영호의 마지막 괴물 군단이 다시 달렸다.

─퍼퍼퍼퍼펑!!!

기동포탑이 뿜어대는 불기둥!

공성벌레와 바퀴 떼가 피떡이 된 동료의 시신을 밟고 전진!

동시에 하늘군주들도 병력을 머금고 이신의 본진을 공습했다.

1시, 3시를 털어버린 이신의 고속전차는 이제 박영호의 마지막 자원 줄인 6시를 향해 질주하고 있었다.

무의미한 플레이가 하나도 없었다.

졌지만 잘 싸우는 모습을 보여주겠다는 플레이도 없었다.

오로지 승리!

둘 다 승리를 향한 집착밖에 없었다.

사방에서 폭음이 울려 퍼지고, 폭발음과 비명이 난무했다.

부서진 기계의 잔해와 괴물의 유혈이 맵을 장식했다.

그리고……

누군가가 끝내 GG를 선언했다.

─믿겨지지 않습니다. 제가 잘 본 게 맞나요?

─예, GG를 쳤습니다. GG를 친 선수의 아이디는…….

경기의 열기에 빠져들었던 중계진은 감격에 빠져 말을 잇지 못했다.

이별의 슬픔 때문에.

그리고 새 시대에 대한 설렘 때문에.

누군가가 종식시켜 주길 바랐고, 그러나 또한 영원히 계속되길 바랐다.

그랬다.

—Kaiser: GG

　GG를 선언한 닉네임은 영원불멸할 줄 알았던, 실제로 방금까지
는 그랬던 카이저였다.

　죽을 것 같다가도 불새처럼 부활했던 이신은 끝내 5세트에서
다전제 무패 신화를 마감했다.

　—절대왕권의 황제가 마침내 왕좌에서 내려왔습니다!

　—아직도 거짓말 같습니다. 끝날 줄을 몰랐던 카이저의 시대가
종식되었습니다. 왕좌 교체 성공! 그 주인공은 러너입니다!

　승리를 얻은 순간,

　"으아아아아아!!!"

　박영호는 괴성을 질렀다.

　부스에서 뛰쳐나와 관중들을 향해 두 팔을 뻗으며 고래고래 소
리를 질렀다.

　"봤어?! 봤냐고!! 내가 이긴 거 봤냐고!!"

　승리에 미쳐 날뛰는 박영호에게 관중들의 찬사가 쏟아졌다.

　"러너! 러너! 러너! 러너!"

　열화 같은 함성 속에서 박영호는 펑펑 눈물을 쏟고 말았다.

　"크아아아! 내가 이겼다고!!!"

　장장 3년간 도전한 월드 SC 그랑프리 개인전 금메달.

　너무나 강력한 적수를 만나 좌절해야 했던 박영호는 긴 도전
끝에 마침내 결실을 얻었다.

　미쳐 날뛰다 못해 탈진해서 주저앉은 박영호는 SC스타즈 매니

저와 코치의 부축을 받아야 했다.

그리고 대형화면은 이번에는 이신을 조명했다.

너무나 많은 승리를 이루었고, 너무 오래 절대자로 있었던 남자가 옛날과 변함없는 얼굴로 그 자리에 가만히 앉아 있었다.

"아……!"

"흐흑, 카이저! 넌 나의 영웅이야!"

"카이저!! 카이저!"

관중들이 고함을 지르며 이신을 불렀다.

하지만 이신은 아무것도 들리지 않는 듯, 가만히 홀로 상념에 잠겨 있었다.

'졌나.'

스스로 묻는다.

아마도 그런 것 같았다.

세상에서 가장 슬픈 패배는, 아직 여력이 남아 있는데 다 쏟지 못하고 당한 패배일 것이다.

그런 의미에서 이신은 행복한 사람이었다.

손가락에 기운이 남아 있지 않을 정도로 처절하게 패배했으니까. 여력이 전혀 남아 있지 않는, 끝까지 승부를 알 수 없었던 완벽한 패배였다.

이 순간, 이신은 모든 것이 하얀 재가 되어버리는 듯한 탈진을 느꼈다. 이대로 누워 자버리고 싶었다.

하지만 바깥에서 열심히 자신을 부르는 팬들의 목소리가 그러지 말라고 한다.

그들을 보자 뜬금없이 혼잣말이 튀어나왔다.

"감사합니다."

한 사람 한 사람, 응원해 준 모두에게 해주고 싶은 이야기.

"감사합니다. 게임을 할 수 있게 해주셔서… 감사합니다."

무표정의 이신의 얼굴에 한 줄기의 눈물이 주르륵 떨어졌다.

그 모습이 대형화면을 통해 모두에게 비춰졌다.

"흐흐흐흑!! 카이저—!"

"카이저!!"

"고마워! 멋진 경기 보여줘서 고마워!"

"넌 최고야! 내 인생 최고의 영웅이라고!"

관중들도 함께 울었다.

긴 시간 이신이 보여준 게임에 웃고 울며 행복한 시간을 보냈다. 그에 대한 감사와 감동의 눈물이었다.

주디도 펑펑 울고 있었고, 다른 제자들 역시 눈시울을 붉히며 박수를 쳤다.

"자, 이제 갑시다."

어느새 부스 안으로 들어온 왕춘 감독이 이신을 다독였다.

이신은 고개를 끄덕이고는 한 줄기 눈물을 훔쳤다. 그러고 나니 다시 변함없는 시크 모습의 그가 되었다.

날뛰다가 탈진한 박영호와 대비되는 모습이었다.

무대 위에서 박영호와 마주쳤다.

박영호는 이신을 끌어안고 또다시 울음을 터뜨렸다.

자신을 강하게 해준, 힘겹기에 승리를 더욱 값지게 해준 라이벌에 대한 감사였다.

이신은 쓴웃음을 지으며 박영호의 어깨를 툭툭 두드렸다.

그날의 경기는 열광의 도가니 속에서 끝이 났다.

특히나 패배한 직후였음에도 이신이 기꺼이 응했던 인터뷰는 많은 이의 감동을 주었다.

—패배의 원인이 무엇이라고 생각하십니까?

—제가 더 약했습니다.

—맵이 대체로 불리한 편이었다고 생각되지 않으신지요?

—그런 변호가 없어도 전 충분히 잘났습니다.

—모두 내려놓고 싶다는 태도를 보이셨는데, 마침내 왕좌를 물려주게 되었습니다. 혹시 은퇴를 생각하고 계신지요?

—팀과 남아 있는 계약 기간을 충실히 할 겁니다.

—인생에 있어 오랜 세월을 SC와 함께 해오셨는데요. 카이저에게 SC란 무엇입니까?

이 질문에 이신은 조금 길게 대답했다.

—한정된 땅과 자원을 놓고 두 집단이 경쟁을 벌일 때, 승리할 수 있는 가장 쉬운 길은 남을 망치는 것입니다. 이는 때때로 현실에서도 일어나 비극을 만들곤 합니다.

이신은 미소를 지으며 말을 이었다.

—하지만 경쟁이 끝났을 때, 우리는 서로 얼굴을 마주하고 웃으며 악수할 수 있습니다. 재미있었다고, 다음에 또 붙자고. 그래서 게임은 재미있습니다. 너무 재미있어서 절 미치게 만듭니다.

에필로그

SC스타즈는 꿈에 그리던 금메달을 손에 넣었다.

MVP는 단체전 경기에서 무패를 달성한 이신.

박영호에게 패하여 왕좌에서 내려온 이신에 대한 팬들의 아쉬움이 씻은 듯이 사라지는 활약이었다. 이로써 이신은 단체전에서마저 금메달을 손에 넣어서 이룰 수 있는 모든 업적을 달성하게되었다. 올도어SCC 또한 동메달이라는 성과를 거두었다.

명실상부한 대한민국 최고의 명가로 등극한 것.

하지만 팀의 주축을 이루었던 차이와 장양이 곧 더 큰 해외 무대로 떠날 예정이라 내년은 기대하기 어려웠다.

차이는 개인전에서도 3·4위전에서 승리하여 동메달을 차지했는데, 그 덕에 해외 강팀들에게서 러브콜을 잔뜩 받았다.

이신이 있는 중국도 고려했지만, 차이는 결국 미국으로 진출했다. 대신 장양이 SC스타즈로 이적하여서 중국 팬들을 설레게 했는데, 장양은 이신과 함께 있을 수 있는 점이 가장 좋은 모양이었다. 꿈에 그리던 금메달을 손에 넣은 박영호는 새로운 제왕의 포스를 자랑하였다.

그랑프리 후에 열린 슈퍼 리그에서 또 한 번 이신을 꺾고 우승을 차지한 것.

그로 인해, 여전히 강한 이신이지만 역시나 쇠퇴기가 시작되었다고 팬들은 입을 모아 이야기했다. 하지만 이듬해에 열린 슈퍼 리그에서는 이신이 박영호를 4강에서 꺾고 결승까지 올라가 우승을 차지했다. 그 일을 계기로 이신 대 박영호라는 라이벌 구도가 계속 이어지게 되었다.

참고로 준우승은 장양이라 중국 팬들도 기뻐하였다.

미국에서는 차이가 영원한 북미의 에이스 마이클 조셉을 꺾고 최강자의 자리에 올랐다.

장양도 차이도 맹활약을 하며 세대교체의 시기가 임박했음을 예고하는 듯이 보였다.

하지만 1년 후에 다시 열린 월드 SC 그랑프리는 또다시 박영호에 의해 평정되었다.

차이와 장양이 도전했으나 박영호는 세대교체를 1년 뒤로 미뤄버리며 다시 한번 최강자로 2년 연속 군림했다.

그 2년간이 박영호의 선수 생활 최고의 전성기였다.

참고로 이신은 4강전에서 박영호에게 패배했으나, 3·4위전에서 장양을 꺾고 동메달을 차지했다.

서른을 바라보는 나이에 또 손에 넣은 메달.

금메달은 탈환하지 못하였으나, 월드 SC 그랑프리의 온갖 기록을 갈아치워 e스포츠의 신화가 되었다.

금메달이 지겨워 일부러 은메달과 동메달을 딴 거라는 우스갯소리가 나돌았다. 최고의 자리에서는 물러났으나 이신은 여전히 박영호와 함께 SC스타즈의 원투 펀치로 활약했다. 또 1년이 지나자 박영호의 기량도 서서히 하향세를 탔다. 그 탓에 세계 패권은 박영호, 차이, 장양의 삼파전으로 복잡해졌다.

사실 그 자리에 이신까지 끼어서 4파전 구도가 될 수도 있었지만, 이신은 은퇴했다. SC스타즈가 재계약을 줄기차게 요청했지만 더는 뜻이 없기에 거절했다.

이제 최고는 아니나 여전히 톱클래스의 기량을 유지하던 이신이었기에 팬들의 아쉬움도 컸다. 하지만 이신은 홀가분하게 모든 것을 내려놓고 떠나 버렸다. 따로 연예인으로 활동할 계획도 없었으므로, 이제 더 이상 팬들은 이신의 이름을 들을 일이 없을 거라고 생각했다.

하지만 웬걸.

[‘게임의 신’ 이신, 수능 만점!]

[만학도 이신 ‘별로 안 어려워’]

[은퇴한 e스포츠 전설 이신, 늦깎이 나이에 수능 만점 ‘대박’]

[수능 만점 이신, 교수 부친 재직 중인 한국대로]

전 국민이 충격을 받았다.

원래 공부도 잘했다는 걸 알고는 있었지만, 설마하니 늦은 나이에 다시 공부를 시작하여서 수능 만점을 받을 줄은 몰랐다.

가히 은퇴한 프로게이머들 중 가장 충격적인 행보였다.

—이젠 사람이 아닌 것 같다.

—정말 신이셨다.

—공부의 신!

—다 가지셨다.ㅠㅠ

—오빠 대박! 넘넘 멋져요!

사실 악마군주 가미진을 이기고 소원으로 받은 구슬 덕에 거둔 성취였다.

—시험 보는 날 이 구슬을 삼키면 시험에서 묻는 지식이 전부 머릿속에 들어올 것이다. 효력은 사흘간 지속된다.

구슬을 삼키고 시험을 보니, 정말로 시험에서 묻는 지식이 머릿속에 떠올랐다.

당연히 수능은 만점.

그러나 굳이 이 비밀을 밝힐 필요는 없었으므로 이신은 뻔뻔하게 공부의 신으로 등극했다. 빨리 수능 보고 입학하기 위해 구슬의 힘을 빌렸을 뿐, 정말 시간 들여 준비했어도 이만한 성취를 얻을 수 있었을 거라는 자신감이었다. 대학 생활을 보내면서 이신은 카이저 게이밍의 구단주로서의 일도 병행했다.

아버지와 스승과 제자의 관계가 되면서 서로 감개무량함을 느낄 수도 있어서 한껏 깊은 시간이었다.

그 와중에 은퇴 소식도 들려왔다.

바로 주디와 존 남매.

주디는 이신이 은퇴하자 프로 생활에 더 흥미를 느끼지 못했다.

존은 성적이 오랫동안 부진하자 새로운 진로를 택했다.

바로 이신과 같은 프로게임단 구단주!

이신이 인수한 카이저 게이밍이 약팀에서 강팀으로 성장한 것을 보고 새로운 자극을 받은 모양이었다. 레벨린 가문의 지원을 받아 캐나다에 명문 구단을 만들 야심을 보였는데, 오히려 선수 생활을 할 때보다 더 열정적이었다.

그리고…….


\*　　　　　\*　　　　　\*


선수 겸 코치 겸 구단주!

이 희한한 직책을 가진 사람이 카이저 게이밍에 있었다.

바로 e스포츠의 전설 이신.

그는 대학 졸업과 함께 카이저 게이밍에 코치로 들어왔다.

아직 협회에 선수로 등록이 되어 있어서 선수로서도 활동이 가능했다. 하지만 그건 어디까지나 팬들과 팀 코칭스태프들의 바람일 뿐, 이신은 다시 선수로 뛰고 싶은 생각은 별로 없었다.

'서열전으로도 충분하니까.'

요즘 나폴레옹과 알렉산드로스 등이 실력이 부쩍 늘어서 서서히 이신에게 위협이 되고 있었다.

마계 서열 1위를 유지하는 일도 이제 예전처럼 쉽지가 않아서 흥미진진했다.

그렇게 마계에서 승부욕을 불태우고 있으니, 현실 세계에서는 그저 좋아하는 게임도 하고 e스포츠 일도 할 수 있는 코치 역할을 맡은 것이다. 말하자면 소일거리였다. 물론 다른 코치들과는 확연히 차별화되어 있었다. 이신은 재능 있는 몇몇 선수를 맡아서 전담 교육하는 역할을 맡았다. 즉, 지금도 세계 무대를 주름잡는 차이·장양 같은 엘리트로 키울 생각인 것.

확실히 이신은 스승으로서도 재능이 있었다.

이신에게 가르침을 받은 제자들은 하나같이 일류가 되어서 팀의 에이스로 거듭났다.

그리고 해외 강팀에 이적하며 팀에 막대한 이적료를 가져다주었다.

그로 인해 구단주의 재산을 불려주었지만, 이신은 하나도 기쁘지 않았다.

'이제 겨우 쓸 만하다 싶어지면 외국에 가버리는군.'

돈 같은 건 어차피 넘쳐나서 바라지도 않았다.

그저 좀 성장한 제자들이 팀의 에이스로서 계속 남아줬으면 하는 바람이었다.

그런데 컸다 하면 해외 진출을 하는 바람에 자꾸만 팀은 전력 공백이 생기는 것이었다.

그렇다고 해외 강팀만큼의 높은 연봉을 줄 정도로 풍족한 편은 아니어서, 순순히 떠나보낼 수밖에 없는 게 현실이었다.

그렇게 해외 진출한 제자들은 세계 빅 리그를 평정하기 시작했다. 다시금 한국이 e스포츠를 지배하기 시작했다는 우려도 나올 정도!

　성공 비결을 물으면 제자들 하나같이 비슷하게 이야기를 했다.

　"스승님을 만나고서 겸손을 배웠습니다."

　"전 제가 천재인 줄 알았는데, 재능이 없으면 노력이라도 하라고 혼났어요. 그때 정신 차렸죠."

　"요즘도 종종 온라인에서 스승님을 만나면 제가 져요. 진짜 재능이라는 건 저런 거구나. 내 재능은 쓰레기구나 하고 깨닫게 되죠."

　"왜 의무병으로 공격받는 보병을 1점사해 치료 안 하냐고 혼났어요. 정신이 멍해졌죠. 그게 인간에게 가능한 건가요?"

　"스승님 정도의 재능이 없는 이상 죽도록 노력하는 게 답입니다. 근데 스승님은 노력도 죽도록 하세요. 왜 현역 복귀 안 하실까요?"

　해외에서 이신의 이름을 빛내는 제자들!

　하지만 덕분에 카이저 게이밍은 오늘도 전력상에 문제가 생겼다.

　―카이저 게이밍 대 JKT! 이제 7세트 에이스 결정전을 앞두고 있습니다.

　―에이스 결정전에 누구를 내보낼지 카이저 게이밍의 고민이 클 것 같습니다.

　프로 리그 후반기.

　6세트까지 3―3의 스코어를 주고받은 가운데, 마지막 에이스 결정전이 남았다.

에이스 결정전은 선수들 중 아무나 출전시킬 수가 있는데, 상대 팀에서 나올 선수는 뻔했다.

철벽 괴물.

회춘의 아이콘.

바로 박영호였다.

부진을 겪다가 공군 프로 팀에 입대하여서 군복무 겸 선수 생활을 한 박영호는 제대와 동시에 친정팀인 JKT에 복귀했다.

그러고는 거짓말처럼 다시 예전의 기량을 되찾아가고 있었다.

오늘도 2세트에서 완벽한 승리를 거둔 박영호는 에이스 결정전도 나올 예정임이 분명했다.

"누구를 내보낼까요?"

한태곤 감독이 물었다.

이신에게 감독으로 기용된 이래로 카이저 게이밍을 강팀으로 키워내 명장 소리를 듣는 한태곤 감독.

현재는 구단주가 아닌 코치로서 있는 이신이지만, 그는 여전히 이신을 구단주로서 존중했다.

사실 구단주가 아니더라도 같은 e스포츠인으로서 이신은 존중해야 마땅했다.

"태영이는 오늘 부진했고, 진호는 박영호를 절대 못 이기는데요. 그래도 둘 중 하나를 내보내야 할 것 같습니다."

한태곤 감독의 말에 이신은 수심이 깊어졌다.

"됐습니다. 차라리 내가 나가고 말지."

이신의 투덜거림에 한태곤 감독은 너털웃음을 지었다.

"하하하. 그래도 선택은 해야죠."

"기껏 키워놓은 에이스들은 다 어디로 갔는지."

"그야 사모님께서 외국에 내다파셨죠."

그 말에 이신은 신음이 절로 나왔다.

그의 아내 주디는 카이저 게이밍의 단으로 일하고 있었다.

단장으로서 팀의 대소사를 꽤나 잘 관리했지만, 문제가 있다면 이신이 키운 선수들에게 적극적으로 해외 진출의 길을 열어준다는 점이었다.

어마어마한 이적료를 팀에 남겨놓지만, 하나도 기특하지 않았다.

'선수들이 큰물에서 놀고 싶어 하는 건 어쩔 수 없다지만, 묘하게 적극적으로 팔아치우는 것 같단 말이야.'

특히나 동생 존이 거액을 쏟아붓다시피하며 키우고 있는 캐나다 팀에 말이다.

큰 투자를 했지만 매번 팀 성적은 큰 성과가 없어 고민 중이던 존. 그러나 최근에는 캐나다를 대표하는 강팀으로 팀을 성장시켰다. 그 업적의 뒤에는 이신이 키운 선수를 끊임없이 공급해 주는 누나 덕이라는 의혹이 제기되고 있었다.

"저, 구단주님?"

"예?"

한태곤 감독이 부르자 이신이 퍼뜩 상념에서 벗어났다.

"누구를 내보낼까요? 에이스 결정전."

선택은 감독의 권한이지만, 한태곤 감독은 이런 경우 이신의 직감이 상당히 정확하다는 걸 알고 있었다.

"말했잖습니까."

"예?"

"차라리 내가 나간다고."

"…예?!"

정말로 이신은 출전할 준비를 하고 있었다.

또다시 전설이 시작되려 하고 있었다.


『마왕의 게임』 완결